◎ 本著作系河北大学社科培育项目"当代新乡村建设与乡
　 阶段性成果

20世纪90年代以来
乡土小说的民俗书写研究

刘文祥　著

图书在版编目（CIP）数据

20世纪90年代以来乡土小说的民俗书写研究 / 刘文祥著. —— 北京：知识产权出版社，2024.8. -- ISBN 978-7-5130-9480-1

Ⅰ.I207.42

中国国家版本馆CIP数据核字第2024ZW9670号

内容提要

纵观百年的乡土小说创作历程，民俗一直是重要的表现主题，在不同时代的小说创作中，民俗以不同的形态进入文本中。无论是"五四"乡土小说、左翼乡土小说、京派"梦幻乡土"小说还是后来的"山药蛋派"小说、寻根小说，都非常关注民俗这个领域。乡土小说中的民俗书写从来不是一个简单的意象、事件和场景，而是有关传统、国族和现代性想象的复杂系统。20世纪90年代以来，乡土书写遭遇了各种新的挑战。在乡土社会转型的背景下，乡土小说的民俗书写传统会发生怎样的转型？文本中建构的民俗世界和乡土社会又是什么样的，呈现为什么样的特征，又寄托了作家们怎样的心理诉求？本书对这些问题展开探究。

本书适合现当代文学专业研究者及学生阅读。

责任编辑：卢媛媛　　　　　　　责任印制：孙婷婷

20世纪90年代以来乡土小说的民俗书写研究
20 SHIJI 90 NIANDAI YILAI XIANGTU XIAOSHUO DE MINSU SHUXIE YANJIU

刘文祥　著

出版发行：	知识产权出版社 有限责任公司	网　　址：	http://www.ipph.cn
电　　话：	010-82004826		http://www.laichushu.com
社　　址：	北京市海淀区气象路50号院	邮　　编：	100081
责编电话：	010-82000860转8597	责编邮箱：	luyuanyuan@cnipr.com
发行电话：	010-82000860转8101	发行传真：	010-82000893
印　　刷：	北京中献拓方科技发展有限公司	经　　销：	新华书店、各大网上书店及相关专业书店
开　　本：	720mm×1000mm　1/16	印　　张：	18
版　　次：	2024年8月第1版	印　　次：	2024年8月第1次印刷
字　　数：	184千字	定　　价：	76.00元

ISBN 978-7-5130-9480-1

出版权专有　侵权必究

如有印装质量问题，本社负责调换。

自序

　　纵观百年的乡土小说创作历程,民俗一直是重要的表现主题。乡土小说中的民俗书写从来不是一个简单的意象、事件和场景,而是有关传统、国族和现代性想象的复杂系统。在不同时代的小说创作中,民俗也会以不同的形态进入文本中,无论是"五四"乡土小说、左翼乡土小说、京派"梦幻乡土"小说,还是后来的"山药蛋派"小说、寻根小说等流派,都非常关注民俗这个领域,这些作家的创作也引起了很多研究者的注意。而20世纪90年代以来乡土小说的民俗叙事,无论是创作背景、创作理念,还是具体的审美呈现,都表现出了极大的差异性,尤其是呈现了一种整体衰落的趋势。很多人由此认为书写没落的、断裂的、碎片化的乡土社会是没有意义的,很容易将其排斥于新文学乡土民俗叙事传统之外。笔者认为,20世纪90年代以来的乡土民俗书写是新文学乡土民俗叙事传统的重要组成部分,其创作内涵仍然延续着以往乡土的精神脉络,不应该被片面地割裂。就目前的研究成果来看,对20世纪90年代以来乡土小说民俗书写的论述可谓凤毛麟角，很多人看到了乡土小说已经发生的审美变迁，却没有从民俗文化书写角度作系统的分析。民俗事象附着于文本的表层和深层，呈现出既外在于文学又内在于文学的独特性质，从民俗角度也有利于我们更好地审视整个20世纪90年代以来乡土小说乃至整个文坛的发展状况。基于此，本书主要从以下思路展开具体的分析。

绪论主要就研究缘起和意义、相关研究综述进行论述，并就论述中需要说明的一些问题进行简单的解释。

第一章主要探讨乡土小说民俗书写的历史和背景。民俗在很早的时候就开始与中国文学结缘，但是具体到现代乡土小说领域来说，则是在五四前后，知识分子开始借助于现代文明视角反思"民"与"俗"的关系，并在此基础上形成了现代乡土小说民俗书写的范式且一直延续到了当下。20世纪90年代以来的乡土小说民俗书写面临着非常复杂的形势，乡土作家所凭据或者试图对象化的东西——乡土社会已经发生了很大的变化，乡土作家所面临的处境是前所未有的，无论是经济的转型，还是作家观念的变化，都可能极大地影响作家的创作取材、主题内容、思想价值。

第二章主要对民俗书写的整体概况及新变化进行梳理。在乡土社会整体转型的背景下，很多作家借用民俗叙事重新认识乡土社会、认识民俗，普遍出现了回归原色化的乡土民俗的渴望。20世纪90年代以来，乡土小说民俗书写在深度和广度上取得了一定的进步，有的作家继续沿着启蒙路线前进，反思乡土社会中的愚昧、暴力等因素；

有的作家则利用民俗反思历史的曲折，展现社会的变化，这些多元化的风格追求使乡土民俗书写呈现出承前启后、灵活多变的发展态势。乡土作家们展现了与以往不同的民俗图景，乡土民俗也被赋予了更多的生态学意味，使更加丰富和多元的民俗景观开始出现。但是从民俗书写的发展走向来看，也出现不断衰落的趋势，新的文学状况必然引发新的表述形式，这些会在叙事形式的变化中得到充分体现。

第三章探讨20世纪90年代以来乡土小说民俗书写的特征。20世纪90年代以来民俗书写下的乡土更像是一种"影子乡土"，乡土社会的内部已经虚化，空有外形、缺乏实质，构成乡土生活本质性的血缘纽带、伦理观念、民俗事项、自然景观已经被掏空，只剩下一个干瘪、抽象、断裂、单维化的乡土世界。这种乡土社会因为作家民俗关注点的不同而有着不同的侧面：在很多作家笔下，支配人们日常生活的民俗道具普遍陷入了无用的困境，民俗接续的危机接踵而来；同时很多民俗书写中呈现着关系的错位状态，很多作家主观上希望建立一个美好的乡土社会，但是在作品中却呈现为抽象化、空心化的乡土世界。20世纪90年代以来的很多乡土作品中，也出现了民俗学界比较关注的"伪民俗"表述问题，这在以往的乡土小说民俗书写中是不存在的，其既折射了乡土社会生活的巨大变迁，也昭示着乡土民俗已经从内部产生了变化，民俗自身的本源已经丢失，乡土社会正在逐渐地出现一些新特征。

第四章主要探讨乡土小说民俗书写背后的拯救诉求。每一时段的乡土小说中都会表现出属于那个时段的精神诉求，20世纪90年代乡土作家面对的社会情况是空前复杂的，在民俗叙事中开始展现出强烈的拯救诉求，我们能够切切实实地感受到作家身上存在的矛盾心理和怀乡情绪，作家写作中也呈现出了比较清晰的主体精神特征。很多作家借民俗叙事，营造了新的乡土景观，也在重新整理和打扫乡土社会，解除景观的隐匿化；有的通过各种隐喻的方式对乡土进行修补，有的借用民俗道具和生活将乡土个人的躯体及精神予以复活重建；有的作家转向对一些少数民族民俗的描写来取代衰落的乡土社会，或是以儿童视角表达一种新生的渴望。乡土作家喜欢民俗，是因为民俗中有一种沉淀下来的秩序感，书写民俗也是寻找这种感觉的有效方式，在民俗叙事中主要表现为对乡土社会时间秩序、空间秩序和民俗链的建构等。当前，乡土社会面临着各种问题，一些作家对乡土心理认同、伦理道德规范、乡土精神信仰等方面进行了关注，表达了他们的修复愿望。

第五章主要对20世纪90年代以来乡土小说民俗书写进行深度反思。20世纪90年代以来乡土小说民俗书写有着重要的价值，也存在着很多问题。在民俗表现中，我们能够看到当代乡土作家展现出了传统与现代的矛盾，农业文明与城市文明的区隔仍然很明显，作家并没有有意识地调适这种文化不适应性。当站在传统与现代的路口，他们更愿意回归过去。民俗想象的缺陷也是一个重要问题，很多规整化的民俗书写使民俗形式变得凝固，这样的民俗很容易显得忠实于过去，却失去了某些动人的魅力。还有一些民俗中有着过去的经验和性质、气味，也呈现着过去的结构形象，但是却并不是那么的紧凑、完整，只是一种依靠感性经验把握的东西，并不具备稳定性。一些作家试图借助民俗书写重新找到那个美好的乡土社会，完成一种"去博物馆化"，但是这种"去博物馆化"的努力是存在着悖论的，在看似对乡土衰落的抗拒中，思想却停滞了下来，并没有展现出应有的价值。当前的乡土民俗叙事正处于一个美学转换期，新的美学形式还会不断地涌现，这是乡土社会发展的要求，也是艺术自身发展规律的必然结果。

CONTENTS · 目录

绪　论 001
　　第一节　研究缘起 002
　　第二节　相关研究综述 010
　　第三节　需要说明的几个问题 021

第一章　乡土小说民俗书写的历史及面临的新形势 025
　　第一节　乡土小说民俗书写的发展脉络 028
　　第二节　民俗之于乡土小说的意义 048
　　第三节　20世纪90年代以来社会文化形势的变化 060

第二章　20世纪90年代以来乡土小说民俗书写的概况及新变 077
　　第一节　创作观念：回归民俗本体 079
　　第二节　书写内容：广度和深度的拓展 089
　　第三节　叙事形式：碎片化、内视化与深度融合 098
　　第四节　发展趋势：书写不断走向衰落 111

第三章　"影子乡土"：20世纪90年代以来乡土小说民俗书写的特征 119
　　第一节　乡土整体性的消散 122
　　第二节　"民"与"俗"的分裂倒置 135
　　第三节　乡土民俗空间的塌陷 150
　　第四节　伪民俗书写的浮出 169

CONTENTS

第四章 拯救与再造：20世纪90年代以来乡土小说民俗书写蕴含的精神诉求 …… 183
    第一节 重新发现乡土 …… 186
    第二节 拯救民俗主体 …… 200
    第三节 重建乡土秩序 …… 215
    第四节 修复乡土伦理 …… 226

第五章 对20世纪90年代以来乡土小说民俗书写的深度反思 …… 239
    第一节 难以实现的"空间性杂居" …… 241
    第二节 形式的凝固与感觉结构：民俗想象的缺陷 …… 249
    第三节 "去博物馆化"的悖论 …… 255
    第四节 乡土民俗书写的未来展望 …… 262

参考文献 …… 269

绪论

[第一节]

研究缘起

进入20世纪90年代以来,中国的现代化骤然提速,市场经济开始影响中国社会的方方面面,各种高新技术产业飞速发展,乡村生活受到的关注不复从前。乡土社会越来越进入所谓的"后乡土阶段"。"在后乡土性阶段,乡村仍保留着部分乡土特质,诸如村落共同体、熟悉关系、家庭农业和小传统礼俗等,但乡村社会的基本性质已经发生改变,不再是传统的乡土社会了。"❶后乡土社会的出现是现代性拓展的副产品,吉登斯认为现代性在本质上拥有一种"抽离化机制",乡土和传统开始被都市、物质、消费所抽离,这不仅仅是一种社会的再造,更是一种文化的更迭。乡土文化遭遇前所未有的冲击,乡土社会中新的经济、文化现象层出不穷,用以往的知识

---

❶ 陆益龙:《后乡土性:理解乡村社会变迁的一个理论框架》,《人文杂志》,2016年第11期。

绪 论

和理论很难解释,所以有关乡土的"文化入侵论""文化终结论""文化断裂论"一直盛行不断。

按照斯宾格勒在《西方的没落》中的看法,每种文化都是一个有机体,都在寻找自己的外延或空间,一旦找到并已变成外部现实,也即确定的知识和表达方式的时候,便意味着走到了终点,那时候"理性和秩序已成为现成的模式和传统,不再有更新的欲求和能力,对往昔的光荣的回忆,取代对未来的幻想和憧憬"[1]。反观我们的乡土文化及民俗,正是在精耕细作、高度发达的农业文明和伦理本位的秩序结构完善之后,失却了变迁的内生力量。

乡土世界的边缘化、乡土共同体的解体、边界秩序的丧失、价值的弥散使乡土世界的事件与文本同等关联。在文学表现领域,乡土书写的价值在转喻层面也被削弱:乡土书写虽然与都市及其他领域的书写并置存在,却只能处于次要方面,它曾经的辉煌已经被遗忘,变得既没有轰动效应,也缺乏接续力量。如果做一个比喻,"五四"以来乡土文学更像是一杯茶,由最初的扑鼻清香引来趋之若鹜的呼声,转而在20世纪90年代之后落入"人走茶凉"的境地,变得无人问津,死于一种"经验的无能"。

---

[1] [德]奥斯瓦尔德·斯宾格勒:《西方的没落》,吴琼译,上海:上海三联书店,2006年版,导言。

乡土社会衰落最明显的佐证是以往"病之隐喻"的复现，或许在很多作家的笔下，乡土社会已经染上了顽固性的疾病，这种隐喻在《丁庄梦》《受活》《大漠祭》《乡村情感》《花村》等作品中都有体现。当然，最具代表性的还是张绍民的《村庄疾病史》，它是对乡土社会和文化最极致化的一种隐喻，这种"作为疾病的隐喻"的书写，秉持的并非如同20世纪20年代"为人生派"和40年代"延安文学"中那种渴求治疗、等待解救的心态，而是将乡土社会视为一种已经千疮百孔、无药可救的东西。乡土不仅在躯体上得了"病"，甚至连基本的"颜面"也不复存在。如李约热《涂满油漆的村庄》中，拍摄组来之前乡亲们渴望"出镜"，却被要求将房子涂满油漆。村民等来的是一个"他者"，也即乡土要想出场就必须以改头换面的方式出现——乡土就这样沉入一种被命名、被涂改的命运中。在这些书写中似乎隐含着这样的悖论：乡土必须丢失属于自己的"脸面"，同时又不得不固守已经得病的"肌体"——一种绝望的矛盾由此派生。所以进入所谓的后乡土时代之后，乡土不再能够揭示什么，它已经与"历史""真理""意义"无关，它的话语生产功能已经耗尽，它已经属于过去时，并被历史所超越。

乡土叙事出现了很多的内在困惑。有关乡土文学的批评也不少见，"正是因为缺乏深沉哲学思想的映照，20世纪90年代以来的乡土小说创作中很难看到对乡村文明的命运、对人类文明方向具有启迪和创新意义思想的作品。在新的乡村变异下，它表现得狂躁、激动，

绪 论

尚缺乏应有的冷静和深沉。"❶ 乡土民俗开始与革命、国家民族、知识分子等话语解绑，没有风景、诗性沦亡、宏大性湮没、深度削平、抽象化是批评者对 20 世纪 90 年代以来乡土文学的常见论断，也会影响人们对民俗书写的看法。

本书选择 20 世纪 90 年代以来的乡土小说民俗书写研究，主要基于以下三个方面的考虑。

首先，从民俗角度出发，有利于我们更好地审视 20 世纪 90 年代以来乡土文学的发展状况。雅思贝尔斯曾说过："假定我们自己能够像神一样从外部审视我们的生存，那么，我们就能够为我们自己建立起一个有关总体的概念。"❷ 这句话也启发我们，在以往考察 20 世纪 90 年代以来乡土书写的时候，我们总是绕不开有关"总体""整体""断裂"等视角，是不是意味着我们在理解乡土的时候使用了过多外在视角的辐射、审视和窥探呢？在外在的、整体性视野之下，我们做了过分"清醒"的理解，反而收获了许许多多令人困惑和不解的事实，而这些是不是由我们的视角失灵所导致的？由此也生发出一个视角调整的必要性问题。民俗显然是具有调整功能的一个切入视角，进入文本的民俗很多时候都是一种文化小传统的碎片，民

---

❶ 贺仲明：《论 1990 年代以来乡土小说的新趋向》，《南京师大学报（社会科学版）》，2005 年第 6 期。
❷ ［德］卡尔·西奥多·雅斯贝尔斯：《时代的精神状况》，王德峰译，上海：上海译文出版社，1997 年版，第 27 页。

俗事象附着于文本的表层和深层，呈现出既外在于文学又内在于文学的独特性质，让我们得以进入文本深处与现场。从民俗书写的创作角度而言，也更具内视性，它既属于作家有意识的范畴，也属于无意识的领域；乡土民俗能够承载他们的精神和意识，又容易成为被他们遗忘的知识；在写作中作家既要自我压抑又要反压抑，作品既是自发又是协商的结果，既相互冲突又相互增强，民俗是容易泄露作家意识和心态的一个"窗口"，所以民俗能帮助我们切换一个视域对20世纪90年代以来的乡土文学进行重新考察。

其次，20世纪90年代以来的乡土民俗是新文学乡土民俗叙事传统的重要组成部分，其创作内蕴仍然延续以往乡土的精神脉络，不应该被另眼相待。20世纪90年代以来的乡土民俗书写不似以往的乡土民俗那般整齐和昂扬，一种疼痛和挽歌意识渗透其中，一种沉重的负罪意识覆盖着作家的精神灵光，很难有作家能实现对受困的乡土的超越，这样的乡土民俗书写会显得更加复杂、艰难：一边是民俗生活的衰落与不愿意看到这种衰落的焦虑；一边是希望拯救乡土，但乡土又着实无处可去的悖论。在很多人的潜意识中，20世纪90年代以来的乡土社会是没落化的、断裂化的、碎片化的，对这样社会中的民俗进行描写是没有价值和意义的，也很容易将之排斥于新文学中乡土民俗叙事传统之外。在新文学的传统中，乡土民俗书写大致上保持着一贯的延续性，即使在20世纪90年代以来社会和文化变迁的背景下，乡土总是被"衰落""消亡""无抵抗"等批评的声音围绕，乡土民俗书写也在以不同的方式回归以往的叙事传统。

绪　论

20世纪90年代以来的乡土民俗叙事潜藏着对新文学中乡土民俗叙事传统很多元素的重建，如启蒙批判、宏大叙事追求、诗性寄托等，贯穿始终的便是一种清晰的知识分子精英意识，这也是20世纪90年代以来乡土叙事得以区别于其他类别文学的所在，使它多了一份厚重感。从现实层面看，作家之所以如此强烈地依恋民俗传统，很大程度上是因为民俗的有效性，民俗仍然包含着对当下社会的判断，维护一个社会的稳定确实需要一个丰富而有生机的传统。正如林毓生先生指出的："自由、理性、法治与民主不能经由打倒传统而获得，只能在传统经由创造的转化而建立一个新的、有生机的传统的时候才能够逐渐获得。"❶民俗是一个社会和民族的文化遗产，是各种观念、制度、信仰和其他物质文明成果的统摄，注重的是规范性的效果。民俗塑造了我们的语言和思维，也给予了我们一种归属，民俗能够让不同历史阶段、代际的文化保持连续性。民俗不仅是一种习惯，更是一种秩序的保证，将逝去的一代与活着的一代联结于一个根本的结构之中。吉登斯在《现代性的后果》中认为构成传统的要素并不仅仅在于时间，而在于仪式和重复。通过民俗的重复书写串联起乡土日渐消失的地平线，能够改变当下乡土扁平化的世界，并恢复日常性和历史性，民俗就这样开始被塑造为一种绝对的东西，"在社会到处都是恐惧和分裂的情况下，人们倾向于寻找绝对的东西，

---

❶　林毓生：《中国传统的创造性转化》，北京：三联书店，2011年版，第6页。

如果绝对不存在，则人们要将其制造出来"❶。当人们生活在一个没有边界、难以确立自身定位的世界的时候，就会反身寻找传统，正如雅斯贝尔斯在《时代的精神状况》中分析的人对传统的依赖那样："人使自己去适应他所遇到的生活而并不想改变它。他的活动限于努力改善自己在周围环境中的地位，而环境则被认为在实质上不可改变。在这些环境里，他有安全的港湾，这港湾就和他一样，是与天、地连在一起的。这世界即是他自己的世界，哪怕这是一个并不重要的世界。"❷

最后，在时代变化的背景下，20世纪90年代以来的乡土小说民俗书写确实也具有了更多独立的审美品格。正如格尔兹在《文化的解释》中说的那样，对一种文化的解释并不一定在于寻求规律，而是在于寻求意义。20世纪90年代以来的乡土叙事，我们可以将其归结为一种抵抗衰亡的挽歌式写作，在很多作家的乡土叙事中我们明显能够感受到一种分裂意识，"只有分裂意识才会真正充分地意识到世界与精神之间的绝对异化"❸。面对分裂，乡土作家不仅生存着，而且清晰地知道自己生存着，人是一种超越性的存在，人越是被时

---

❶ [美]刘易斯·芒福德：《技术与文明》，陈允明，王克仁，李华山译，北京：中国建筑工业出版社，2009年版，第89页。

❷ [德]卡尔·雅斯贝斯：《时代的精神状况》，王德峰译，上海：上海译文出版社，2003年版，第2页。

❸ [英]提摩太·贝维斯：《犬儒主义与后现代性》，胡继华译，上海：上海世纪出版集团，2008年版，第167页。

绪 论

代判决，越是会在关于本质的沉思的确信中寻求避难，并拒绝让自己被一种生活秩序消化。在变化的时代和经验面前，我们已知的私人最强烈的情感，很多时候是无法进行语言转译的，会通过其他的方式进行表达，如果我们还是用以往的期待和解释体系进行衡量的话，显然会贬低20世纪90年代以来乡土民俗叙事的价值。乡土民俗叙事乏力的背后，用单纯的"衰落"来解释未免过于武断，也会遮蔽更多的景观。在后乡土时代，作家面对乡土世界的时候，其处理手段更加内隐和微妙，所以20世纪90年代以来的乡土不应该被简单地否定，与先前的解构、推倒民俗相比，这个重建时代的民俗书写难度要大得多，对民俗的固守比单纯的批判更为艰难，这些从一开始就决定了20世纪90年代以来的乡土民俗写作的难度和限度。另外，20世纪90年代以来随着新的知识观的兴起，民俗尤其是乡土民俗被赋予了地方知识的维度，民俗开始具有了更多的外部声援和内向支撑，书写民俗被看作一种对知识的审视，民俗也被提升到前所未有的高度。

所以，在多重力量的角逐下，我们需要探查20世纪90年代以来作家的民俗书写是如何实现对以往书写的赓续及变化的，文本中建构的民俗世界和社会型构是什么样的，又寄托了作家们怎样的心理诉求。这些都是比较有意义的问题。

[第二节]

相关研究综述

首先,从主要论著的角度分析。学界针对此领域的研究著作相对较少,比较系统的是张永的《民俗学与中国现代乡土小说》,该书探讨了民俗学语境下的中国现代文学,集中讨论了民俗与现代文学在哪些方面实现了联姻与互动,指出了二者存在共同的审美品性:中国民俗学与现代文学在发展阶段上十分贴近,民俗学特别是文艺民俗与现代文学具有共同的审美特性,民俗隐藏的民众心理与情感是文学关注的焦点所在,很多现代作家担当起民俗学学科建设的重任,这些都为从民俗学视角研究中国现代乡土小说提供了充分的理论依据。作者从"为人生派乡土小说的民俗学意蕴""'左翼'乡土小说的民俗学内涵""京派乡土小说的审美特征"三个部分介绍了民俗文化是如何系统、集中地折射在现代文学作品中的。笔者认为该书最具价值的部分主要是对民俗学阐释现代文学的有效性和局限性的探讨。作者指出,出于政治意识形态和文艺大众化的需要,现代作家并未完全掌握和消化民俗学学科理论,他们的思想意识决定了

绪　论

他们并非真的要回到民间，而是试图在文学领域确立起西方现代意识的一种文化策略。这些对于我们探讨20世纪90年代以来乡土小说中的民俗文化书写有很重要的参考价值。

在罗宗宇的《中华民族文化的重建——二十世纪中国小说中的民俗叙事研究》一书中，作者试图借小说中的民俗叙事研究来探讨民族文化的建设问题，利用民俗学与叙事学的方法对20世纪现代文学中的民俗书写进行了梳理。在启蒙民俗叙事中，作者提出了"民俗控制认同型启蒙民俗叙事""民俗控制反叛型启蒙民俗叙事"等相对较有新意的概念。作者深入分析了民俗重压之下个体生命意志的缺乏及民俗控制认同的标准化。作者其他的一些观点也值得圈点，如在探讨解放区小说的民俗仪式改造中指出"文化领导权""创造性转化"等问题。但在论述新时期以来小说民俗叙事时，作者只是从类型上作了一定的划分和梳理，对民俗叙事的本质和深度认识不足，对20世纪90年以来的作品更没有涉及，这些不无遗憾。

赵顺宏的《社会转型期乡土小说论》一书也部分涉及了民俗叙事。作者认为新时期以来，社会转型赋予乡土小说一种"动"的意识，带来了乡土小说创作主体、话语基点、话语形态和审美形态的不断变迁。该书第四和第五部分，作者指出社会转型期使乡土小说书写形成了两大创作群落（知识者作家群和乡土经验作家群）及三种话语形态（意识形态话语形态、知识者话语形态、乡土经验话语形态）。在此背景下，作者从民俗仪式层次、意念层次、器物层次等几个方面讨论了民俗表现问题。作者指出，新时期以来民俗仪式书写不断弱化，民俗仪式不再具备单纯性，但是作家利用民俗意念层次成功地扩大了艺术的视界和文化含量，实现了一种审美本质的变化。从整部作品来看，作者理解的社会转型更多是从 20 世纪 90 年代的文化和时代语境下展开的，所列举的作品也基本在这段时期以前。笔者认为在乡土文化及书写转型中文学表现可能并不具备同步性，甚至会存在二次转型，这样其形态可能表现得更为吊诡和内隐化，只是从近距离观测并不一定能够概览全貌，所以我们可以将视角继续往后延伸，探查 20 世纪 90 年代乃至 21 世纪以来的乡土小说是如何体现乡土文化的，以获得更深的认识。

黄永林的《中国民间文化与新时期小说》是一部以民间视角切入新时期文学的著作，在该书中随处可见对民俗书写的指摘与评论。在书中作者界定了民间精神、民间文化、民间理性等相关概念。在该书的后半部分，作者结合一些新时期小说创作的具体案例展开了集中分析，对一些传说故事的化用、民间歌谣的运用、神秘文化形态进行了具体的揭示，并在民间文化的历史性和民族性的挖掘方面实现了推进。作者认为这些民俗元素的运用对新时期小说的发展产生了重要影响，正是因为这些元素的介入使新时期小说中的存在形态、功能呈现多元化。赵学勇的《革命·乡土·地域——中国当代西部小说史论》有专门的章节讨论西部小说与民俗、宗教的关系，指出西部文学中的民俗和宗教文化是非常丰富的，作为从西部文化中受到熏陶的作家们，有着天然的农耕和游牧文明体认。而且 20 世纪 80 年代西部小说中的"寻根"冲动不似同时期的其他文学，以至于

绪 论

在 90 年代之后能够继续源源不断地从民族和地域文化中寻求资源，推动西部文学的整体崛起。他认为西部文学有着对神秘、鬼怪书写的审美偏向，善于运用民歌方言，同时也有追求神性、渴望灵魂的精神维度，这些都构成了西部文学的复杂性。正是民俗文化的渗透使西部文学能够总体保持稳定性，不受外界的过多干扰。其他一些学者和研究者的论著中也零星涉及本论题，但是由于非系统性和碎片化，这里不再赘述。

其次，就相关学位论文来看，研究者也多有涉及。张德军的博士论文《中国新时期小说中的民俗记忆》是一篇从民俗学维度审视中国新时期小说的论文，主要对扎西达娃、韩少功、贾平凹、阎连科、余华、苏童、王朔等作家作品进行解读。这篇论文对消费习俗、制度与交易习俗、生态习俗等组成的经济民俗的深入发掘，突破了以往研究者单纯以地域性视角解读民俗的窠臼。作者主要是按照民俗学的分类展开论文整体架构的，过分地讲究整体也容易使论文缺少思辨性，流于对现象的整理，缺乏一定的统摄和提炼。杜婷的硕士论文《民俗视野中 20 世纪 80 年代寻根小说研究》是一篇比较有价值的论作，作者指出寻根小说中对有形物质民俗生活相的挖掘，说明寻根小说从革命、政治话语向日常生活移行，民俗的加入使寻根小说完成了从意义文本到故事文本的回归。作者比较了五四乡土小说与寻根小说在民俗追寻上的异同，指出在创作主体的民俗文化构成上，前者更丰厚而后者相对欠缺，这对我们重新理解寻根小说具有一定的启发性。闫爱青的硕士论文《文学视域中民俗的审美价值探讨——以"津味儿小说"为例》指出,"津味儿小说"大规模地展示了天津地域文化的民俗风情,其具有浓郁的地方色彩和独特的审美空间。霍晶晶的硕士论文《来来往往的风景——汉味小说与武汉都市民俗》以方方、池莉、彭建新、吕运斌和何祚欢等为代表的湖北当代小说为例展开分析,民俗学的运用,使论者对居住建筑、饮食文化、广场文化、消费民俗和汉腔汉调等方面的分析鞭辟入里,其中对武汉市民性格与精神的解读也值得关注。

还有一些从作家作品方面展开的研究。这类研究是相对较多的,如于红珍的博士论文《民俗文化资源与莫言及其文学世界》从作家创作论的角度,追溯莫言民俗创作的动机和深层原因,指出文化地理空间上的高密东北乡的文化张力,莫言的成长受民俗影响特别大,创作需求的内在规范决定了莫言文学世界必然要构筑民俗景观,这也是一个从自发到自觉的过程。作者从"鬼魂信仰""动物信仰"的角度对作家笔下的民俗资源运用展开了论述。周梦博的硕士论文《莫言小说中的区域民俗文化研究》也关注了莫言小说的鬼神信仰、婚恋习俗、民间艺术等民俗文化,总体上看论文创新点并不是非常明显,其研究的特色和价值在于对生育民俗的集中揭示,对多种生育民俗作了典型而生动的描述,这为我们理解莫言提供了一种新的视角。张琼的硕士论文《论〈白鹿原〉与民俗文化》、管海艳的硕士论文《大地上温情的歌——论汪曾祺小说中的民俗化意蕴》、许佳佳的硕士论文《民俗文化视阈下的刘绍棠乡土小说》、宋欢的硕士论文《民俗与小说的邂逅——论路遥小说中的民俗书写》、黄自娟

绪　论

的硕士论文《论贾平凹小说创作与民俗文化》、毛峰的硕士论文《文学观的变迁——论陆文夫笔下的民俗世界》、张金凤的硕士论文《论刘庆邦小说的民俗文化写作》、赖小琼的硕士论文《论彭学军湘西小说的民俗叙事》、李丹宇的硕士论文《论周大新小说的民俗意蕴》都对不同作家的民俗书写进行了关注。

最后，从期刊论文来看，相关研究也比较多。有几篇涉及理论探讨，如吴功正的《民俗和文学审美》，认为中华民族深层文化心理结构的非宗教性的理性特征，使中国民俗更为人文化，并且超越文化区段，形成一种独立的文化机制和人文主义潮流。这是一个不应忽视的文化层面，它和宗教一起构成中国文学审美的重要因素。由于民俗节日的历史情感色彩形成了中国文学中的两大情绪心态模式：思念、惜时。民俗及其节日（节日是民俗的时间固定形式）之所以能够触发一种追怀意识，是因为主体已被赋予或积淀着一种历史性情绪，具有历时性特征。[1]陈永春的《民俗与民族文学审美研究》指出民俗与文艺学之间存在着独特而不可忽视的联系，民族文学拥有着民俗描述的传统，民俗不仅仅是文学创作的原始生活材料，它更是文学生命最为鲜活的民族审美心理的构成。[2]

更多研究者从文学现象方面展开论述。最具代表性的是李兴阳

---

[1] 吴功正：《民俗和文学审美》，《云南社会科学》，1990年第1期。
[2] 陈永春：《民俗与民族文学审美研究》，《内蒙古民族大学学报（社会科学版）》，2010年第6期。

和朱华的《"后乡村"时代的民俗文化与风物追忆——新世纪乡土小说中的"民俗叙事"研究》,指出21世纪乡土小说中的"民俗叙事"渐趋复兴,小说中的风俗画与风情画是"后乡村"时代民俗文化传统的挽歌与遗照,其中夹杂的是理性批判与温婉反讽,说明了作家在前现代与现代文化价值的取向上常常出现难以弥合的内在矛盾,民俗是加速"去乡村化"的艺术反弹抑或艺术拯救的结果,作者的论断比较肯綮地击中了当下乡土民俗叙事的本质。[1]毛艳的《简论民俗文化的发掘与当代文学的发展》指出民俗与文学的民族性存在重要关联,民俗文化为当代文学的发展提供了一个广阔的空间,从某种程度上可以说是当代文学走出困境的一个路径,作者的论断值得我们思考,但是该文在论述深度上还有不足。[2]王庆的《论当代乡村小说民俗书写的沉浮》指出当代小说初期中的民俗书写存在严重的局限,处于附丽的工具性的位置。新时期以来,民俗书写对主流意识形态、实利主义现代文化、理性文化构成了文化挑战,在乡村小说现实主义的深化、浪漫主义的恢复,特别是现代主义的形成方面发挥了强大的审美功能。[3]路翠江在《在静态与鲜活的张力之间——

---

[1] 李兴阳,朱华:《"后乡村"时代的民俗文化与风物追忆——新世纪乡土小说中的"民俗叙事"研究》,《湖北师范学院学报(哲学社会科学版)》,2015年第5期。
[2] 毛艳:《简论民俗文化的发掘与当代文学的发展》,《学术探索》,2003年第7期。
[3] 王庆:《论当代乡村小说民俗书写的沉浮》,《华中科技大学学报(社会科学版)》,2008年第3期。

绪 论

论新时期以来胶东乡土题材小说的民俗书写》中分析了新时期以来胶东乡土题材小说造就出的文学"胶东"中，民俗书写构成了小说的审美风格和美学价值。❶肖向明、杨林夕的《"民间信仰"与诗化乡村——论"土改"和"十七年"农村题材小说的民俗审美》中指出"土改"和"十七年"农村题材小说实现了民俗审美空间的转换与新建，大量的民俗描写渗透在特定的政治话语之中，使之与政治话语相辅相成、殊途同归，新的民俗美学风格呈现出明朗色彩，使得较为生硬的政治改造和风俗革命保留了几许日常生活的"生动"与"诗意"。胡芸的《山西当代小说的民俗意蕴》指出丰富多彩的山西文学民俗影响了山西作家群的创作倾向，作者以李锐、成一、曹乃谦、王祥夫、葛水平等小说为例进行了分析。❷李华和马海国的《从西海固文学透视其民俗文化》阐述了西海固民俗文化对西海固文学创作产生着重要影响。西海固作家在自己的文学叙述中，没有一位回避过脚下坚实厚重的土地，展示出西海固人在困苦地理环境中的一股坚韧奋争的生命意识。作家忠实于这片苦土上的真实生活，虔诚地讲述着故乡民俗和乡土故事，表达着对生命的礼赞与心灵之歌。

还有很多研究者关注了一般的作家作品解读。凌孟华的《红色

---

❶ 路翠江：《在静态与鲜活的张力之间——论新时期以来胶东乡土题材小说的民俗书写》，《烟台大学学报（哲学社会科学版）》，2012年第3期。
❷ 胡芸：《山西当代小说的民俗意蕴》，《名作欣赏：评论版（中旬）》，2014年第6期。

经典的民俗折光——小说〈红岩〉的重庆民俗文化解读》归纳了红色经典小说《红岩》文本中重庆的民俗文化内容，如社区文化层面、方言文化层面、仪典节令层面、服饰文化层面，从而可能在另一个层面延伸着《红岩》的艺术生命。麦成林等人的《贾平凹小说的商州民俗》指出小说世界里的葬俗、婚俗、民间礼俗、人生礼俗、饮食习俗等都呈现出典型的地域民俗特色，在瞻前与顾后、寻根和超越之中，拓展着文学表达中的民俗视角。孟昭水的《刘心武小说创作与北京胡同文化》指出北京独有的民俗文化给刘心武的创作充实了血肉，作者将笔触深入到北京的胡同和四合院中，对居住在那里的普通市民生活作了纵深的挖掘，凸显了普通人的魅力，取得了历史性的突破。宁衡山的《论冯骥才民俗小说的现代主义与民族保护主义》指出冯骥才民俗小说蕴含着对民族文化的深层次看法，20世纪70年代末的"伤痕文学"作品是用事实"批"现实，80年代的"民俗小说"是借历史"寓"当代，到了90年代的"现代文明忧患"意识就是看未来"论"今天。李濛濛的硕士论文《阿来小说中的文化资源及其当代意义研究》指出，阿来小说中的民俗主要涉及藏族的葬俗文化、禁忌和其他一些民俗习惯，小说中的这些民俗文化有的仍然生机勃勃，充满活力，而有的不再符合当今社会的发展趋势。张吕在《民俗文化与韩少功的文学叙事》中提出韩少功的创作离不开对乡村民俗文化的叙述，借助于方言的解读、民间风情的渲染、怪异传说的书写，对人们久违的民风民俗、民间气息进行艺术化的展现，叙述了民族特有的约定俗成的法制、法规和习俗定式，从审

绪　论

美角度肯定了民间文化形态的精神价值。❶

从以上研究我们能够作出如下总结。很多研究者已经看到了民俗文化在当代文学中的价值和作用，直接或间接地从民俗学维度审视中国当代文学特别是乡土小说，探讨民俗文化对当代文学的审美选择和价值构建的作用。虽然研究篇幅不长，数量也并不算多，但是很多研究者借助不同的学科背景和民俗学、文化人类学知识探讨了民俗的审美价值和艺术功能，发掘了乡土小说多样化的民俗叙事，这些都是值得肯定的地方。但是研究中也存在着不少问题，需要引起我们重视。

首先是研究时段上的盲点。经过梳理发现，对20世纪90年代以来乡土小说民俗文化书写的论述可谓凤毛麟角，很多研究者看到这一时期乡土小说已经发生的审美变迁，却没有对20世纪90年代以来乡土小说民俗文化书写作系统的整理。笔者认为无论是用以往的乡土叙事视野进行考察也好，还是单就20世纪90年代以来文学创作进行讨论也好，民俗书写都是一个重要的透视工具，民俗代表了一种作家亲近、了解生活的能力和愿望，民俗书写的变迁直接关涉着文本的审美效果，有其考察的必要性。

其次是研究方法和深度上存在着不足。很多研究者对20世纪90

---

❶ 张吕：《民俗文化与韩少功的文学叙事》，《吉首大学学报（社会科学版）》，2008年第3期。

年代以来乡土小说民俗叙事的解读仅仅流于某个作家和作品的浅层解读，仅仅对表层的一些民俗事项进行归类总结，这样显得拘泥于具体的现象描述，缺乏对现象之下的本质追问，过于关注民俗的能指，缺乏对其所指的考量。当然，这些本身也可能与作家、研究者自身的民俗修养有关系。还有一些研究者单就民俗谈论民俗，忽视了民俗与乡土小说的关系，这样很难探讨乡土小说民俗创作中的内在流变和书写重心的变化迁移问题。

最后，随着当下经济社会的不断变化，对乡土民俗书写的未来发展状况及审美走向也应该作出相应的预测。它会发生什么样的审美变迁，未来的出路何在，这些都是研究者应该关注的问题。但是从目前的研究现状来看，还没有研究者能够有这样的自觉意识，这些也是需要进行相应弥补的地方。

20世纪90年代以来的乡土小说无论是内涵还是形式都发生了很大的变迁，所以在这种背景下将其置于民俗文化的框架中予以审视，揭示文本的叙事、语言和文化意义，以及经验系统的生产机制就显得十分必要。

[第三节]

需要说明的几个问题

一、对 20 世纪 90 年代的人为断代和分割

时下的文学研究对"20 世纪 80 年代"的关注是比较多的,而"70 年代""80 年代""90 年代"这种年代学的考察方式看似是一种技术上的时间切割,其实更是一种心理和精神上的断层处理。这种处理的依据很大程度上在于不同年代之间的"事件性"的差异,比如李陀等人对"70 年代"的考察以及查建英等人对"80 年代"的考察,不同年代因为事件差别而呈现了独特的气貌和表述方式。在本书中我们要讨论的"20 世纪 90 年代"及之后的时段,显然在事件上更具特殊性。正如王晓明观察的:"作为 20 世纪 90 年代中国——至少是城市——社会里最流行、也最具影响力的'思想',它事实上已经构成主导今日社会一般精神生活的一种新的意识形态了。"[1] 很显然,基于整体

---

[1] 王晓明:《在新意识形态的笼罩下——90 年代的文化和文学分析》,南京:江苏人民出版社,2000 年版,导论。

认知来看，20世纪90年代以来文学的话语焦点和陈述方式已经发生了非常大的偏转，用一种断裂的方式进行划界只能是基于结果而不是过程的考察。本书虽然设定了20世纪90年代以来这个叙事对象，但更多是作为一种样本选择的依据，在此无意制造断裂，相反在考察90年代以来乡土小说民俗叙事的时候更侧重与此前的文学"前身"和"史前史"进行比较，以此寻求对新文学民俗书写传统的演变进行整体概观。

二、论述的民俗及考察方式

本书中所讨论的乡土民俗，主要是诞生于农业社会之中并一直在当下乡土社会延续、传承的文化事项，其中延续性、稳定性是重要的属性特征。中国农业社会的稳固确保了乡土民俗濡化机制的完整性。另外，由于民俗本身也具有变异性，乡土民俗在历史发展中也衍生出诸多的变体，就20世纪90年代以来的农村现实来看，以往那些诞生于传统农业文明中的民俗文化正在发生着很大的变化，一些新出现的民俗或者用"泛民俗"来指称更为合适，泛民俗在形态和内蕴上看是传统的、固有的民俗的衍生物，带有一种传统民俗成分，但是又表现出了一定的差异性，可以视为传统民俗的延伸和发展。在本书中也会部分地涉及这些元素，之所以进行讨论是因为进入文学的民俗是社会生活的反映，也是对人的生存状态的描述，

绪 论

是折射人的生存状态的一种表征，用更高的视野、更低的标准有助于我们理解乡土民俗的处境及变化。而且文学中的民俗是体验也是想象的产物，如果对其衍生物视而不见或者做切割处理，很容易造成艺术理解的偏差。还有一些作家笔下的民俗缺乏现实依据，在表现手法上更为先锋和怪诞，迥异于一般乡土作家，为了更好地把握整体情况，笔者也将这些作品纳入讨论。

由于笔者的学科背景和论题的需要，本书无意考察乡土小说中的民俗与现实的对应状况，也即仅做文学考察，而非专业的人类学、民俗学考察，只是单就其呈现的文本形态和内容展开论述分析。虽然难免有割裂文本的嫌疑，但是作家怎么表现、表现什么都会呈现出不同的意识形态内涵，对笔者而言于这些罅隙之处获得一二已经足够充实。总体上看，20世纪90年代以来的乡土小说民俗叙事中，作家们很少聚集在某一旗号下展开创作，怎么选择民俗及怎么表现都是作家个人化的一种选择，不再像以往的乡土民俗书写一样附着于共名的时代之下。20世纪90年代以来作家的乡土小说民俗书写中都在直面日常生活，这些乡土民俗更多是以感性形式存在的，以"无意书写"为主，借用福斯特的话说，作家在表现的时候往往是"展示"而非"讲述"，"展示"既意味着与生活的亲密接触，也从侧面说明了作家难以超越乡土现实，被现实所笼罩。这样作家在进行民俗主题表达、意象表现、场景建构的时候往往缺乏指向，呈现散落化的分布状态，一个动作、一场对话、一次表演活动可能是无意识的建构，加之笔者的民俗学修养有限，过分解读可能有过度阐释之嫌。所以在本书中，笔者更倾向于将民俗书写看作一种修辞方法，结合民俗文本进行一种修辞解读，探查为何要这样构造，其目的何在，又揭示了什么。

三、作品样本的选择问题

随着20世纪90年代以来文学创作的繁荣，每年都会诞生大量的乡土小说，这是和之前乡土小说不同的。本书选择的主要是20世纪90年代以来乡土领域中主要作家的长短篇小说，其中长篇小说居多，兼选一些有代表性的中短篇，就其中的民俗部分、民俗系统展开分析。这些作品并不一定能够囊括全部的领域，也不可能完全将乡土小说的角角落落全部整合完毕。加之当代文学具有动态生成性特征，每年都会出现很多新的作品，本书只能仅从目前收集到的作品展开论述。而且因为作家知识兴趣和水平、记忆的差异，切入的主题也会不同，带来不同的外观构型，如有的作家偏重仪式、场景和情景，有的善于把握系谱和社会关系，还有的偏重乡土农民的精神和心理反应。此外，还涉及文本与作家的关系，作家主位视点与客位视点的差别、观察距离的远近，这些都会为本书的解读和论述增加很大的难度，也不一定能够完全保证论述观点的绝对合理。

第一章

乡土小说民俗书写的历史及面临的新形势

"民俗"这个词语在中国古代便有,其意与"民风""风俗"等相近,比如《韩非子·解老》中有云:"府仓虚则国贫,国贫而民俗淫侈。"《汉书·董仲舒传》也有"变民风,化民俗"的说法,这里的"民俗"还不是现代意义上的民俗。真正现代意义上的民俗是从西方引入的,是一种民众知识。我国民俗学泰斗钟敬文先生的理解是:"民俗即民间风俗,指一个国家或者民族中广大民众所创造、享用和传承的文化生活。民俗起源于人类社会群体生活的需要,在特定的民族、时代和地域中不断形成、扩布和演变,为民众的日常生活服务。"[1] 民俗的核心是"民",对于"民"的界定是存在着很大歧义的,比如德国的格林兄弟认为"民"是民族,人类学家爱德华·泰勒认为"民"是古人,美国学者威廉·威尔斯·纽厄尔将其限定在美国黑人、印第安部落以及其他移民群族等领域中,还有的界定为农民、文盲、未开化的人。第二次世界大战以后,美国民俗学界开始将这个领域进行拓展,阿兰·邓蒂斯认为,"可以指至少拥有一个传统因素的任何一种民众群体"[2]。这样看来"民"其实是一个相对的概念,而不是绝对的,是随着时代的演变而被不断重新理解

---

[1] 钟敬文主编:《民俗学概论》,北京:高等教育出版社,2010年版,第3页。
[2] [美]阿兰·邓蒂斯:《民俗解析》,桂林:广西师范大学出版社,2005年版,第30页。

第一章 乡土小说民俗书写的历史及面临的新形势

的。现代民俗学中的"民"一般指的是社会群体、全民或者全人类，而且还必须有一个典型条件：拥有自己的传统。对于"俗"的理解也是一个渐进的过程，现代之前被片面地理解为口头传统，后来逐渐地扩大到传统信仰、故事、俗语等领域。第二次世界大战后，美国民俗学家多尔森将其统摄为"口头文化、传统文化和非官方文化"，无论如何"俗"都是自发或者无意识形成的，现代民俗学理解的"俗"则是"以口头、物质、风俗、行为等非正式和非官方的形式创造和传播的文化现象"[1]。民俗本质上是一种文化创造，文化与人是相互制约的关系，可以说我们每个人的成长都离不开民俗的制约，一个人从出生就意味着进入了周边的民俗环境，就要开始对风俗习得，无论年龄大小、身份差异，只要是在一定的群体关系中，总是要承担一定的民俗角色。生活于民俗中的人并不会主动地反思自身与民俗的关系，而是经常处于"不自知"的状态中。"民"对"俗"的大规模的、有意识的观照是在近代之后，知识分子开始借助于现代文明视角反思"民"与"俗"的关系，并在此基础上形成了现代乡土小说民俗书写的范式。

---

[1] 王娟：《民俗学概论》，北京：北京大学出版社，2011年版，第13页。

[第一节]

乡土小说
民俗书写的发展脉络

一、民俗与现代乡土文学的初遇

自晚清以降,传统社会逐渐衰微,封建皇权制度和知识解释体系的有效性逐步丧失,按照鲁迅的说法,"不是死,就是生,这才是大时代"。面对日益加深的社会危机,在文化时代性的巨大落差之下,黄遵宪、谭嗣同、蒋观云、梁启超、蔡元培等知识分子激烈地批判旧的文化传统。在他们看来,中国无论是先前的精英文化还是民间文化都无法化解这种危机,唯有打破旧的传统,倡导强国新民的风俗观,才能够实现脱胎换骨的改造。这样知识分子不再依赖于旧传统,而是学习西方,以民俗变革来实现民族竞争力的增强,移风易俗成为政治、经济、文化等领域共同的呼声。比如陈华珍在1917年《新青年》的第三卷第三号发表的《论中国女子婚姻与育儿问题》中反对中国普遍存在的早婚问题:"泰西各国,早婚之禁,载于民法。我国早婚陋习,已牢不可破,非由国家严行取缔,决不能达革除之目

第一章　乡土小说民俗书写的历史及面临的新形势

的也。"胡适的《我对于丧礼的改革》(《新青年》1919年第六卷第六号）中提到了："我们讲改良丧礼，当从两方面下手。一方面应该把古丧礼遗下的种种虚伪仪式删除干净，一方面应该把后世加入的种种野蛮迷信的仪式删除干净。"这一时期知识分子对旧民俗的审视在根本上还是因为人们掌握了新的民俗规范和价值，它对社会和时代的解释力正在日益增强，使得以往的那些旧的习俗显得格格不入和难以忍受。

加之当时民俗学也开始建立，很多文学社团成员和《新青年》的参编者都积极投身到民俗学学科建设中，他们身挑两肩重担，一方面引导文学创作，另一方面又积极开展民俗实践的调查。最为突出的便是对歌谣这种文学与民俗形式的关注，民俗研究不断借用文学的理论方法，文学创作从民俗取材也就成为一种必然的潮流。但是从身份来看，当时很多五四作家虽然对民俗研究充满了兴趣，比如神话等民俗的关注者鲁迅、茅盾，歌谣征集运动的发起人钱玄同，对民间故事、童话比较关注的周作人，对民间文学比较感兴趣的胡愈之……他们的学科背景都非常复杂。各种文学家、历史学家还有其他的语言学学者、宗教学学者等共同推动民俗研究的发展，这些人中很多都不是专业的民俗学研究者，他们对于民俗学的认识还是相对狭隘的。

但在"五四"知识分子这里，"民"的内涵已经被明显扩大了，"五四"知识分子普遍认可个体性、世俗性、生物性，主张树立一种个体本位文化价值，享有这个主体的群类不再仅仅是旧的知识阶层，而是所有存在于这个民族的自然人。所以"五四"知识分子并不是一味地去反对全部民俗，虽然他们都将其归类于传统，但是在他们的潜意识中还是有着"贵族"和"平民"之别的，他们所针对的目标更多是封建庙堂文化，因为它一方面自我束缚，另一方面还钳制了底层民间文化的活力，这是五四知识分子对其口诛笔伐的重要原因。而底层平民的习俗文化，则有着很多可取之处，很多知识分子纷纷放下身价，放弃传统士大夫的立场，走入民间，真正地实现了"离开了廊庙朝廷，多注意田街坊巷的事，渐与田夫野老相接触"❶。当时民俗学刚刚兴起，很多学者都自觉地参与了歌谣研究会的相关考察，常惠在《我们为什么要研究歌谣》中指出："歌谣是民俗学的主要分子，平民文学的极好的材料。"❷在他看来，以歌谣为代表的民俗文化本身内含着一种并没有被上层统治阶级同化的自由精神，里面有一种原始的生命力，这些都能够构成"五四"平民精神的重要来源。而且这种运动的背后还内隐着这样的一种诉求：由于五四知识分子一方面对西方文化欣羡不已，另一方面又为自身的文化贫血感到焦虑，寻找能够致力于现代文学建设的创作资源也是非常迫切的，于是就有了这场对民间文化资源的再发现运动。

并不是所有的民俗都是可以转化和利用的，特别是民间长期在

---

❶ ［日］关敬吾：《民俗学》，北京：中国民间文艺出版社，1986年版，第87页。
❷ 常惠：《我们为什么要研究歌谣》，《歌谣周刊》，1922年第3卷第1期。

第一章　乡土小说民俗书写的历史及面临的新形势

庙堂文化的压榨下失却了自身的主体性，周作人自己也指出，"从前无论哪个愚民政策的皇帝都不能做到，却给道教思想制造成功的，便是相信'命'与'气运'"❶。在他为刘半农所作的《〈江阴船歌〉序》中就明确地提出了研究民俗的目的是寻找"供国人自己省察的资料"，可见国民性批判仍然是五四知识分子的思维支柱。周作人的这种理念与鲁迅几乎是一脉相承的，鲁迅笔下的民俗往往都具备超越自身本体的意识形态功能，正如有研究者提出的那样："鲁迅从改造'国民性'的思考出发而进入对历史文化的批判，从地方风土人性的描摹中为传统文化把诊，揭示了儒、释、道三者相融合于国民心理的负面性积淀。""鲁迅一生对传统的精神症候始终保持着深刻的洞察，因为民间的风俗习惯往往是改革的阻力、旧事物的后援。"❷古典文学本身也是传统民俗的一部分，也是需要弃绝的东西，胡适在《建设的文学革命论》（《新青年》1918年第四卷第四号）中指出，"这都因为这二千年的文人所作的文学都是死的，都是用已经死了的语言文字作的。死文字决不能产出活文学。"胡适为此提出了"国语的文学，文学的国语"这一改良的方案，希望用白话这种通用的语言形式来实现对旧文学的覆盖。

---

❶ 周作人：《乡村与道教思想》，《谈虎集》，长沙：岳麓书社，1989年版，第204-205页。
❷ 曹林红：《民俗学研究视野与现代文学国民性主题的发生》，《求索》，2008年第11期。

而且在古典文学与民俗的关系认识中,五四知识分子认为文学对民俗存在着非正向引导,陈独秀在《文学革命论》里指出:"'国风'多里巷猥辞,'楚辞'盛用土语方物,非不斐然可观。承其流者,两汉赋家,颂声大作,雕琢阿谀,词多而意寡,此贵族之文、古典之文之始作俑也。"洪长泰在《到民间去:1918—1937年的中国知识分子与民间文学》中指出:"鲁迅就曾在《中国小说史略》中批评,孔子的言论,看上去都是教人做修身齐家治国平天下的谦谦君子。但他不准谈'怪、力、乱、神',使后世的儒者也都不讲古代神话,就造成了中国大量神话的遗失。"❶中国的知识分子历来便有借思想文化解决社会问题的传统,在五四时代知识分子纷纷视文学为摆脱民俗枷锁的重要工具,这也是导致新文学民俗书写的原因之一。古典文学无法承担起改造国民的使命,只能借助于被忽视的民间资源。这些五四先驱看到了传统文人对民俗的歪曲和遮蔽,纷纷在实践中还原民俗的本来面目。这一时期很多白话诗就是代表,比如胡适的《尝试集》、刘半农的《瓦釜集》,还有周作人、康白情、俞平伯也多有作品面世。

所以五四知识分子在看待民俗的过程中既有开拓性的一面,也有狭隘和极端的一面,正如孟悦说的那样:"在现代民族国家间的

---

❶ [美]洪长泰著:《到民间去:1918-1937年的中国知识分子与民间文学》,董晓萍译,上海:上海文艺出版社,1993年版,第282页。

第一章 乡土小说民俗书写的历史及面临的新形势

霸权争夺的紧迫情境中,急需'现代化'的新文化倡导者们往往把前现代的乡土社会形态视为一种反价值……'乡土'在新文学中是一个被'现代'话语所压抑的表现领域,乡土生活中可能尚还'健康'的生命力被排斥在新文学的话语之外,成了表现领域里的一个空白。"❶随着社会环境的变化和民族主义的高涨,在后来的很多乡土作家笔下,民俗已经不再是先前的"平民精神"的指称,而是成为一种落后性的代称。在许杰、台静农、王鲁彦、彭家煌、蹇先艾等人的笔下,充斥着各种被侮辱和被损害的悲剧人物,这些也在不断地诱导人们得出这样一个结论:乡土是孕育恶俗的温床和铁屋子,唯有将其彻底打破才有可能获得生存的空间。

由于当时五四知识分子一肩多挑,很多人既是文学领军者,又是民俗学的奠基人,这种复杂的身份导致了他们对文学和民俗学的理解都不甚深入,作家们对民俗身份的普遍借用彰显了五四知识分子对社会的关注,这也构成了他们后来想象的源泉。在这个过程中,民俗发挥了一种双向的作用机制,一方面借一些民俗活动,五四知识分实现了象征化的"到民间去",实现了知识分子渴望已久的启发平民、教育平民的愿望。但另一方面,这种对民间的深入中仍然存在着某些认识的误区,作家对民俗的热衷仅仅出于一种比较激进

---

❶ 孟悦:《〈白毛女〉演变的启示》,见王晓明:《二十世纪中国文学史论(第三卷)》,上海:东方出版社,1997年版,第200-201页。

的情感，只是出于对民俗的社会功用才表现出了极大的兴趣，这样进入文学写作的民俗可能是有偏颇的。同时，在理论方法也存在着很多缺陷，张永在《民俗学与中国现代乡土小说》中指出："中国民俗学在其发展过程中，倾向于用民间文艺研究取代民俗学的本位研究，并且始终未能超越文学的审美视野。这无疑是中国民俗学发展的一个重大理论缺陷，但这也从一个侧面揭示了民俗学与中国现代文学难以割裂的关联。"❶中国民俗学的发展始终与政治、社会运动相统一，而五四时代知识分子对民俗的了解和研究其实一直相对盲目，比如20世纪20年代大革命运动的前夕，中国的民俗学研究重镇也转移到了广州，民俗学的进步与革命情绪的高涨是同步的；在解放区，民俗也一直受社会和政治形势的干预，一些人仅仅看中了民俗文艺的动员作用；直到20世纪40年代赵卫邦、杨堃等人才开始反思民俗研究中存在的认识偏颇、理论匮乏等问题。所以，文学理解的偏差一方面囿限了民俗学的独立和发展，另一方面在理解民俗的时候又不可避免地走极端，表现为对民俗的极端热爱和极端仇恨，进入作品中的民俗可能与其本来面目存在着较大的迁徙和位移，在民俗表现色彩上也显现出较强的主观性。

---

❶ 张永：《民俗学与中国现代乡土小说》，上海：上海三联书店，2010年版，第14页。

第一章　乡土小说民俗书写的历史及面临的新形势

二、20世纪二三十年代乡土小说中的民俗书写

从现代文学发生开始，文学与民俗学就在"德先生"与"赛先生"的旗帜下结缘，加上胡适、周作人、鲁迅等人的民俗审美观念的渗透，在20世纪20年代，作家笔下的民俗书写都体现出了比较鲜明的价值取向。值得注意的是，中国的民俗学从发轫开始就受政治等因素的影响，五四时期中国的民俗观更多受到英国人类学的影响，形成了本土民俗的"遗形说""陋习观"，这和当时知识分子的启蒙文化思潮是存在着密切关系的。五四乡土小说以启蒙的眼光看待乡土的同时，也努力地用政治裹挟下的民俗观念提供有效的阐释，这样进入小说的民俗不再是单纯的原生态民俗，民俗成为一种载体和符号，而很多的民俗行为和意象进入作品后难以将古老的生命体验传达给读者。

谈到20世纪20年代的乡土小说，我们不能不说到鲁迅。鲁迅一生对于民俗文化有着非常深刻的体验，他看的小人书、听长妈妈讲的故事、对鲁镇风土人情的感受，这些都使其创作有了更为复杂的情感动机。还在国民政府教育部工作的时候，鲁迅就强调民俗的重要性，他更多地将民俗文化作为考察国民性和民族性的窗口，民俗在这里超越了一般的文化功用和色彩，充满着支配和控制意味。闰土那一句简单的"老爷"称谓足以让人不寒而栗，即使在看瓜刺猹、雪地捕鸟、海边拾贝那种快乐的生活里也有压抑的理性和冷静。鲁

迅视民俗文化及外化的文明为"人肉的筵席",无论是《祝福》中的寡妇捐门槛,还是《药》中的吃人血馒头治痨病,乃至《阿Q正传》中对"配不配姓赵"的名姓之争,鲁迅对传统伦理道德有着深切的体悟,民俗充斥着旧中国的记忆,它的色彩是灰暗的,充满着森森鬼影,正如《狂人日记》中隐喻的:"黑漆漆的,不知是日是夜"。鲁迅笔下的民俗与人有着密切的关系,民俗秩序的破坏者总是要被视为逆子,一如《长明灯》里吹灭了长明灯的"疯子",《孤独者》中不合拍、离经叛道的魏连殳。民俗文化是民间自身的表达,正是在这里让他看到了文化的被扭曲,鲁迅总是要试图通过民俗揭开人被异化的故事,并刻意地保持着与民俗的距离。

和鲁迅一样,很多的五四作家也表现出了对民俗的审慎姿态,他们中间的很多人本身就是受鲁迅思想和写作的启迪才走上文学道路的,加上走进城市之后受到现代文明的烛照,他们在处理乡土民俗经验的时候不可避免地会用现代视角进行考察,主要代表作家有许钦文、王鲁彦、王统照、台静农、蹇先艾、许杰、彭家煌等。鉴于这一时期乡土作家的书写面比较广,我们可以借用钟敬文《民俗学概论》中对民俗的分类方法[1],用物质民俗、社会民俗、精神民俗等进行简单梳理。

---

[1] 钟敬文主编:《民俗学概论》,上海:上海文艺出版社,1998年版,第5页。

第一章　乡土小说民俗书写的历史及面临的新形势

从物质民俗方面看，20世纪20年代，作家开始关注一些自己故乡的民俗，如鲁迅笔下的白篷船、乌篷船，咸亨酒店中的黄酒、茴香豆；王统照笔下的长圆形蒸面卷、包枣泥、赤豆、牛羹、鱼鼓、唱词、牌九等。但是相比于物质民俗，作家们对社会民俗的关注更多，他们纷纷细数故乡的社会民俗，通过对社会弊病的分析来达到批判的目的。比如许杰《惨雾》写的是浙东村与村之间激烈的械斗，吴祖缃的《一千八百担》则描述了家族祠堂内部的争斗，都体现了对宗族这种社会组织方式的不满。蹇先艾《水葬》则是讲述贵州偏远地区将人绑上石头沉入江河的恶习，体现了对人的生命权的不尊重。还有很多作家从家庭关系入手展开分析，吴越自古有典妻的风俗，在《赌徒吉顺》《为奴隶的母亲》中吉顺妻和春宝妈都是像物品一样被抵押到别人之处，作为女性的价值被严重蔑视了；许钦文《步上老》反映了当地存在的入赘习俗，折射了男性在社会重压下的无奈。精神民俗上则注重反映群众思想上的愚昧、麻痹，比如台静农的《红灯》讲述的是得银娘失去了亲恩，在鬼节放红灯的习俗；鲁迅的《祝福》则是讲述祥林嫂被别人嫌弃，希望通过去庙里捐门槛摆脱自己的"原罪"。此外一些其他的民俗书写也都批判了中国人独特的鬼神观念，比如许钦文《老泪》中盛传女性重婚有可能在阴间遭受种种磨难；王鲁彦《菊英的出嫁》中当地盛行"冥婚"风俗，其母亲相信菊英还活在阴间，所以费尽心思为其搜集物品举办冥婚。

相比后来的乡土文学，20世纪20年代的乡土小说民俗描写总体上显得峻急，虽然外面的社会日新月异，但是乡土仍然故步自封，这更加挑动了知识分子的焦虑意识，并形成了一种反作用力，所以我们才会看到民俗之酷烈，乡风之恶。林毓生在《中国意识的危机》中精辟地指出，五四知识分子激烈的反传统源自一种"唯智论—整体论"思维模式，知识精英总是将社会问题当作思想问题来对待，这样民俗脱离日常和现实，被提升为整体性、思想性的东西，并成为亟须打倒的东西。他们的目光其实还未能上升到俯瞰的高度，对乡土社会的复杂关系也只是作了单一性的理解，将部分落后的民俗当作整体，并固执地对乡土作了切割、解剖，盲目地给出了药方，这本身就出自一种"病急乱投医"的心态。

当然还有部分作家超越了五四启蒙的视野，比如许地山借助于民间神话信仰、佛教思想进行的创作，其中隐含着对世俗陈规的超越，对人的生命的尊重，对本民族文化的肯定。废名的小说也表现出了这种倾向，其作品充斥着各种各样的乡土风景，比如《万寿宫》中的私塾祠堂，即使一些在其他作家笔下受到批判的"送路灯""望鬼火""打杨柳"等民俗，也没有过多的思想负载，而是原原本本地还原，充满着诗意色彩。在废名看来，民俗都是民间最日常化的表现，它是构成乡土世界最深层和本质性的东西。王统照的很多作品都有一种纯然的乡土气息，比如在《黄昏》中，"独轮车是农民的一种特别用具，能够坐人，能够载一切的物件，而且是田野中唯一无二的交通器具。……在黄昏中，在这渺无人迹的雨后山涧中，没有人可作推车的农夫的伴侣，只有流水声与道旁青草中阁阁不住的

第一章　乡土小说民俗书写的历史及面临的新形势

蛙鸣"❶。一个小小的独轮车一下子将乡土生活的真实性召唤到人们的面前。同时王统照还注重将日常民俗与乡村的景色结合起来,赋予乡村以宁静的诗意。王统照透过民俗意象来展现农村生活的现实。李劼人的"大河三部曲"对成都民俗进行了详细的揭示,赏花灯、中元祭祖、祭拜杜甫、四月十九大游江等民俗在其作品中都得到了体现,浮世绘式的视野使他超越了当时一般的作家。

20世纪30年代的民俗书写则体现了明显的变化,民俗风景画纷纷出现,这一时期的乡土民俗书写显然更为平和,五四高潮后知识分子在强烈的情绪宣泄之后将自身的情绪动能耗尽,转而进入思想冬眠期,这让他们有更多的时间反思乡土与民俗。加上1930年前后"中国民俗学会"等相关民俗组织的成立,也给作家提供了更多的旁观和参照。如茅盾的《春蚕》中,我们能够看到那种批判式描写正在发生变化,他笔下既有对蚕农们身上存在的"避白虎星""大蒜占卜"等迷信思想的批判,也有对种蚕等民俗生活的细致描写,这超越了当时乡土单一化的描写。当然,最能代表这一时期成就的非沈从文莫属,他努力地建构着自己的"希腊小庙",他的小说中穿插着湘西的恋爱风俗、鬼神迷信风俗、节日风俗等。沈从文的湘西民俗呈现是复杂的,他赞美湘西民俗的人性美,《龙朱》《边城》中男子用唱歌来吸引自己倾慕的女子;也书写了那些不被道德清规拘束的

---

❶　王统照:《王统照全集》(第3卷),济南:山东人民出版社,1980年版,第342页。

心灵，比如《丈夫》中"老七"在城里安心地卖身补贴家用，《萧萧》中残忍却终归于平静的童养媳风俗；同时沈从文还发掘了湘西民风之酷、巫蛊之盛，正是这些复杂的情感让他的作品有了更多的人类学、民俗学意味。

严峻的民族形势催生了东北作家群的创作，他们笔下的民俗同样显现出不同于以往乡土的色调。比如萧军《第三代》写的是东北的胡子（土匪）文化，他们放荡不羁但是又至死不屈；萧红的《呼兰河传》详细地写出了故乡呼兰河城的自然环境、地理布景、节日风俗等，也隐约地折射了对呼兰河人"跳大神"，拜老爷庙、娘娘庙、城隍庙等精神枷锁的批评。除此之外，东北作家群笔下的乡土也充满了恋乡的忧愁，如《科尔沁旗草原》一方面对东北充满匪气的家族、地域文化进行了鞭挞；而在生育自己的这片土地面前，作家又充满了无限的眷恋，恋土意识萌生出来。"土地是我的母亲，我的每寸皮肤，都有着土粒，我的手掌一接近土地，我的心便平静，我是土地的族系。我不能离开她，在故乡的土地上，我印下我无数的脚印。"[1]

---

[1] 端木蕻良：《土地的誓言》，《时代文学》，1941年第5期。

第一章　乡土小说民俗书写的历史及面临的新形势

三、解放区及"十七年"乡土小说中的民俗书写

　　抗日战争爆发之后中国文学进入了一个新阶段，也对乡土文学的发展产生了极大的影响。在"民族形式"的讨论中很多人就已经表现出了重塑乡土文学书写范式的愿望。在延安文艺座谈会上，毛泽东提出，"人民生活中本来存在着文学艺术原料的矿藏，这是自然形态的东西，是粗糙的东西，但也是最生动、最丰富、最基本的东西"，"必须到群众中去，必须长期地无条件地全心全意地到工农兵群众中去，到火热的斗争中去，到唯一的最广大最丰富的源泉中去，观察、体验、研究、分析一切人，一切阶级，一切群众，一切生动的生活形式和斗争形式，一切文学和艺术的原始材料，然后才有可能进入创作过程"。❶这些都要求在文学创作观念和创作手段上必须顺应时代发展潮流，了解和把握最底层工农群众的愿望，从思想感情和创作生活源泉两个方面实现一场眼光向下的革命。这样意识形态的诉求不自觉地与民俗书写暗合偶遇了，解放区文学表现出了前所未有的民俗化倾向，并在文艺大众化的实践道路上迈出了一大步。20 世纪 30 年代，无论是左翼文学还是国民党的民族主义文艺运动等，用农民的

---

❶ 毛泽东：《在延安文艺座谈会上的讲话》，选自《毛泽东选集》（卷三），北京：人民出版社，2008 年版，第 859 页。

语言、以农民的感情进行创作始终是一个无法趋近的目标，而这些很大程度上都是依赖民俗实现的。

解放区乡土文学中民俗书写表现出了以下几个方面的特征。首先，解放区民俗书写呈现了普遍的"有意书写"，这是一种对乡土经验的临时集结和强行征集。在之前的乡土文学创作中，无论是为人生派、京派笔下的乡土民俗还是左翼作家的乡土民俗，从来没有达到如此高程度、密集度的关注，它是民族、阶级、政治多重元素过滤的结果。比如丁玲创作《太阳照在桑干河上》时为了增强对乡土民俗的体验，特意随着土改组来到张家口；马加在《江山村十日》创作完成之后还曾让贫雇农提出相应的参考意见。而且在这些书写中，民俗的功用得到了前所未有的重视，利用民俗进行文本组织和叙事架构的创作倾向是非常明显的。赵树理的一些"问题小说"便是从农村民俗问题入手的，赵树理这个"文摊文学家"在创作中借用章回体小说和说唱文学，都是符合老百姓民俗习惯的。孙犁的创作也善于向乡土民俗靠拢，他笔下的一些女性人物充满着道德美，她们是乡土世界最理想的人格体现，传统和民间文化对女性的要求是柔美、贤良、温婉，孙犁创作的这些"不合时代"的人物却并没有受到过多的责难，这也是契合民间心理的缘故。其次，解放区乡土文学的书写继承了五四的启蒙话语，批判了乡土世界里的种种愚昧，五四乡土民俗书写中让人看不到希望，但是在解放区文学书写中却出现了拯救者的角色，比如《我在霞村的时候》中贞贞被日军强暴，也因此遭受了道德歧视，但她却仍然坚强地活着，并通过革

第一章　乡土小说民俗书写的历史及面临的新形势

命转移了民间伦理道德的重压和侵害。《儿子》中的张大妈失去了儿子，按照乡土观念这是一种家庭、集体血缘的断裂，但是八路军告诉张大妈"人民子弟兵就是你的儿子"，这种替代置换了血缘，也形成了对张大妈的拯救。还有赵树理的《小二黑结婚》，小琴和小二黑的恋爱遭遇了迷信家长的干预，这是五四婚恋问题的再现，但是最终区长的到来解决了问题，区长用新社会的风俗战胜了"命相不对"等旧民俗观念，最后，政治悄然融入民俗书写中。韦君宜的小说《龙》中，村里人在接连遭遇大旱的情况下，又操起了以前的求雨仪式，并在求雨中四处寻找所谓的"真龙"，但是最终来的人并非以前的龙，而是八路军的贺龙，这样政治的美化就被渗透到了民俗的革新中；在《暴风骤雨》中，锅灶门前的灶王爷画像被换成了毛主席的像，以前那些裱装着神仙等元素的画像也都被换为了《民主联军大反攻》等元素，以往并没有意识形态的一些民俗节庆和场景都增添了政治这一维度的元素。

解放区文学的创作审美倾向深深地影响了后来的十七年文学，但是由于政治环境的不断变动，乡土民俗书写不断出现了很多外在的限定因素，比如赵树理《三里湾》中那些民间沉淀元素正逐步被过滤，乡土风景已经逐渐消失，乡土成为问题的载体。即使比较成功的《山乡巨变》在表现乡土民俗的过程中也显然存在着很大的不自由，虽然它比较娴熟地描写了"封财门""接财神"等节日民俗，"哭嫁""送亲"等婚姻民俗，而且运用了大量的民俗语言，但是民俗负载的那种农民的情感愿望以及那种浓郁的乡村泥土气息始终被干扰着，民俗失去了自身的表现节奏，已经让位于对阶级斗争的描写。柳青的《创业史》中梁三老汉身上那浓厚的土地意识，《红旗谱》中朱老忠身上的那种民间侠义精神，都成为一种"剩余的民俗"，这种民俗已经被圈禁，不再具备原初本色。

四、新时期至 20 世纪 90 年以前的乡土小说民俗叙事

"文化大革命"结束以后，乡土小说在外观和内蕴上都开始显得别具一格，一方面受益于中国新文学数十年发展的积淀，各流派在数十年的压抑和限定之下积蓄了过多的审美能量，一旦政治解禁，以往各种被忽视、被禁止的乡土民俗主题书写便纷纷登台；另一方面，中国也在逐步走向开放，20 世纪 80 年代思想界和文化界在与国外对接的过程中产生了一波又一波的文化热潮，这些都重构了小说家们对乡土民俗写作的理念和认识，尤其是寻根文学体现了对民俗的集中关注。

首先，与五四时代不同，这一时期的乡土现实不似五四时代那样晦暗和毫无前途，政府积极号召进行现代化建设，社会上洋溢着一种劫后重生的乐观精神，也让当代作家在心态上要比五四作家更为缓和一些，这样看待民俗的时候也会相对全面和客观，在很多反思乡民精神因袭的时候也会站在农民的立场上。乡土叙事接续了五四时期的人道主义和启蒙主题，如古华的《芙蓉镇》是一部非常

第一章　乡土小说民俗书写的历史及面临的新形势

具有民俗色彩的作品,其中民俗风情画处处可见,对芙蓉镇街面的清丽书写、胡玉音的米豆腐生意,还有各种的民谣小曲都体现了丰富的民俗色彩。"芙蓉姐的肉色洁白细嫩得和她所卖的米豆腐一个样。"❶民俗与人是捆绑的,通过人的被迫害,表现了对极左政治干预民间的不满。张弦《被爱情遗忘的角落》中,不自由的年代里,"爱情"还是个陌生的、羞于出口的字眼,农村青年人的爱情和自由饱受压抑,这批判了乡土道德伦理被极左思想覆盖的悲剧。高晓声的《陈奂生上城》,通过主人公陈奂生上城的故事揭示了农民心理和精神上的痼疾,当他被送进招待所听说一晚需要5块钱的时候,便在房间里肆意妄为,回村后又跟乡亲们炫耀自己住了5元一晚的招待所,这是对鲁迅国民性批判主题的接续。这一时期乡土作家不仅考虑民俗对于农民的束缚,还结合现实情况关注了当代农民的生存状况,思考这些束缚农民精神、信仰民俗的历史根源。何士光的《乡场上》及《犯人李铜钟的故事》等都在思考农民精神变迁的现实原因,都表现了对农民深切的同情。

其次,还有一部分作家自觉地接续了乡土浪漫派的创作。比如"荷花淀派"的创作中渗透着强烈的浪漫气息,代表人物刘绍棠的大运河系列作品充斥着浓郁的民俗风味,野史故事和民间传说、戏曲年画均匀分布。这一时期最优秀的作家是汪曾祺,在他的笔下展

---

❶ 古华:《芙蓉镇》,北京:人民文学出版社,2004年版,第4页。

现了故乡高邮的民俗风情:《大淖记事》中独特的江北水乡风光,《异秉》中王二那形形色色的美食,《受戒》中超越宗教的世俗人情美,还有各种各样的婚丧礼仪、求雨送灯、风俗工艺,展现了清明上河图般的民俗景观。汪曾祺在这些民俗描写中也善于发掘民俗下人物的生活状态,如《故里三陈》中陈四的安贫乐道,还有巧云的勇敢执着等。汪曾祺看到了民俗对于人物个性的凝聚作用,民俗也是这些人物自身的精神动力所在。汪曾祺的语言描述浸润着古典美学的意蕴,生动传神、清新秀丽,让作品独具韵味。更为可贵的是,汪曾祺还较早地看到了民俗在时代冲击下可能走向没落的命运,《故人往事》《晚饭花》等都表达了相应的担忧。

最后,对乡土民俗进行集中关注的当数寻根文学。寻根文学是当代文学重要的转折点,它标志着新时期文学自觉地从政治、宏大叙事等母体中脱胎,实现了对文学本体和民族文化的深度思考。"到了'寻根文学','新时期'才真正开始产生了反主流的态度和反思的精神,以文学特有的思维方式,以其独特的审美意识和审美感觉与时代主流疏离。"[1]寻根文学集中展现了民俗文化的多样性,既有《棋王》中那种心游楚河汉界、超越功名利禄的道家精神,《小鲍庄》里对儒家仁义价值理念的现代追求,也有《爸爸爸》中原始思维、生命本能、图腾崇拜,扎西达娃作品中的万物有灵、人神交互、轮

---

[1] 旷新年:《寻根文学的指向》,《文艺研究》,2005年第6期。

第一章 乡土小说民俗书写的历史及面临的新形势

回穿梭的佛教理念……"寻根作家"大多带有极其浓郁的地域特色，也使当代乡土民俗叙事拥有了更高意义上的文化人类学意味，并践行了费孝通的"文化自觉论"。在此前文学并没有深入到文化层面展开反思，寻根文学以文化的自在性和自为性为前提，有意识地比较、鉴别我族与他族文化的异同，将文化的整合创化提升到一个前所未有的高度。但这并不意味着寻根文学在文化和民俗的理解上就是深入彻底、没有问题的。西方学者在理解民俗的时候往往站在历史的角度深入理解地方知识、文化变迁的动因和方式，尤其是格尔兹等学者在表述和阐释民俗的时候总是力排话语操控权，中国的学者和作家们在解释民俗的时候，既没有这样的视野也没有相应的知识储备，反而以操控民俗的意义之网为荣，呈现一种"想象"的强加，一方面肯定现代性，另一方面又追求民族性，从而在小传统文化存在的合理性问题上显得游移不定。正如有研究者说的那样："寻根作家并不能有效地甄别民俗文化中的优秀与劣质成分，寻根作品也只能在民俗文化的优与劣、精华与糟粕之间混淆视听。"[1]

---

[1] 杨国伟：《寻根文学"民俗"叙事的现代性批判》，《理论月刊》，2017年第9期。

[第二节]

民俗之于乡土小说的意义

从前文的分析中我们能够看到从乡土小说诞生开始，民俗就是其重要的表现领域，无论是20世纪20年代的乡土小说、左翼乡土小说乃至后来的"十七年"文学、寻根小说等，民俗书写从来不是一个简单的意象、事件和场景，而是有关传统、国族和现代性想象的复杂系统。无论在哪一个时期的乡土小说中，民俗都占有较重的地位，起到了重要的表现作用。中国的现代乡土小说和以往的民间文学等不一样，它是一种现代性的产物，是在特殊的历史语境下所产生的，它的意义和文化功能必须被放置在现代化进程中才能得到诠释。

一、乡土小说何以如此关注民俗

纵观20世纪90年代之前的乡土小说民俗书写脉络，我们能够发现，民俗书写虽然时断时续，但是仍然保持着大致的稳定。究其

第一章　乡土小说民俗书写的历史及面临的新形势

原因，还是因为乡土社会完整性一直没有受到较大的破坏，这里的乡土社会并不是具体的、现实中的中国农村，而是费孝通的"乡土中国"，也即内置于具体的中国基层传统社会里的一种特殊的体系，它支配着乡土生活的各个方面。20世纪90年代以前，对中国农村影响最大的事件莫过于"合作化""人民公社化"等重大的运动，它极大地改变了农村的面貌和组织结构，并使以往的"差序格局""礼治秩序""长老统治"等被迫以各种变种的方式存在，乡土中国型构的相对完整性确保了乡土民俗书写一直没有发生较大的审美变迁。当然，并不是说每一时代的所有乡土作家都必然要去表现民俗，民俗之所以对乡土小说产生重要的影响是中国20世纪文学独特的语境所决定的。"在二十世纪的中国，则是社会政治问题的激烈讨论和实践。政治压倒了一切，掩盖了一切，冲淡了一切。文学始终是围绕着这中心环节而展开的，经常服务于它，服从于它，自身的个性并未得到很好的实现。"[1]在新文学发展中，民俗也被拖进社会政治问题的视野，大多数作家在认识民俗、表现民俗、反思民俗、改造民俗的时候都有着强烈的目的功用性，这样民俗以不同的形态进入了小说文本中。

认识民俗、发现民俗在20世纪20年代作家那里成为一种共识，

---

[1] 黄子平，陈平原，钱理群：《论"二十世纪中国文学"》，《文学评论》，1985年第5期。

民俗普遍被作家视为一种"秘密",潜藏着不为人察知的文化内面,揭发它,召唤它,为其诊断的声音此起彼伏,一种文化敲钟人、传统盗墓者的角色在作家那里被普遍扮演。在这个过程中,五四知识分子以否定的方式强迫民俗与现代对接,形形色色的乡土民俗被打捞出来,这样20世纪20年代的民俗书写以自我贬值的方式论证了启蒙、现代、科学的合法性,而后者回报它的却是祭台、匿名和分裂。在阶级和革命叙事中,乡土民俗不再是历史的反证物,而是作为革命、民族话语的建构材料,在一种新的权力关系中被展现,成为被压抑、被中立和被改造的东西——吊诡的是,这看似是对先前排斥民俗、蔑视民俗的纠正,而恰恰是一种反逻辑,因为无论他们怎么排斥民俗,民俗都是以完整性的面目而存在的,这样的书写就是要规定民俗主体、分裂民俗,对民俗实现由内而外的驱赶并重塑一种有关民俗的新知识。而解放区文学之所以对民俗的改造如此热衷,普遍视民俗为他者,原因或许正如林毓生分析的那样,"虽然共产主义革命与传统历史文化遗产的关系,仍然悬而未决,暧昧不明","领导阶层并不对旧中国的传统采取民族主义式的颂扬,相反地,他们更倾心于根除这些传统,因为他们视传统为对当前的威胁和对实现社会主义未来的障碍"[1]。政治规训之下的作家无法有机地看待传统文化,而

---

[1] 林毓生:《中国意识的危机——五四时期激烈的反传统主义》,穆善培译,贵阳:贵州人民出版社,1986年版,第2页。

第一章　乡土小说民俗书写的历史及面临的新形势

是激烈地去反传统,绝大多数的作家书写民俗总是晦暗的。此外还有"京派"及一些对古典传统充满兴趣的作家,他们看待民俗的时候态度显然并没有那么急躁,他们笔下的民俗书写多半是宁静、和谐的并充满生活气息,这些作家在书写民俗的时候往往是一种"忘我"的融合,其秉持的仍然是传统士人回归式的理念,民俗承载着他们独特的心灵世界,这样的书写有些时候并不涉及人的自我发现问题,这样就规避了启蒙宏大叙事的书写要求,态度的平和使他们的民俗作品表现得更为原色化。

中国的现代乡土小说对于民俗的发现和关注是由"人"的焦虑问题所催生的。乡土小说对于民俗的关注在根本上是对"人"的关注,也是一个关于"民"的遮蔽与去蔽的问题。从现代性的角度看,农业文明下的生活是一种循环式、感性化的存在,它往往并不去反思自身,也不去关注外界,而是在封闭的时空中维持自我的稳定和超然。农业文明下的民俗就是这样一种全方位的覆盖机制,它导致了对人的遮蔽,使个人时间意识模糊,空间视野受限,意识不到自己在历史进程中的作用,所谓"历史的车轮滚滚向前,不以人的意志为转移"这句话是与农业文明中的人无关的。现代文明熏陶下的人大多是唯理论的持有者,唯理论认为依靠感觉经验得来的感性认识是不可靠的,而诞生于农业社会的民俗大都是靠着经验和感性堆积起来的。农业社会之下的人奉民俗为圭臬,他们认为民俗能够解释自己生活的周边和外延,能够为自己的行为提供一劳永逸的指导。在现代文明的持有者看来,乡土民俗更像是一种充满着神秘性、魅惑力的东西,民俗将他们隔离于现代文明的历程之外。从现代性的角度看，乡土民俗追求一种规范和秩序，也阻碍他们自我发现和创造的可能性，整个世界都是不存在规范的，一个人的创造才是真理的所在。这样乡土民俗从一开始在精神和价值上就与现代性的追求相互冲突，作为现代理念顾盼者的五四知识分子，一开始就先验地认定了理性化过程的合理性，理性核心就是"祛魅"，乡土民俗就成为必须关注和进行拆解的东西。在20世纪上半叶，新的社会秩序虽然已经建立，但是乡土社会仍然稳固地存在着，知识分子认为只有引导乡土之民从那些泥沙俱下的巫魅中解放出来，才能够帮助他们去理解世界，去控制世界，才能够找到自己的主体性。

所以，在知识分子的视野中，乡土民俗越是顽固，就越需要被打倒。在新文学的书写传统中，放弃民俗很多时候会意味着对主流话语、对历史责任的背叛，作家一方面在压抑它，另一方面又在挖掘它，要么是压抑民俗，要么是抬高民俗：这样民俗就成为必须被表达的东西，在表达中民俗又从未被解放——而这本身就说明了民俗之于乡土书写的矛盾性和多义性。在这个过程中，乡土民俗却始终被保持在"是己"又"非己"的状态。无论是立足于启蒙烛照的民俗描写，还是服务于革命斗争的民俗描写，乃至新时期寻根小说中的民俗描写，它都是民间、社会多边力量角逐的结果。它可以被外在力量整合和规训，保持一种"非己"状态；但同时乡土"小传统"很多时候都是非历史性的存在，它对历史的感知过于弱化和被动，进入文本之后又可能呈现一种散漫的独立状态，拒绝他律因素的干扰。所以，进入新文学视野后，乡土民俗可能是工具和结果，却也可能是障碍和阻力——乡土民俗可以被固化、分割、压缩，从来没有被获得、分享，却始终保持着自己清晰的边界。它强化主流意识，又损害主流意识，有什么样的书写指向就容易遇到什么样的书写抵抗。与此同时，正是乡土民俗在本质上呼唤了知识精英的心理塌陷，也即知识分子对大众、民间、乡土等同义域的征服焦虑：他们虽然一味地抬升自己，以高于民的立法者姿态频频出现，然而对于民俗，他们只能设置禁忌、划定边界，这也从侧面说明他们本身并无传统可依，也无法自我生产，甚至连复制的可能性都被剥夺，这不可避免地构成了很多作家在认识民俗、改造民俗中的一种障碍机制。

二、民俗对乡土小说发展的意义

当然仅仅如此还不足以证明民俗书写对于乡土小说的价值，从乡土小说的审美系统来看，民俗书写对乡土小说发展的意义也是不可忽视的。

首先，民俗是现代小说初创期形式与主题的重要对接点。小说是文明发展的产物，小说要想去适应现实、表现现实就应该寻找其最恰切的方式，任何先在的形式只会限制其表现力。现代小说这种形式，不仅在西方经历了漫长的形成过程，在中国也经历了一个不断丰富和拓展的过程。早期的乡土小说作者，除了鲁迅、叶圣陶、王统照等人外，很多都缺乏进行白话小说创作的积淀和艺术感知力，在一个激情的年代里更多的作者喜欢主观抒情，甚至把一些西方现代主义流派当作"新浪漫主义"，并视为最先进的创作方法。对于初创期的乡土小说而言，无论内容还是形式上都处于探索的阶段，很多作家其实无法正确地把握乡土小说（或者乡土文学）应该是什么样的。他们无法往前看，但是却拥有向后看的资本，随着炽热情绪的消退，作家可以通过对自己故乡的回忆进行小说创作。正如周作人说的："若在中国想建设国民文学，表现大多数民众的性情生活，本国民俗研究也是必要，这虽然是人类学范围内的学问，却和文学有极重要关系。"[1]在实践创作中，民俗不断扩大着作家的视野，以王鲁彦《柚子》、彭家煌《怂恿》、许钦文《故乡》、蹇先艾《朝雾》等为代表的乡土小说集的出现便是乡土民俗的试笔之作。从今天来看，这些作品在人物和情节方面显然有所欠缺，但是对乡土环境的描写，对乡土生活画面的展现却是可圈可点，而这些都归功于乡土民俗的作用。

其次，民俗也构成了乡土小说最稳固的肌理。中国的乡土小说从诞生之日起就带有一种理性化的问题意识，正如茅盾说的那样："我们要在现代小说中指出何者是新何者是旧，唯一的方法就是去

---

[1] 周作人：《在希腊诸岛·译后记》，《知堂序跋》，长沙：岳麓书社，1987年版，第249页。

第一章 乡土小说民俗书写的历史及面临的新形势

看作者对于文学所抱的态度;旧派把文学看作消遣品,看作游戏之事,看作载道之器,或竟看作牟利的商品,新派以为文学是表现人生的……凡抱了这种严正的观念而作出来的小说,我以为无论好歹,总比那些以游戏消闲为目的的作品要正派得多。"❶正是这种深邃的理性精神,使当时处于初创期的小说普遍存在着审美性不足的问题,也从侧面说明作者们还没有能够艺术地掌握世界。中国现代乡土小说的真正成熟是从有机地与中国本土文化的结合开始的,"在现代意识的烛照下,通过对中国文学艺术传统的重新发现和转化,使其在同现代艺术的契合中重新塑形,重放异彩"❷。而乡土小说的这种重新发现和转化,在很大程度上是依赖于对民俗的深度发掘和融合实现的,很多优秀的作品亦是以表现民俗生活的丰富性、展现社会和历史的整全性为目标的,比如李劼人的"大河三部曲",茅盾的"农村三部曲",沈从文的《边城》,萧红的《生死场》,等等。对民俗生活的揭示越细致,越能凸显生活的真实性,这让我们看到了那个时代和场景中人的思想、情感和生活状态。加入了民俗书写的文学作品,不仅仅表现了一种广度,更发掘了一种深度,体现出作家的智性思考和知识力量。民俗对于作家的创作而言,既是一种阻碍力又是一种加强力,有助于显示出作品的生命张力和耐力。我们所面对的历史、

---

❶ 贾植芳:《文学研究会资料》(上册),郑州:河南人民出版社,1985年,第320页。
❷ 陈继会:《中国乡土小说史》,合肥:安徽教育出版社,1999年,第13页。

时代和生活都是有层次的，但是我们的经验、思维乃至想象很大程度上都是被我们周边的民俗所塑造出来的，我们经验当下的方式更多是依靠一种平行关系获得的，它让我们沉入当下的泥淖，很难抓住较深层次的生活。但是优秀的作家能够穿透民俗带来的硬壳，折射一种"深度"的人性，民俗对于乡土小说审美性的提升是有价值的。

再次，正是对民俗的关注使乡土小说在发展中大致保持了一种连贯性。乡土性构成乡土小说本质的东西，以土为根，以乡为邻，血缘与地缘之下产生一种依赖感，形成自己周边的人际关系、社会秩序等。乡土性很大程度上是依靠乡土民俗来实现的，这是民俗自身拥有的宽度和广度所决定的。民俗涉及乡土生活的方方面面，无论是那些未经人类沾染的自然风光，还是其他各种人类生产出来的农具、稻田、衣物、食物、年画、建筑，乃至各种交易、社火、赛会，看不见的信仰、心理等都可以进入创作者的视野。只要乡土社会的完整性得以存在，民俗就会发挥方方面面的作用。每个人都是由民俗所塑造的，每个人都成为民俗熏陶或者规训之下的存在，民俗构造了作家的"知""情""意"，耳濡目染并积淀为记忆潜藏，当作家去思考、反观民俗的时候也会遭遇民俗的被动性抵制或者能动性召唤。一代有一代之文学，中国的现代文学是一个不断地走向成熟，也是一个不断走向分化的过程，每一种文学都有自己的生命周期，比如鸳鸯蝴蝶派、新感觉派、新月派等。然而相比于其他类型的文学创作，乡土小说的变化是最小的。梳理乡土小说的发展历程我们能够看到，虽然乡土小说在不同时代呈现出不同的特征，比如浙东

第一章 乡土小说民俗书写的历史及面临的新形势

作家群笔下的启蒙叙事,赵树理对合作化运动的叙事、寻根小说的文化反思,这些作品总是离不开伦理、传统、土地、家族等关键词。它们虽然有着不同的文化品格、情感精神,但都是以乡土的风土习俗、生态景观为审美前提的,其所体现的只是价值选择多样性。拥有活生生的民俗的乡土才是本然的乡土,因此毛泽东在延安文艺座谈会上提出,"缺乏艺术性的作品,无论政治上怎样进步,也是没有力量的"❶。从这个意义讲,乡土小说凭借着民俗拥有了自己的精神内核:它可以从历史、政治、阶级、民族等不同角度进行审视,也可以遭受浪漫化、丑化、抽象化等不同方式的观照,但是忽略了民俗这种"土性"的元素,就会失却任何可能预期的诗性、浪漫、激情抑或力量,这是属于乡土叙事自身的秘密抑或魅力。

最后,民俗促使乡土小说不断地走向深化,形成自己的审美品格,也是彰显中国文学民族性的有效手段。从五四时期开始,很多乡土作家都特别重视利用民俗去彰显文学的地域色彩。对乡土文学理论建设做出重要贡献的周作人曾经在《自己的园地·〈旧梦〉序》中指出:"我轻蔑那些传统的爱国的假文学,然而对于乡土艺术是很爱重;我相信强烈的地方趣味也正是'世界的'文学的一个重大成分。"❷民族化是乡土小说诞生初期一些研究者就普遍追求的目标,五四先

---

❶ 毛泽东:《在延安文艺座谈会上的讲话》,选自《毛泽东选集》(卷三),北京:人民出版社,2008版,第858页。
❷ 周作人:《自己的园地》,长沙:岳麓书社,1987年版,第117页。

驱们从一开始就为乡土小说创作设定了民族化这一目标，而实现这一目标的有效方式就是"推重那培养个性的土之力"的民俗。从20世纪20年代开始，乡土作家们的确开始返归自己精神和记忆中的故乡，比如台静农笔下的叶集镇、许杰笔下的枫溪村、废名的黄梅等，很多作品虽然显得沉闷压抑，但是不同的作家以其特定地域的描写让我们看到了属于中国的风景、风俗、风情，鲜明的地方色彩扭转了现代小说滥觞期欧化的倾向。而且很多乡土小说家都善于使用民间语言进行表现，民间语言的词汇构造、语法规律都体现着乡土的思维，民俗语言也成为一种人文意识形态的反映。当民间语言作为一种文学表现方式出现的时候便会释放民俗所具有的文化感染力，带来别具一格的效果，也奠定了民族化发展的初步道路。

随着社会和时代环境的变化，不同类型的乡土小说纷纷出现，如追求"力"度之美的左翼乡土小说和东北作家群小说，追求诗性浪漫的京派乡土小说，向传统迈进并彰显民间趣味的"山药蛋派"小说，还有新时期以后以新的角度与新的姿态反思民族文化与心理的寻根小说，乡土小说在审美表现领域都获得了较大的发展。梁斌在创作《红旗谱》时也明确表示："地方色彩浓厚，就会透露民族气魄。为了加强地方色彩，我曾特别注意一个地区的民俗。我认为民俗是最能透露广大人民的历史生活的。"[1]正是在作家对民俗的关注

---

[1] 梁斌：《漫谈〈红旗谱〉的创作》，《人民文学》，1959年第6期。

第一章　乡土小说民俗书写的历史及面临的新形势

中,乡土小说不断扩充新的表现领域,实现叙事方式的革新,更带来文化思索的深入,在这个过程中民俗更像是一种牵引力,也彰显了一种表现力,带领乡土小说不断地寻找新的表现领域和表现方式,以开放的姿态来面对时代。进入20世纪90年代,民俗对乡土小说的作用也有了新的形式,比如莫言对民族化元素的运用,得以问鼎诺贝尔奖,也是中国乡土小说民族化的重要成就。

[第三节]

20世纪90年代以来
社会文化形势的变化

考察20世纪90年代以来乡土小说的民俗书写离不开相应的历史、社会、文化等时代背景。90年代是现代化全面开启的时代，现代化使以往乡土稳定的共同体和社会结构产生巨大的变化，乡土社会中开始出现"留守村"现象，乡土社会民俗随之发生了很大的变化。20世纪90年代以来的文学创作整体上处于不平静、分裂和话语的狂欢中，这使乡土作家们面临着非常复杂的境况。与此同时，随着社会环境的日益宽松，文学与民俗学等学科纷纷抖落历史的尘埃，实现了一种新型的独立又协作的关系。人类学学科也在逐渐兴起，文学人类学、文化人类学的出现改变了以往的知识观念，并使作家民俗观念不断走向深入。

第一章　乡土小说民俗书写的历史及面临的新形势

一、城市化对乡土社会的冲击

　　1942年沈从文在《长河·题记》中这样描绘了家乡的变化："去乡已经十八年，一入辰河流域，什么都不同了。表面上看来，事事物物自然都有了极大进步，试注意注意，便见出在变化中堕落趋势。最明显的事，即农村社会所保有那点正直朴素人情美，几乎快要消失无余，代替而来的却是近二十年实际社会培养成功的一种唯实唯利庸俗人生观。"❶沈从文的这段追叙明显可以看出现代化冲击的影子。而实际上对比20世纪90年代以来的乡土社会的变化，我们会发现这种变化有过之而无不及。90年代以来的中国社会开始了全方位的现代化征程，姜义华先生在《理性缺位的启蒙》中对90年代以来的社会转型给予了这样的总结："今天的中国，同时进行着三个转变：一是从自然经济半自然经济转向市场经济；二是从原始累积时代及自由竞争时代的市场经济向现代经济转变；三是从原先已经形成严密体系的产品经济、计划经济向合乎市场经济则又体现社会主义精神的新经济体系转变。这是一个16世纪、17世纪、18世纪、19世纪和20世纪并存的时代。"❷清华大学孙立平教授则从社会学角度

---

❶ 沈从文：《长河》，太原：北岳文艺出版社，2018年版，第9页。
❷ 姜义华：《理性缺位的启蒙》，上海：上海三联书店，2010年版，第461页。

将20世纪90年代以来的转型归结为"从生活必需品阶段转向耐用消费品阶段",在前者阶段中最先受益的是底层群体,80年代社会的兴旺气象很大程度上是这个原因造成的。"实际上,自90年代以来,中国社会已经发生了一些非常重要的、根本性的变化。这些变化有的可以看作是80年代的延续,而另外的一些则意味着一些重要的逆转。正是这些变化使得90年代以来的中国社会已经成为一个与80年代的中国社会非常不同的社会。"❶

  当中国再一次向"现代化"发起冲击之时,我们的乡土社会也随之发生了巨变,而讨论20世纪90年代以来的乡土社会变化,始终离不开体制改革、城乡关系、进城务工等词语,这是以前乡土社会所没有遭遇过的变局。从根本上讲,破解城乡二元对峙只能靠加速城市化进程来实现,它有助于破解地区壁垒和城乡分割的现状。中国从20世纪80年代开始的改革也试图打破城乡二元结构体制,但是由于人们思想观念的钳制和国际形势的变动,80年代的市场化并未全面铺开。1990年以来,随着改革开放的逐渐深入,城市化的全面启动带来了新的繁荣,但是城市对农村的"虹吸"效益也越发明显。随着资源配置机制的变化,无论是乡镇企业还是集体企业,一定程度上提升了农村居民的收入,改变了农村基础设施落后的境

---

❶ 佚名:《关注90年代以来中国社会的新变化——社会学者孙立平教授问答录》,《中国青年政治学院学报》,2002年第5期。

第一章 乡土小说民俗书写的历史及面临的新形势

况,但是21世纪以来乡土中国也面临一系列挑战。可以说90年代以来的大规模城市化发展,既改造了农村先前的社会面貌,同时也削弱了乡土社会的生存基础。田耳的《长寿碑》、夏天敏的《好大一对羊》、陈应松的《马嘶岭血案》、刘醒龙的《天行者》等都是揭露乡土社会贫困化、利益冲突尖锐化的作品。"农村—城市"资源重新积聚的趋势,对传统乡土社会产生了广泛而深刻的影响。社会境况的变化直接反映在人们的思想观念中,在20世纪90年代的一大批小说都能够得到印证,比如周大新的《步出密林》、范小青的《城乡简史》、夏天敏的《碑坊村》、梁晓声的《荒弃的家园》、叶弥的《月亮的温泉》等。

现代化的冲击也使以往乡土稳定的共同体和社会结构产生巨大变化,从城市化这项重要的指标来看,"据统计,净迁入城市的农村人口改革开放前约3000万,1982—1987年仅有1500万。1985年—1990年有1.5%的农村人口转移出去"❶。但是到了20世纪90年代以后,原有的城乡关系一方面在松动,另一方面又在发生着前所未有的剧变。从邓小平1992年南方谈话开始,市场化大幕正式拉开,大量的农村人口涌入城市,城乡资源要素开始重新匹配。从乡土中国到"离土中国",加上城乡关系的新变革,引发了乡土叙事的变化,

---

❶ 中国科学院国情分析研究小组:《城市与乡村——中国城乡矛盾与协调发展研究》,北京:科学出版社,1996年版,第7页。

大量的"进城"叙事开始出现,溢出了以往乡土小说的范畴,比如关仁山的《天壤》、孙惠芬的《吉宽的马车》、邵丽的《明惠的圣诞》、王华的《回家》《在天上种玉米》、曹多勇的《桃花劫》等等都是代表。

　　社会的转型也影响了人们尤其是知识分子地位的变化,作家们已经不像以往时代那样充满号召力,不再是昔日振臂一呼便能拥趸甚众的英雄,他们的现实责任感已经有所消减,身上的浪漫精神和革新勇气也逐渐被社会所覆盖和遗忘,开始显得进退失据,这点在社会学的观察中也得到了印证。社会学学者孙立平教授指出:"在(20世纪)90年代,有几个过去经常使用的名词几乎消失了。其中一个名词就是知识分子。80年代的时候,知识分子是人们经常使用的一个概念,比如说改善知识分子生活条件,提高知识分子待遇等。当人们这样讲的时候,实际上意味着知识分子被认定是一个同质性的群体,这个群体内部的状况大体是差不多的。但在现在的社会生活当中,知识分子这个词已经用得相当有限了。为什么?因为知识分子本身已经高度分化了,体制内的知识分子与体制外的知识分子,进入市场的知识分子和没有进入市场的知识分子,甚至他们各自的内部还在更进一步的分化。"[1]很多知识分子变得沉寂,不再像以往

---

[1] 孙立平:《转型与断裂——改革以来中国社会结构的变迁》,北京:清华大学出版社,2004年版,第278页。

第一章 乡土小说民俗书写的历史及面临的新形势

那样以时代、传统、现代化等命题为己任,乡土也就逐渐地淡出了他们的视野。

二、乡土社会民俗的变化

20世纪90年代以来的城市化加速推进,乡土社会的转型也带来了农村民俗的变迁。有研究者这样总结当下的乡土民俗变化:"近四十年来我国民俗文化内容变迁的基本特征是:新式的、现代的、文明的民俗文化基本确立并占据主要地位,优秀的传统文化历经变乱重新焕发光彩,带有迷信色彩、落后因素的陈规陋俗仍有一定空间,中式的民俗文化因子深深扎根于广大乡村并占据主导地位,西式的一些文化风潮在一定程度上影响广大乡村。"❶这种西式风俗的影响不同于五四时代对民俗的接受,在那个时代西方化更多的是在精英知识分子圈层里流行,并部分地影响了乡土社会的风俗变化,而20世纪90年代以来乡土社会的民俗变迁是全方位的,主要表现在以下几个方面。

第一,进入20世纪90年代之后,乡土民俗凝聚认同功能越来

---

❶ 陶维兵:《新时代乡村民俗文化的变迁、传承与创新路径》,《学习与实践》,2018年第1期。

越低，规范约束机制开始慢慢失去。在漫长的历史文化中，乡土民间形成了自身的民俗规范和文化体系，用来维护群体价值观，在某种程度上满足个人的需求，也起到了维系群体价值、宣泄情感的作用。学者贺雪峰提出了"新乡土中国"的说法，并指明当下中国农村家族的力量已基本上消失了，左右农民意识和行为的"差序格局""礼治"等已经很难再起重要作用，"人际关系理性化"，功利思想开始盛行。以往农民进行季节性的生产活动，闲暇时间也会拥有自己的民俗娱乐形式，农民过着"消遣经济"式的生活。但现代性与经济化强势话语介入乡村之后日益启发了人们的经济意识，农民纷纷外出打工，原先一些具有相对独立社会功能、具备文化扩张力的乡土民俗开始被遗忘。从根本上讲，理性化现象与人们的需求是密切相关的，中国人虽然也讲究实用理性，但只是存在于某些方面而已，借助于现代文明视野，原有的乡民不再用情感考量一切，而是用金钱和实实在在的利益作为标尺，乡土社会原有的伦理道德受到了极大的冲击。民俗学者张士闪在《村落语境中的艺术表演与文化认同——以小章竹马活动为例》对山东昌邑的小章村马氏家族内部每年都要举行的竹马表演进行了田野调查。这项民俗活动自明朝洪武二年（1369年）开始，已经持续了数百年。自2005年以后，由于找不到传承人加上大量的村民出村务工，竹马表演面临着传承的危机。在经济利益这一巨大的离心力面前，乡土民俗只能默默退出人们的视野。究其原因，现代文明对地方知识的规训过程成为主流，借用文化人类学的表达便是"文化涵化"，也即异质文化对原有文化的冲击改变，

第一章　乡土小说民俗书写的历史及面临的新形势

在多种聚合力的作用下，先前的民俗生活和生产方式都不可避免地发生着变化。

第二，很多农民进入城市之后习惯了城市的原子化生活，对乡村群体性的民俗生活变得陌生起来，对先前的共同生活表现得淡漠，乡土社会的人际关系、社会结构开始变得松散，先前的"半熟人社会"也在解体。阎云翔的《私人生活的变革：一个中国村庄里的爱情、家庭与亲密关系》从20世纪90年代以来一个村庄房屋样式的翻新上发现，村民的私人空间意识越来越强，住宅开始与外部相隔绝。在此背景下，很多村民遇到小规模的群体娱乐和民俗活动都是简单看一看，然后再返回自己的独立空间之中，这本身与农村开放所带来的兴趣、品位的多元化有关。最初的乡土生活都有不同的"广场空间"，可能在小卖部附近、在年长辈分老人家、在村口集市等不同区域，这种广场的功能在于聚会，村民会聚集在一起聊天，相互交换自己最近收集的信息和新闻。这类活动不仅具有娱乐性，而且具有公共性，有时候为了面子而彼此较劲，甚至会发生不愉快。其实这些活动是农村特有的精神民俗生活的一种，它本身与农村社会状况的封闭和信息的不发达有关。随着文明的发展，现代社会的公共空间也在不断走向凋敝，理查德·桑内特在《公共人的衰落》中指出，现代社会设计的公共广场的使用功能与公共广场的性质背道而驰，也因而形成了"死亡的公共空间"，原子化的个人和社会导致了彼此的冷漠。乡土社会出现了这种异质化转型，原先的"乡土公共空间"也遭遇了沉沦和死亡。在20世纪90年代以来的很多乡土小说中，我们看不到以往那种丰裕的民俗活动，乡土民俗被虚化、被抽空、被压缩，都在隐喻层面折射了这种现实的深刻变化。

第三，乡村自然经济逐渐解体，乡村民俗传承主体也发生了巨大变迁。民俗文化一般是由父子相继、长幼相传，但是随着乡土社会中出现"留守村"，村庄公共生活维持机制开始失效，老人和女性成为乡村重要的劳动力。乡村的形成与父权文化有着密切的关系，乡村的房屋建设修缮、婚丧嫁娶、祭祖活动、家族续谱等往往都是靠男性来完成的，女性的公共社会交往是比较少的，她们的生活与家庭、孩子密切关联，公共行动意愿与能力都很低，也无法支撑起乡土社会各种旧习俗和活动。这种背景下，代际传承链条出现了问题，乡土社会进入"后喻文化"时代，父辈与子辈之间形成缝隙，子辈不需要父辈的经验进行生活指导，反而质疑父辈经验传统的有效性，与父辈的文化产生了很大的冲击，表现为蔑视乡土伦理的取向，不再推崇愚孝的文化，开始出现了一些反传统习俗和理念的现象。

在新的时代背景下，民俗传承内生动力不足，一些恶俗泛起或者逐渐被一些泛民俗所掩盖。随着市场经济对人们感官欲望的召唤，经济利益的驱动也滋生助长了好逸恶劳的民风，一些村民对民俗的兴趣从传统的民间游艺、话剧、戏曲、乐器等转移到了打麻将、玩牌等不良爱好上，因为依附于土地获得的利益越来越小，土地对农民的吸引力也越来越低，农业收入与产出日益不对等，农民生活水平相对提升较慢，乡土组织结构、社会关系、价值理念都面临着前

第一章 乡土小说民俗书写的历史及面临的新形势

所未有的冲击。

秦晖曾有这样的论断:"中国的封建文化,包括它的大众形式——宗法农民文化,都与西方中世纪文化一样,属于'人情文化',而绝不是'人性'文化或人文主义文化,人情味极浓……西方的神文文化世俗化之后就成了人文文化。而中国的'人情'文化庸俗化之后却往往只会具有更强烈的兽性。"❶ 随着乡土原有民俗文化的解体,城市大众娱乐文化的盛行,都市文化的快餐消费文化与民间文化中的感官追求合流,乡民失去了自身的文化指认,沦为意识形态话语和消费文化的附庸。乡土民俗价值的贬低还在于各种泛民俗开始崛起,这些民俗很多都是从传统民俗中衍生出来的,具备新的民俗文化现象的潜质,只是并未完全被大众接受,比如在新年出去旅游、改用微信拜年等,民俗文化与乡土社会的关联被切断和嫁接。

第四,随着城市化的发展,生活于都市钢筋水泥中的人们普遍感觉到了厌倦,纷纷试图回归乡土社会,那些优美的自然景物、历史中沉淀的民俗、淳朴的人际关系深深地吸引了都市中的人。但同时个别"伪民俗"现象出现,本质上远离了日常生活,远离了人。

---

❶ 秦晖:《田园诗与狂想曲》,北京:语文出版社,2010年版,第260-261页。

三、乡土作家创作和民俗观念的变化

20世纪90年代以来,得益于市场经济的繁荣,中国的文学创作获得了很大发展,但是也出现了普遍的浮躁,各种创作可谓眼花缭乱,各种的小说流派并不比80年代少,而且经常被冠以各种"新"的名称,如新写实小说、新历史小说、新女性小说、新人民性小说、非虚构写作等,不一而足。尤其是文学在失去轰动效应之后已经完全回到了自身,文学创作、出版、传播行为不再是国家体制内的生产活动,而是一种市场化的自由选择,无论是文学著作还是文学期刊都处于被冷漠、被挑剔的尴尬境地。这样的时代用弗莱德·R.多迈尔的话说是一种"主体性的黄昏"。"传统的乡村氛围不复存在,留在乡村的农民越来越少,作家们与乡村之间的现实联系也随之减少,他们与乡村现实生活之间也会越来越割裂。特别是由于现实社会中乡村伦理的迅速颓败,作家们不得不无奈地放弃对乡村的情感依赖和文化认同感,他们对现实乡村虽然不乏关怀,却更多精神上的反感和拒斥。"[1]

20世纪90年代以来,文学越来越丢失了自己的方向感,各种创作可谓眼花缭乱,方向感的丧失和面孔的模糊在文学的多个方面

---

[1] 贺仲明:《论近年来乡土小说审美品格的嬗变》,《文学评论》,2014年第3期。

第一章　乡土小说民俗书写的历史及面临的新形势

都表现得非常明显。"虽然从总体上看,20 世纪 90 年代的文学给人一种繁荣、多元的印象,但有一点非常明确,那就是与 80 年代中国文学那种一往无前、坚定不移的气势相比,90 年代的中国文学正在变得暧昧、犹疑、矛盾重重,它已经丧失了 80 年代中国文学那种坚定的自信心和方向感。而这恰恰造成了 90 年代中国文学面孔的模糊与晦涩,也为准确理解和把握 90 年代文学的本质和真相制造了困难。"[1]以往被压抑了的、有限性的"小叙事"持续繁荣,那种对传统激烈批判的声音越来越稀少和微弱,那种充满激情地对大写的人的讴歌也很难再听到。最为典型的是新写实小说,采用生活流的方式记录现实生活的琐碎和无聊:送孩子上学、送礼、坐公交、调动工作、下班等生活,这里面不再拥有精神思索和深沉追问,也因此被称为"零度叙事"。在新历史小说那里,历史的文本性得到了前所未有的发挥,以往形成的历史叙事模式被彻底颠覆,语言的遮蔽、篡改和歪曲形成了历史场域里的狂欢。即使在 20 世纪 80 年代中后期独领风骚的先锋叙事,到了 90 年代也在悄然发生变化,先锋性不再是一种群体潮流,而是更具有鲜明的个人化色彩,或者是逐渐与现实和解,或者逃向历史。正如余华自己所表示的:"一个是人在变,想法在变,时代在变;另一个就是写作上更为具体的原因:作家要

---

[1] 吴义勤:《诱惑与困境——20 世纪 90 年代中国文学的内在矛盾》,《理论学刊》,2004 年第 4 期。

写作就必须对笔下每一个人物的言行,每一个句子甚至每一个标点都要负起他应有的责任,这个时候写着写着肯定会寻找一种最适合这篇小说的表达方式。"❶ 从群体来看,最能代表20世纪90年代以来文学流向的是所谓"新生代""晚生代"群体的小说,而发生于1998年的"断裂"事件,是他们试图与传统文学告别的宣言,这一群体代表了中国文学发展中那种进退维谷的状态。

可以说20世纪90年代以来,以往乡土小说建立的话语体系在新的境况下已经逐渐失效,在实际创作中,各种眼花缭乱的先锋手法和创作理念往往都是与乡土写作无关的,城市代表了现代化的方向,乡土已经成为过去式,没有作家愿意在这里耕耘——书写乡土似乎也成为一种反时代的东西而发掘不出更多的意义。对于很多作家来说,在这样的时代中书写乡土,描摹民俗到底是为了什么,或许他们自己也都会感到疑惑。20世纪80年代,社会上对乡村的改革、乡土伦理和道德、乡土文化的命运走向等问题关注都是比较多的,一大批作家如路遥、柯云路、张一弓、郑义、何士光等都是凭借着对乡土的热忱引起了人们的关注。但是我们能够发现在20世纪90年代之后,绝大多数的文化宣言、主题争论、文学热点中都看不到乡土文化和民俗主题的影子,浮躁的环境已经容纳不下乡土,乡土已经不再是文化和目光的中心,书写乡土及民俗不能够迎合大众,

---

❶ 林舟:《生命的摆渡》,深圳:海天出版社,1998年版,第154页。

第一章 乡土小说民俗书写的历史及面临的新形势

也不再具备价值和意义。

当然,对于这种分化,我们更应该去辩证地看待,"作家姿态的多元和复杂,体现的是乡土小说创作的走向成熟和独立,也体现了乡村裂变给作家们带来的多层次影响。而且,它也直接促进了乡土小说作家们问题思考走向复杂和深刻"❶。20世纪90年代以来社会处境的变化和文坛的分化也让作家看待民俗的角度有了新的变化。

与五四时代明显不同的是,20世纪90年代以来知识分子的专业化程度在不断提高,使他们能够有机地去看待民俗,不再像以往一样身挑两肩,却含混不清。五四时代的知识分子普遍充斥着浓厚的思想革命和社会革命意味,很多人认为民俗充满着"古"意,比如严复、梁启超等人对民俗重视的初衷是希望借"民史"达到颠覆"君史"的目的,顾颉刚也喜欢用民俗学材料去"辩证伪古史"。20世纪90年代以来随着跨学科的融合发展,知识的发掘和生产力度空前加大,按照舍勒、曼海姆等知识社会学者的理论,当代大规模的知识生产和传播,必然会导致知识密集型社会的出现,知识塑造社会的方式必然要发生变化。民俗作为日常知识的最重要表征,必然也要随之迁移变化,所以20世纪90年代以来的民俗既表现为对追溯历史、重构原型、回归传统的渴望,同时又在积极地转入现实、透视现实、

---

❶ 贺仲明:《论1990年代以来乡土小说的新趋向》,《南京师大学报(社会科学版)》,2005年第6期。

指引未来，最为突出的表现是民俗研究日益融入日常生活，关注生活的基本面向和民众的行动实践。尤其是20世纪90年代以来随着市场经济的活跃，在"文化搭台经济唱戏"理念下，民俗文化也开始被逐渐地重视起来，民俗所具备的旅游、经济价值得到重要体现，各种民俗文化也得到前所未有的重视，民俗学快速崛起，这不同于五四前后知识分子对民俗学的认识。

作家看待民俗观念的变化也离不开人类学的贡献，尤其是文学人类学拓展了人们对文学的理解，正如叶舒宪说的那样："西学东渐以来编纂了数百种'中国文学史'的几代学者们，基本上被文本中心主义的文化观所笼罩，尚未觉悟到以族群为单位重新思考中国文学多样性现实的必要性。"❶实际上这种认识偏颇一直存在，"五四"新文学之后，对口语和白话文的重视其实也造成了对文学的语言形式的重视，而忽视了对文学的文化性的关注。知识全球化、地方性知识等相关人类学的知识与命题深深地影响着当代的作家。文学人类学强调我们不应该把自己封闭起来，将那些生动的东西变成没有生气的"文学文本"，关注口头文学以及其他的亚文学现象，文学创作应该是多样性、丰富性与历史性的结合。这样看文学人类学就是要完成一个新的知识构型，让文学真正地去实现"活态文学"而

---

❶ 叶舒宪：《"世界文学"与"文学人类学"——三论当代文学观的人类学转向》，《中国比较文学》，2011年第4期。

第一章 乡土小说民俗书写的历史及面临的新形势

不是死的文字。文学人类学就是要突破"小我"的限定,拓展作家的人类意识:"作家的写作可以是非常具体细微的局部生活和情感波澜,可以是地方性知识,可以是大胆的想象和虚构,但是,在他的创作思想上,应该是具有人类普遍的情感追求、基本的道德伦理和健康向上的价值取向,以及和而不同的审美追求。"[1]我们也能够发现越来越多的作家开始超越空间、国家的视野,以人类的眼光重新审视文学与人的关系。20世纪90年代以来的一些作家也受到了人类学发展趋势的影响,比如韩少功就认为,"一种另类于西方的本土文化资源,一份大体上未被殖民化所摧毁的本土文化资源,构成了'寻根'的基本前提。在这里,资源并非高纯度,几千年下来的文化中,杂交串种乃普遍命运"[2]。现实中很多作家也受其影响,不断调整自己的写作方式,比如作家赵德发的《双手合十》《乾道坤道》等,都摆脱了以往"农民三部曲"中那种对传统文化的反思,以更高的人类学视野来进行创作。人类学对于文学的价值不仅在于发现过去,更应该走入现代,走入生活,人类学是对人的关怀,它启发了作家去拓展自己的视野,去树立更高的情怀,去克服中心与边缘、主流与支流等众多人为的域限。

所以,总体上看,20世纪90年代以来的乡土小说民俗书写面临

---

[1] 程金城,王明博:《文学人类学的当代诉求》,《兰州大学学报》,2011年第2期。
[2] 韩少功:《寻根群体的条件》,《上海文化》,2009年第5期。

着非常复杂的形势，一方面，它有着悠久的传统可以依靠，但是另一方面，乡土作家所凭据或者试图对象化的东西——乡土社会已经发生了很大的变化。乡土作家所遭遇的时代是前所未有的，无论是市场经济的转型，还是民俗的衰落、作家观念的变化，都可能会影响作家的创作取材、主题内容、思想价值，使作家在认识、表现乡土社会及乡土民俗的时候产生诸多的障碍，在急速发展的时代面前看不清乡土的未来发展前景，同时又为乡土社会的消散忧心不已。这些都会以不同的方式影响作家的心理和价值观念，并外化到各种文本的细节之中。那么20世纪90年代以来的乡土小说民俗书写中有了何种的外观特征和艺术呈现呢？这是下文我们要讨论的。

第二章

\>\>\>

20世纪90年代以来乡土小说民俗书写的概况及新变

前文讲到20世纪90年代的文学创作整体上处于不平静、分裂和各式话语的狂欢中，这一方面固然是政治他律屏障去除后作家们普遍体会到的被解压、被释放的快乐；另一方面在文学既定书写范式失效后，在晦暗不明的时代面前，作家们又在普遍寻求新的有效性，在各种交叠的因素面前，浮躁在所难免。但相比于那些新历史、新写实等眼花缭乱的口号，20世纪90年代乡土小说的民俗书倒显得不那么浮躁了。乡土书写中旧知识谱系的有效性正在丧失，尤其是乡土已经进入虚化、碎片化的时代，乡土不再是价值的中心，乡土文学一直默默忍受着命名丢失、目光缺失的处境。但是乡土叙事却没有解体，很多作家在努力修补这种断裂，他们不断地重新认识乡土，认识民俗，从回归本体化的写作切入，也不再过分地求新求异，普遍出现了回归乡土民俗的渴望。新的状况必然引发新的表述形式，这些会在叙事形式中得到充分体现。20世纪90年代以来的乡土作家展现了与以往不同的民俗图景，乡土民俗书写的面向和深度都在拓展，即使在莫言这样曾经以书写另类乡土出名的作家那里，也日益表现出了一种新的审视姿态，使得一个更加丰富和多元的民俗景观开始出现。

[第一节]

创作观念：回归民俗本体

20世纪80年代之后，对乡土文化的关怀一时炙手可热，尤其是在"寻根"文化旗帜下，借助于"第三世界国家""后发展国家"等概念，乡土民俗受到了极大的关注。但无论是乡土民俗的启蒙批判还是借助民间试图对民族性进行召唤，都不是对民俗的本体性和无功利性的尊重。民俗文化有自己的品性和样式，作为一种感性的自然物和被创造物很大程度上是有历史而缺乏历史性感知的，呈现为非历史性的存在，因为它自发地在时间之外形成自己的本质属性。它作为一种约定俗成和不证自明的东西，以客观的、理性的思维很难对其进行刻写，现代理性是很难将其撕扯清楚的。20世纪80年代的大部分文学思潮和作品对民俗的阐释，其实很多都缺乏审美的眼光，是工具论视野下的探究，而不是基于民俗本身。用过于理性化的目光注视民俗，自然也很难与民俗形成默契，所以二者很快就在一波又一波的潮流中被淹没，民俗再次回到了它本来沉潜的位置。

20世纪90年代以来作家对民俗的书写日益回归本体，一方面摆脱了政治的限定，实现了从"遗留物"到"活化石"的观念革新，另一方面作家乡土书写中的文化焦虑心态逐渐被时间稀释。这也使民俗书写更加自觉和客观，体现为对日常生活的深度体察，回到文学，回到民俗本身，即使在以往最为敏感的文学／文化的民族性表述问题上也显得张弛有度。将启蒙元素植入民俗是五四乡土文学和20世纪80年代乡土文学中常见的，但是在90年代的民俗中我们能够看到这种启蒙批判是如何被悄然内化的。在此我们可以将王鲁彦的《河边》和黄建国的小说《叫魂》进行对比，这两个作品有一定的相似之处，都是对某些精神民俗的批判。《河边》中的明达婆婆生病了，为了让自己尽快好起来，她拒绝了儿子送她去医院的请求，而是去寺院祭拜，在寺院的香案上她似乎闻到了非人间所有的药味，以及一句冥冥之中飘来的"给你加寿了"的话。《叫魂》很显然有了不同的呈现方式。作品中梅金砖和老婆杨菜花在半夜中听到墙的拐角处有狗哭的声音，按照当地人的说法，听到狗哭是不吉利的征兆，于是两个人开始害怕起来。正巧第二天，邻居的鸡下了一个奇怪的蛋，梅金砖路上又碰到鸟屎掉在自己的额头上。回来的时候，梅金砖就开始让媳妇叫魂，小说便戛然结束："梅——金——砖——哎——噢——噢——你——回——来——；回——来——咧……"显然在这里我们能够看到，两个作品中的人物都是迷信的，但是民俗在两部作品中出场的位置是不一样的，明达婆婆是从始至终都相信另一个世界的存在，梅金砖则一直是半信半疑的。这种对迷信风俗的描写还需要注意一个点：明达婆婆身体上是有病的，求神的

第二章　20世纪90年代以来乡土小说民俗书写的概况及新变

目的是获得身体重生,这是导致她迷信的原因;而梅金砖和老婆杨菜花身体是健康的,这种刻画和安排的背后显然有着不同深意,梅金砖的"叫魂"其实更像一种精神疾病,像是无病呻吟。从这种对比中我们能看到作家民俗观念的变迁。再如李佩甫的《城的灯》,作品开头对平原村民之间的"串亲戚"进行了描写,在当地遇到婚丧嫁娶都是要进行"问"的,但是问的时候还要带礼品,尤其是几匣点心最为常见。但是当地人送出去的点心往往都不舍得吃,而是挂在自己家的梁上,等到其他亲戚有红白喜事的时候再包装一下送出去。年幼的冯家昌从小就接过了这个"外交"活儿,一次他偶然间发现,所谓亲朋好友送来送去的"点心"竟然是风干的驴粪蛋,而自己送出去的驴粪蛋倒手几次,最终还是回到了自己的家里。"是呀,那些匣子就是乡人的体面,哪怕是'驴粪蛋儿'呢,只要是装了匣,就可以堂而皇之地挂在梁头上!"[1]这种民俗批判是温情的、缓和的,还带有一点戏谑的味道,展现了作家的一种从容的心态。

对于民俗的热爱还体现为一种对民俗普遍的、主动的亲近姿态,像张炜说的那样:"我又看到了山峦、平原,一望无边的大海。泥沼的气息如此浓烈,土地的呼吸分明可辨。稼禾、草、丛林;人、小蚁、骏马;主人、同类、寄生者……搅缠共生于一体。我渐渐靠近了一

---

[1] 李佩甫:《城的灯》,北京:作家出版社,2016年版,第14页。

个巨大的身影……"❶人与土地聚合而成的"土地共同体",这种对人与土关系的认同,对土地的热爱与尊重,只有在乡土作家那里才能得到最亲切的展示。作家李佩甫也表达了对乡土的认可:"'平原'是生我养我的地方,是我的精神家园,也是我的写作领地。在一些时间里,我的写作方向一直着力于'人与土地'的对话,或者说是写'土壤与植物'的关系。多年来,我一直关注'平原'的生态。我说过,我是把人当作'植物'来写的。"❷

民俗文化本身是一种隐显互动的复合形态,有着自己的内核与外壳。20世纪90年代以来,很多作家经历了逐渐从外部走向内部的探寻过程,这个过程并不像五四作家那样先入为主地对其进行优劣评判。作家陈忠实在自己的创作中也非常重视民俗文化的作用,为了写好《白鹿原》,他花费很多年的时间寻访老人,听老人讲述村庄历史,勘探故居民宅。为了写好田小娥和"乡约",他到处翻阅县志,"我在断断续续的两年时间里,进入近百年前的我的村子,我的白鹿原和我的关中;我不是研究村庄史和地域史,我很清醒而且关注,要尽可能准确地把准那个时代的人的脉象,以及他们的心理机构形态;在不同的心理结构形态中,透视政治的经济的道德的

---

❶ 张炜:《九月寓言》,北京:作家出版社,2013年版,第258页。
❷ 李佩甫:《我的"植物说"》,《文艺报》,2012年8月29日,第3版。

第二章　20世纪90年代以来乡土小说民俗书写的概况及新变

多重架构……"❶这是一种基于前创作层面上的民俗认知。还有一些作家在创作过程中逐渐领略到民俗的重要性,比如莫言在20世纪80年代的文学创作中表现出了比较浓厚的先锋色彩,从《透明的红萝卜》一直到1992年达到顶端的《酒国》都体现了这一点。但是此后莫言的创作开始有意淡化这种色彩,21世纪以来的《檀香刑》就是典型的代表。为此他提出了"大踏步后撤""作为老百姓写作"等诸多的命题,开始看到本民族文化的重要性:"我们这代作家在写作上曾经大量向西方小说学习,反而对我们本国小说的资源、学习、借鉴不够。"❷莫言自己也表示,理想中的乡土小说就应该像赵树理那样用土得掉渣的语言才能够显现出生命力量。在逐渐淡化西方技巧的同时,莫言对民俗资源也有了更加深入的理解,他认为,"我的作品追求创新,一方面是从外部吸收,吸收更多的营养。另外就是回归,回归到民间去,回归到传统里去。对于传统文化,我觉得可以借用一个哲学术语,就是'扬弃',不是生搬硬套。"❸而且尽管中国在不断地走向城市化,但是城市化的前提仍然是中国的乡土世界,"这

---

❶ 陈忠实:《寻找属于自己的句子——〈白鹿原〉写作手记》,《小说评论》,2007年第4期。
❷ 莫言:《作为老百姓写作:访谈对话集》,深圳:海天出版社,2007年版,第174页。
❸ 莫言:《作为老百姓写作:访谈对话集》,深圳:海天出版社,2007年版,第208页。

是一种新的农村现实,这是一种另具特色的现实。这种生活要描写的话,可以继续往下写。土地还是依然坚实的存在的,城市的水泥地扒开了,下面还是土地"❶。

莫言的这段话其实折射了城市化背景下乡土作家的精神和心理底线,还有很多作家利用乡土反拨强势的现代性话语。作家阿来表示:"我知道民间文化的精华是怎样被忽视,被遗忘。而我生于民间,长于民间,知道在藏民族的日常生活中,强大的官方话语、宗教话语并没有淹没一切。在这里,我必须说,不是我开掘了这个宝库,而是命运给了我这无比丰厚的馈赠。"❷曹文轩也认为,"从油坊、染坊、酒坊、磨房、画坊、炕坊、熟食铺、酒馆、药房、酱园……一直写到棺材铺,至今仍乐而不疲、兴致不衰。我们可以超越'作坊'的本意而加以扩宽,把凡热衷于写某种职业以及服饰、饮食、器玩等方面的兴趣,都归放到'作坊'的话题下来谈。"❸宁夏作家郭文斌也是如此,多年来他一直坚守乡土本色,他认为理想的生活和理想的写作都应该是"安详",但是现代人普遍被物质所迷醉,年轻的一代呈现着缺乏孝敬能力、快乐能力、生活能力的问题,而

---

❶ 莫言:《作为老百姓写作:访谈对话集》,深圳:海天出版社,2007年版,第179页。
❷ 阿来:《文学表达的民间资源》,《民族文学研究》,2001年第3期。
❸ 曹文轩:《20世纪末中国文学现象研究》,北京:北京大学出版社,2002年版,第163页。

第二章 20世纪90年代以来乡土小说民俗书写的概况及新变

这些都是传统文化的缺失导致的,"随着一个个'死城'的出现,人类的集体还乡也许会成为一种可能,这也是我相信'农历精神'会回到人间的逻辑依据。但,无论是在城市,还是在乡村,最关键的是人们的心中要有大年,要有故乡,要有'农历精神',说穿了,最关键的是我们要找回祝福力"[1]。郭文斌是一个深受传统文化熏陶的作家,正是那种对传统民俗生活的坚守才帮助他写出了《农历》这样优秀的作品。

在这些理念的支配下,20世纪90年代以来的乡土作家在书写民俗的时候都有了不同程度的姿态转向。他们或是丰富了以往民俗书写的景观和诗性元素,或是对乡土民俗及文化进行了更为深入的反思,或是利用民俗推动了叙事模式的创新。

从李佩甫这位河南作家的创作来看,多年来其善于描写中原大地的山川风物,他在20世纪80年代创作中对河南乡土世界的民俗关注是非常多的,无论是对民俗意象,还是对民众文化心理的塑造都可圈可点。比如他非常关注中原村落社会的宗族文化给人们个性上带来的各种压抑,《李氏家族》以宗族中最具威望的七奶奶讲"瞎话儿"的形式透视了整个宗族的发展史,内部充满着仇杀、阴谋,血缘依附性在家族生活中是那样的根深蒂固。《金屋》中的杨书印

---

[1] 郭文斌:《找回我们的祝福力——郭文斌答问》,《百家评论》,2012年第1期。

贪污、霸道，却总是左右逢源，他将宗法制度与现代权力紧密结合化为己用。《无边无际的早晨》中的国，六岁时便有家长的风范，让队长给他当马骑。在后来的《羊的门》中他同样塑造了这种卡里斯马型的人物，只不过在关注视点上已经发生了变化，作者不再单纯去挖掘这种人物的性格特征，而是更善于从历史和文化、时代中寻找原因，分析人物性格形成的必然性。作者开篇是对平原的土壤、平原的草和"屋"的"闲书"，虽然看似无关，却都折射了作者对宗族、国民性的思考。他不仅仅是批判，更善于从地缘、历史、政治等角度进行多元考察，同时又看到了这种专制型性格隐含着的某些文化良性因子。呼天成虽然在呼家堡被供奉起来，奴役着村里所有人，可是他的处事智慧，他对自我性格的克制、磨炼又不是一般人能够达到的。

山东作家张炜对于民俗的书写也实现了一种从厚重向轻盈的转变。张炜在20世纪80年代的文学创作中最具代表性的便是《古船》，作品以沉重的文化感引人注目。赵炳几十年如一日地做着洼狸镇的皇帝，残酷阴狠，可谓传统文化结出的毒瘤，这些也使洼狸镇人经历了一次又一次苦难。在作品中，被发掘出来的古船象征着我们这个民族的历史苦难和印记，船身不可偏，否则就会船毁人亡，但是历史很多时候都是绕了一圈才回到原地，隋不召最终悟出道理，开始执掌民族之舟。《秋天的愤怒》中也塑造了土皇帝肖万昌，他利用封建的宗法关系破坏农村发展，阻碍像年轻的烟农李芒这些有活力的年轻人的发展。20世纪90年代以来，张炜一边高举道德理想主

第二章　20世纪90年代以来乡土小说民俗书写的概况及新变

义大旗，一边以独特的自然观与生命观耕耘在胶东大地上，全面系统地展现了胶东的民俗生活。他的小说中充满了对齐故地的热爱，其中对海的描写是最多的，展现了一幅充满生命活力的民间世界。他在《海边的风》《海边的雪》《少年与海》《父亲的海》《寻找鱼王》《黑鲨洋》等作品中非常系统地描写了鱼群、海风、船、水手、风暴、海鸟、雪、盐等重要的意象，指出海也是人类生存的归宿，是人与自然在对抗中求得和谐的一个栖身之所；另外张炜还着意写了"芦青河""葡萄园""野地"等生态民俗意象，这些意象往往是安静的、纯洁的，芦青河是旺盛的源泉，没有污染；野地是充满生机、孕育一切的地方。《丑行或浪漫》里有美好的田野、庄稼、草垛、大山，有红狐、沙锥、银狐、猫头、野兔、草獾，大地和田野，这些构成了张炜理想的归属地。除此之外，张炜对生活民俗的描写也是非常多的，比如《猎伴》中的整治田地描写，《一潭清水》里写怎么认熟瓜生瓜、打冒杈，《九月寓言》中写庄稼人做棉衣棉裤棉被御寒的习俗，《柏慧》中烟台的野葡萄造酒等。另外，张炜对于胶东求仙、养生文化也非常注重，秦始皇、徐芾、莱子古国等野史，以及传奇、志怪等经常在他的作品中出现。他的《独药师》写的是胶东养生世家的故事。民俗生活的灌输使张炜作品能够对当代胶东生活进行百科全书式的展现。

莫言的创作也表现出了这样的趋势。从20世纪80年代开始，莫言奠定了一种天马行空的艺术风格，看似多变、野性的叙事风格之下，我们仍然能够发现莫言民俗叙事的某些主题：《食草家族》

中食草家族的人都有一个特殊的爱好——咀嚼茅草根，充满了民俗的审丑意识；《红蝗》中建蝗庙拜蝗神、请刘将军的背后仍然是对民众精神愚昧的批判。此外，莫言早期的民俗书写还有一个破坏的维度，这点在《红高粱家族》中表现得最为明显。作为拥有原始野性与生存方式的"我爷爷"，身上充满着"盲流"的习性——不安分，不屈服，不讲规矩，他一生换过很多的职业，挑衅过多个权威，从开始到结束他就一直干涉单家父子的婚姻，让这场婚礼的男主角变成了余占鳌，这也暧昧地揭示了民间原始生命力颠覆正统秩序的企图。进入 21 世纪，莫言宣称自己大踏步地撤回到民间，其小说创作中的民俗开始有了明显的变化，以往的那种对"丑"民俗的发掘、对"恶"民俗的批判开始减弱，表现为一种平视的态度：《丰乳肥臀》中地母形象的营造，女性不再是历史和传统伦理的反叛者；《檀香刑》全方位地利用民间戏曲进行叙事编制，体现了对传统民间艺术的尊重；《生死疲劳》则将魔幻现实主义与民间故事、历史融为一体，民间故事在作品中发挥了重要的支撑作用。

[第二节]

书写内容：广度和深度的拓展

一、丰富多彩的民俗展现

20世纪90年代以来乡土小说民俗的丰富性首先表现为关注领域的拓展，狭义的民俗是与地域文化相通的，区域地理性构成民俗书写的重要属性。自从新时期乡土文学复兴以来，以一定的文学地理空间为基础，书写乡土的民俗图景，也是很多作家采用的途径，比如张承志的草原、李杭育的葛川江、贾平凹的商州、莫言的高密东北乡等，在这些作家笔下，民俗文化魅力得到了初步的绽放。但是20世纪80年代，由于作家知识和视野的限定以及对集体共名的追求，民俗文化的多样性并没有得到应有的展现，比如在人们的视野里，80年代及以前的新疆是一个神秘而又令人向往的地方，但新疆本身又是失语的，除了王蒙等个别作家外，很少有作家能够集中展现这片土地上的风俗人情。20世纪90年代以来，随着董立勃、红柯、李娟、刘亮程等作家的出现，新疆不再神秘。20世纪90年代作家的民俗书写也在扭转以往文学带给人们的刻板印象,以东北作家为例,早先只有现代文学中的东北作家群和新时期的乌热尔图等部分作家被人们熟知,人们对东北的印象还停留在荒寒的自然、剽悍的民风、战争的创痛等方面。20世纪90年代以来,很多作家崭露头角,迟子建、叶广芩、金仁顺、孙惠芬、孙春平、高晖、赵玫、赵大年等笔耕不辍,他们对于东北乡土的民俗书写更为多元和直观,也更为平和。F.R.利维斯在《伟大的传统》中指出,伟大的文学在于"唤醒一种正确得当的差别意识"❶,当代乡土民俗描写显现出了比较独特的差别意识,无论是秀美的自然风景、独特的日常习俗描写,还是纠葛的乡土伦理,乃至恋乡与离乡间的疑惑,都融入了多种独特的元素,使它们在精神危机与伦理危机的感受一样深刻。

其次,在表现内容上,20世纪90年代以来的乡土作家也更为复杂和宽广,作品对各种人生礼仪、岁时节日、社会组织、经济生产、民间信仰、游艺竞技等民俗都有着非常充足的体现,这些绝非三言两语能够叙述的。可以毫不夸张地说,当代乡土民俗叙事所取得的成就不逊色于以往任何一个时代,这些纷繁复杂的民俗书写的出现,主要得益于乡土作家群体的壮大和他们孜孜不倦的书写努力。20世纪90年代以来,每年都会有数百部长篇小说诞生,中短篇更是不计

---

❶ [英]F.R.利维斯:《伟大的传统》,袁伟译,北京:生活·读书·新知三联书店,2002年版,第3页。

第二章　20世纪90年代以来乡土小说民俗书写的概况及新变

其数,当然这些作品本身也是参差不齐的,但是长篇小说的肌理是深邃的,容纳量也是广博的,可以表现更为丰赡的现实内容,这个庞大的数量总会有意或者无意地拓展乡土民俗的覆盖面向。很多作家的民俗书写是无意识的,一个作家在民俗生活与习俗中成长起来,民俗生活与习俗也会累积到个人的文化人格和精神思维之中。作家创作一向被认为是情感流泄的一种方式,写作也是一种心理能量从积蓄到宣泄的过程,在作家那里由民俗记忆所塑成的一幕幕图像,也会在知觉认知中积淀并被绘制成一幅幅文学图景。所以,更多的作家开始加入这个潮流,使民俗得到了更为充分的体现,无论是遥远的边地还是古老的内地,都能够听到对民俗的讨论和欣赏。从迟子建《额尔古纳河右岸》中看到鄂温克人家园的变迁,从石舒清的《清水里的刀子》中看到回族人的宗教情怀,从成一的《茶道青红》看到晋商文化的混融,从葛水平的《甩鞭》里倾听太行山的精神气质……20世纪90年代以来,随着社会不断走向开放,随着信息交流的加快,乡土民俗从曾经边缘的"文化遗留物"开始逐渐公共化,并向都市主流社会渗透,这些也会极大地拓展作家的视野,通过对民俗的多维反观获得更为深刻的认识。

20世纪90年代以来,随着社会变迁及生态环境的恶化,乡土民俗也被赋予了更多的生态学意味,这些是在以往乡土民俗中很难见到的。尤其是出现了很多以动物为题材的小说,这在郭雪波的大漠系列、雪漠的"大漠三部曲"、杜光辉的"可可西里"系列小说、陈应松的"神农架"系列小说、姜戎的"狼文化"系列作品中都有明显的体现。一方面这些作品展现了丰富的地方文化、异域风情；另一方面作家更为这些延续了数千年的民俗的逝去感到揪心，优美风景的被摧残、人与自然的对峙、现代农耕游牧生产方式造成的生态失衡……都表现了作家对物欲主义、人类中心主义的批判，彰显了乡土民俗书写的现实主义力度。

最后，从表现深度上看，20世纪90年代以来的乡土民俗叙事也实现了一定的突破。90年代是乡土消散的年代，正是在这样的消散中才能够映衬出作家的创伤性应激反应和主体精神。学者李丹梦认为，20世纪90年代以来的乡土发生着从书写"乡土—中国"到书写"乡土—地方"的转换："很多时候地方文化表现为对心灵的习性与专注，而不为个体所觉知。当统一自我的维持愈遭到各种竞争性认同的威胁时，这种习性的反弹便愈大，个体内部的各种冲突也愈会采取一种妄想式的投射形式来挽留和扩张这种集体性的'地方'。"[1] 在她看来，20世纪90年代以来的乡土是价值游牧的时代，作家纷纷求助于地方文化和地域认同。正是在"乡土—中国"架构和逻辑的梳理中，作家才能真正地触及我们文化的核心，一如现代文明中的沈从文，当几乎所有作家都在为阶级和时代激愤的时候，他潜心构造自身的"希腊小庙"，从人类学层面聚焦民俗文化的本体性书写。

---

[1] 李丹梦：《文学"乡土"的地方精神》，北京：北京大学出版社，2014年版，第50页。

第二章 20世纪90年代以来乡土小说民俗书写的概况及新变

现代文学中有意识地关注民俗并真正能够达到这个高度的或许只有沈从文等寥寥数人。20世纪90年代以来，随着不同文化之间的交叠震荡，越来越多的作家开始深入文化人类学的层面审视我们的乡土文化，对民族文化遗留表现出浓厚的兴趣，并创作出了大量优秀的作品，如贾平凹的《怀念狼》《秦腔》，韩少功的《马桥词典》，阿来的《尘埃落定》《格萨尔王》，莫言的《蛙》《丰乳肥臀》，刘亮程的《凿空》，迟子建的《额尔古纳河右岸》，这些作品超越了以往的一元化文化观念，越过了狭隘的题材观，作家们在自己的作品中纷纷重述民族史诗，对地方性的神话传说、生活习惯、技术贸易等知识进行深度原生态的阐释。通过这些作品我们也能够深刻体会到，真正好的文学不一定是精品，却有其个性，其锐气不应该被削弱。这些作品中的民间立场坚定，民俗风情浓郁，思考传统/现代、本土/异质、民族/人可能意味着什么，处处彰显着格尔兹的"深描"，这些使乡土民俗叙事有了真正的人类学意义。

借助于文化反思，20世纪90年代以来乡土作家在反思"人"的主题上也有了进步，更具人性和心理深度。如陕西乡土作家杨争光对乡民那种乖戾的阿Q式性格进行了揭示，写出了陕西人那种偏执、盲动的文化性格，捕捉到了后乡土时代人微妙的精神和心理状态，小说的无聊本身就是社会的无聊，城市化的发展、城乡落差的加剧、乡土社会的解体等诸多的社会问题被叠加积累且内化到人格和人性上，使后乡土时代的人既无聊又乖戾，既颓废又蛮横。而且在表现手法上，20世纪90年代以来的民俗叙事中还出现了很多抽象化、寓言化和怪诞化的表现方式，比如刘震云笔下的乡土人物出现了扁平化的倾向，扁平化意味着人的内涵被抽空，在外观上只有形体缺乏灵魂，角色所有的属性都集中到某一方面。小说的发展、作家的审美取向是与社会世俗化一致的，这些文本的变形本身就是与乡土社会的变形一体同构的，这样主动而非被动（如"十七年"文学中的一些人物）地塑造乡土扁平人物是以往很少见的，也达到了以往乡土小说所不具备的深度。

二、多元化的主题和审美风格

学者李兴阳曾指出："新世纪乡土小说中的民俗风物追忆与现实民俗事象的描写，虽然可以看成是对中国乡土小说特别是'寻根'小说叙事传统的历史承续，但在价值取向、叙事形态等方面，都有了不少新的变化。"[1]他指出，21世纪以来的乡土民俗书写更注重日常情趣，在写作中肯定或赞美的态度居多，风格上也从凌厉转向温和，这些都是根源于20世纪90年代以来社会文化情况的。随着社会和文化语境的变化，作家民俗书写中表现出了不同的审美倾向，

---

[1] 李兴阳，朱华：《"后乡村"时代的民俗文化与风物追忆——新世纪乡土小说中的"民俗叙事"研究》，《湖北师范学院学报（哲学社会科学版）》，2015年第5期。

第二章　20世纪90年代以来乡土小说民俗书写的概况及新变

有的继续沿着启蒙路线前进，利用民俗完成对国民性、社会现实的针砭，有的则是利用民俗反思历史，寄托抽象讽喻，还有一些作家则是通过民俗空间的营造表达一种沧桑的怀旧感，完成对理想乡土的建构。这些多元化的风格追求也使乡土民俗书写呈现着承前启后、灵活多变的发展态势，具体来看可以分为以下四个方面。

第一，现实批判型的民俗书写。民俗本身是切入观察民情、风习的一种重要手段，20世纪90年代以来随着中国进入了转型期，很多作家如陈应松、关仁山、王祥夫、曹乃谦、莫言等在这个方面都有集中的体现。莫言的《蛙》对计划生育问题进行了探讨，他利用了"蛙"这种民间崇拜与"娃"的国家干预，表达了一种现实与伦理二律背反的困境。陈应松的《人瑞》中人瑞是一个寿命很长的老人，一直在粗衣砺食和原始生活中过活，然而一经被外界发掘之后，他开始被保护起来，吃着滋补品，穿着名牌，却很快死去。在这里，作者表达了对原始民俗生活被刻意拆解的不满，传统民俗滋养着人，这种人对现代文明明显是水土不服的。关仁山的《白纸门》中家家户户都沿袭着上古传下来的贴白纸门的习惯，纸门是一种灵魂之门，但是随着时代发展，各种污染、贪欲、不择手段等问题开始浮出，七奶奶竖起她的白纸门也是无济于事的。李进祥《你想吃豆豆吗》中的丈夫虽然进城打工，仍然坚守传统伦理之道，不愿意背弃妻子，但是回家却发现妻子早已经背叛了自己，这也折射了城市化对乡土伦理的冲击。

第二，很多作家延续了以往的国民性、文化反思的主题，仍然借用民俗文化展开具体的批判,这方面的代表作家有黄建国、赵德发、夏天敏、杨争光、董立勃、谭文峰、张继、彭瑞高等。黄建国的微小说善于从细小之处发掘乡土民俗中承载的那些守旧、愚昧、非理性的性格元素:《盖房》中父亲在屋梁上愉快地放完了鞭炮,并用粗暴的语言驱赶母亲去做饭,在当地男人的意识中,胜利属于男人,女人只配进厨房,凸显了一种男权中心意识;《奶味》《还粮》中刻画了梅庄人看似平淡无奇却总是善于精打细算、偷工减料的形象;《一个没出太阳的晌午》《坤坤的猪》《干冬》中梅庄人总是特别敏感,旁人不经意间就会冒犯他们的尊严,让他们感觉没了面子,所以借各种理由和情景进行报复,只是为了保持体面。杨争光的《死刑犯》《光滑的和粗糙的木橛子》《赌徒》等仿佛又让我们看到20世纪20年代浙东作家群笔下那种好斗的民风,对野蛮背后的反思更具人性和心理深度。赵德发的"农民三部曲"反思了乡土社会的土地意识、官本位意识、传统伦理文化,从世纪乡土发展的脉络进行考察,更具气象性。

第三,抽象寓言化的乡土民俗。20世纪90年代以来的乡土创作一方面延续以往的某些书写范式,另一方面又在不断地进行超越,刘震云、阎连科、李佩甫、艾伟、东西、格非、余华等人的创作中体现得很明显。这些人的乡土民俗写作中追求简约、夸张、变形,充满着形而上的色彩,溢出了以往写作的认识和期待框架,也引起了很多的争议。如阎连科的《受活》将乡土民俗进行了极致化表现,一个村庄里普遍视四肢发达的人(圆全人)为非正常人,《日光流年》中的女性以"卖身""卖肉"为荣,这些对乡土的讽喻如此触目惊

第二章　20世纪90年代以来乡土小说民俗书写的概况及新变

心。新作《炸裂志》则是写一个村庄被快速催化为超级大都市的乡村变革史，乡土如同一个泡沫一样光彩夺目，一戳便破。刘震云的《故乡天下黄花》《故乡到处流传》等也集中对乡土民俗和心理进行了批判，对人情关系、权力情结、神鬼报应等进行了虚化的描写，使其乡土书写远离了现实，又达到了一般现实批判所不具备的力度。格非的《人面桃花》利用参差错落的古典语言虚构出一个个如诗如画的民俗场景，如"风雨长廊""花家舍""普济学堂"等，乌托邦的破产预示着理想乡土社会的不可能。

第四，理想怀旧型的乡土民俗书写。20世纪90年代以来很多作家也在利用乡土民俗表达一种执着的坚守，他们笔下的乡土世界是优美的、诗意的、感伤的，表现出了对理想中的乡土民俗的向往，这类作家主要有迟子建、张炜、贾平凹、石舒清、王新军、陈继明、田中禾等。以西北作家王新军为例，其书写的是千里河西走廊上充满神性的草原人，《吉祥的白云》是人与动物和谐相处的故事，《醉汉包布克》是西部人追求自由生命习性的赞歌，《八个家》则是对草原汉子责任与尊严的壮美书写，复活了失落已久的地域色彩、自然景观。迟子建的很多作品如《额尔古纳河右岸》表达了对逝去的民族的怀念，宗教信仰、服饰装饰、交通狩猎、氏族婚姻等独具特色，展现了这个即将消逝的民族最后的美丽。贾平凹的《怀念狼》《秦腔》等都是对传统农业文明生产和生活方式的挽歌式表达。乡土民俗文化的弱势和衰亡激发了作家的焦灼感。追寻精神家园、唤起人们对乡土民俗的记忆由此成为很多作家的共识。

[第三节]

叙事形式：
碎片化、内视化与深度融合

"工业化时代的国人不可能继续'宅兹中国'的传统生活方式，必须学会并适应与更为广阔的外部世界打交道。一时代有一时代之叙事，如果说前人是因农耕文化原因而不爱讲述异域故事，那么这一叙事传统显然已经不能适应当前形势的需要。"[1] "一时代有一时代之叙事"，不同时代有不同的表述方式，乡土社会的变化一直都在叙事领域中得到最真切的表现。20世纪90年代以来乡土社会中旧知识谱系的有效性正在丧失，尤其是乡土社会已经进入虚化、碎片化的时代，它不再是价值的中心，乡土文学一直默默忍受着命名丢失、目光缺失的处境。这些新的状况必然引发新的表述形式，迥异于以往乡土小说的外观，具体体现在以下几个方面。

---

[1] 傅修延：《一时代有一时代之叙事——关于中国叙事传统的形成与变革》，《文学评论》，2018年第2期。

第二章　20世纪90年代以来乡土小说民俗书写的概况及新变

一、碎片式的审美救赎

20世纪90年代以前的乡土小说，很多凭借着宏大叙事获得了合法性和经典化的地位。从启蒙时代开始，无论是资本主义、帝国主义的扩展，还是民族主义的崛起，都缔造了一种宏大叙事的理论、实践框架。宏大叙事有着深刻的主题性、目的性、连贯性，它在自身确立的过程中总要关注那些异质性的元素。比如处于资本主义文明身后的农业文明就是如此，乡土社会与宏大叙事的结缘是天然的，乡土社会的变迁直接决定着阶级、民族、国家的发展历程，宏大叙事能够大范围、宽领域地容纳乡土百年的历史变迁，并形成一种史诗性，展示出一种历史和现实、生活的开放性，自由地体现创作者的意图。进入20世纪90年代之后，乡土文学发生的最重要变化或许如孟繁华指出的那样："乡村叙事整体性的碎裂，已经成为一个普遍的文学现象。"[1]而这种宏大叙事破裂直接体现在了乡土民俗叙事上，注释体、词典体和地方志等形式不断出现，这是以往乡土文学形式中绝少出现的。这种书写的背后反映了乡土民俗叙事难以整合的困境，同时折射了作家仍然在心理意义上将乡土看作一个整体加以描写。

碎片化的民俗在很多作品中都可以看到，如阿来的《空山》三

---

[1] 孟繁华：《乡村叙事整体性的碎裂》，《文艺报》，2006年4月13日，第3版。

部曲。整个作品便是一部机村的民俗变革史，这种讲述又不同程度地采用了碎片化的叙事策略。《空山》在每一卷的后面都会有两个小标题介绍各种进入机村的新物象和民俗生活，颇有一种给上文做注的意味。如卷一中的"马车"讲传统藏族马车如何被改装了新式轮胎；卷二讲报纸是怎么进入机村又怎样被遗忘的；卷三中的秤砣、卷四中的脱粒机、卷六中的电话也都大致遵循一个模式。很明显这些东西被放在文末便有了一种不相容的味道，因为它原本便是与机村相左的东西，以这种看似与故事情节无关的民俗书写方式进行处理彰显了藏民族现代化历程中的某些区隔障碍：传统的藏族生活已经衰落，但是外部的现代文明还没有被接续起来，失业的喇嘛、无处可去的巫师、失去信仰的猎人散落其间，机村就这样落入了一个进退维谷的文化境地。

阎连科的《日光流年》《受活》等在形式上也表现得很明显，《日光流年》《受活》中有着大量对正文的注释，这些都是有关乡土民俗生活的，既有"社校娃""入社""铁灾""天堂日子"等因为历史运动产生的专有名词，也有很多耙耧山人日常民俗的记录，如"受活"是苦中作乐的意思，把"饺子"称作扁食等。这其实是利用民俗对政治、历史进行批判，它揭示了民间世界是如何被政治异化扭曲的。这种注释体看似是只言片语的存在，但在文内解释中却具备了单纯正面描述所不具有的批判力，因为它假借了一套民间外壳来审视历史，达到了一种陌生化的间离效果。乡土世界能够容纳外界价值和观念的输入，又能够最大限度地与之保持距离，让我们看到乡土生活自身的逻辑判断和情感认识。本雅明曾经宣称自己可以用

第二章　20世纪90年代以来乡土小说民俗书写的概况及新变

引文来完成一部伟大的著作,新的时代需要新的形式进行表述,所谓引文的时代其实也就意味着碎片化时代的来临。

孙惠芬的《上塘书》也是形式上比较有特色的一部小说。全书分为"上塘的地理""上塘的交通""上塘的教育""上塘的婚姻""上塘的历史"等章节,每个章节都是被无巨细之分的琐事填满,也给乡土文学的书写带来了一种新的表现方式,很容易让我们想到古代的地方志。作品看似在一板一眼地介绍上塘的民俗人情,却又里里外外地辐射了整个乡土。然而,《上塘书》这样表现的背后却又有着"目的—手段"的悖论——作者需要对乡土社会进行总体性概观,但前提却必须是以分裂的方式进行,这是颇有意味的地方。此外还有韩少功的《马桥词典》,以词典体的方式展开叙事,也给人耳目一新的感觉,打开目录看到的是形形色色的词条,既有地理名称、当地景观,还有各种饮食、婚丧、节庆等民俗简介,对马桥人的生活、历史、文化进行了详细的描述。看似散落化的叙事中我们仍然能梳理出一些藕断丝连的故事,如马疤子、盐早等人的"政治遗闻"。这两部作品非常类似于民俗学中的"随笔民族志",民族志擅长在民俗事实里理解整个社会和文化,但是碎片化的表述方式却有一种随笔的感觉。现代人类学认为:"如此利用随笔的微妙之处在于:对象被明确地视为是生活在一个碎片化的世界体系中。"[1]20世纪90

---

[1] [美]詹姆斯·克利福德、乔治·马库斯:《写文化:民族志的诗学与政治学》,高丙中、吴晓黎、李霞等译,北京:商务印书馆,2006年版,第238页。

年代以来乡土碎片化的现实直接折射在民俗书写的形式中,这反映了作家对乡土文化理解上的某些自觉。在先前的乡土文学中,民俗被视为一种建构文本的有效手段,作为一种文本黏合和勾连的方式,充分彰显了一种有机性。而不断出现的注释体、词典体和地方志等形式让我们明显地感觉到民俗书写的力不从心,民俗已经很难像以前那样有效地融入乡土叙事之中。

二、内视化视角的浮出

考察20世纪90年代以来的乡土,我们很容易发现一个比较独特的现象,那就是在文本叙事中,除了对乡土之民的重塑之外,其实还隐含着一个对叙事者"我"的观照,也就是说乡土作家们普遍地在叙事中投入了一个隐含的自我。虽然在现代文学中《呼兰河传》等作品的民俗叙事有过如此类似的表达,一种诉诸心灵的内视方法,一种家园情怀弥漫其中,但是数量毕竟有限。20世纪90年代以来这样的作品的繁衍增多本身就隐含着精神返乡的渴望,作家们纷纷化乡土于自我,乡土开始成为一种个人性的东西,它明白地昭示了作家精神的恍惚与无可皈依。很多作家都会用一种"族内人"的视角来展开,"族内人"这一概念是文化人类学中的观点,其与"族外人"这个概念相对,这也分别代表了两种观察文化的不同方式,这是20世纪人类学家派克在民族志书写研究中提出的,民族志会因为视角

第二章 20世纪90年代以来乡土小说民俗书写的概况及新变

的不同而体现出不同的思维方式和表现立场。从乡土作家的民俗书写来看，很多作家都使用了"族内人"视角，往往是将自己作为一个乡土本地人来定位审视自己的文化，以族内人的身份来感知乡土社会文化的变迁。族内人视角代表了一种感知方式的选择，一种群体间交流的渴望，一种对文本的忠实程度，也意味着对一种异己文化的排斥。如付秀莹的《爱情到处流传》："在芳村，没有谁比我们家更关心星期了。在芳村，人们更关心初一和十五，二十四节气。星期，是一件遥远的事，陌生而洋气。我还记得，每个周末，不，应该是过了周三，家里的空气就不一样了。"❶ 还有王华的《花村》："那时候，离婚在我们花河还没有被看成正常现象。但王果和李子这种情况，却被我们看成正常。但凡遇上有人离婚，我们都习惯去劝，但以往都是劝合不劝散。这一例，我们却劝散。"❷ 红柯的《少女萨吾尔登》中："我们当地人吃臊子面时吃得松裤带就是对主人最大的赞美。第二碗臊子面还没动筷子，他碎舅周志杰就信誓旦旦吃他个二三十碗松三次裤带。"❸ 很显然，在这里，隐含的叙事者是以族内人的视角展开的，并以此来对周志杰进行反观，在这些例子中隐含作者和叙事者是合二为一的。在刘玉堂的乡村系列作品中也表

---

❶ 付秀莹：《爱情到处流传》，《名作欣赏》，2010年第1期。
❷ 王华：《花村》，北京：人民文学出版社，2017年版，第74页。
❸ 红柯：《少女萨吾尔登》，北京：北京十月文艺出版社，2014年版，第56页。

现得非常明显，如《春节的故事》中："他所在的那个乡叫燕崖乡，因出产燕子石、上水石之类的稀奇古怪的石头而闻名，我们那里有一句顺口溜也牵扯着它，叫要看风景燕子崖，要看媳妇钓鱼台。而凡是风景不错的地方一般都偏僻，呈现着一种未被开发和破坏的自然形态。"❶作品中的叙事者充满了对沂蒙山乡土文化的体认。与之相似的是日照作家赵德发，他的"农民三部曲"对旧家族的透视非常到位，无论是典地交易、子嗣过继，还是婚丧嫁娶、族内会议等民俗都能够写得鞭辟入里，这是因为赵德发本身就是农民出身，对农村宗法和血缘关系支撑下的社会秩序有着清晰的了解，并亲身体会到了这种文化的优劣，因此在写作时能够不自觉地使用一种内视角，得以从民俗文化和秩序的内部入手展开，以一个内部观察者的身份来诉说农村的种种。这样的叙事让我们感觉是真实可靠的，并没有什么距离感。

即使一些作品中没有直接表达出"我"，但我们依然能够看到某些相似的情感。如孙惠芬的《上塘书》中："上塘的人们，在一个房子里住久了，在一条街上站久了，在一块地里干活干久了，对日光影子长短所对应的时辰，烂熟于心，日光，是他们心中真正的钟表。""因为你在地里干活的时候，你干着，日光的影子也动着，日光动着，把你的影子和大地叠在了一起，是要多厚有多厚的。日历的连接，

---

❶ 刘玉堂：《刘玉堂文集：乡村情结》，济南：黄河出版社，2007年版，第178页。

第二章 20世纪90年代以来乡土小说民俗书写的概况及新变

只是早上的一个瞬间,日光的连接,却是漫长的一天。"❶这些叙述中,其实都深切地隐藏着一个乡土世界与"我"的一体化关系,"我"讲述的乡土故事都是与自身经验密切相关的,因为"我"就是生于斯长于斯的,所以总能够信手拈来。这样"我"就成了民俗叙事中的重要的一部分。

借民俗回归乡土的叙事同样是一个自我迁移的过程,回乡更是一种心理体验,希望通过回乡来完成自己精神的重塑。历史总是那样的相似,在20世纪20年代鲁迅等人的笔下也曾经有很多这样类似的描写,如《祥林嫂》《在酒楼上》《孤独者》等,但是通过对比我们便能够发现,其实二者无论是形式上还是内蕴上都有着很大差别。鲁迅等人的回乡叙事中充满了启蒙与乡愁的碰撞,故乡一面被沉降为灰色,一面在心理上割舍不去,这很大程度上表现在"我"与对话者之间的关系上。比如《在酒楼上》中吕纬甫与"我"的对话,《祥林嫂》中"我"与祥林嫂的对话。这些主人公实现了叙事者、隐含叙事者、故事主人公等不同维度之间的潜在对话,这是一种内在的话语碰撞,在一种虚化的复调叙事中折射出作家内隐的乡愁。"他愈有能力与人物建立起多元的联系,愈能保证其生存选择的开放性:每一次相逢或遭际,都衍生出重新开始生命的可能,一种自由的寻觅与伸展。这应该是文学'乡土'回馈给鲁迅最珍贵、庄重的礼物吧,

---

❶ 孙惠芬:《上塘书》,北京:作家出版社,2010年版,第222页。

鲁迅乡土小说最具魅力的部分就在这儿。"❶然而在 20 世纪 90 年代的乡土民俗叙事中，却普遍缺乏这样的对应者，故乡只存在于"我"的表述之中，这样叙事者其实又在某种程度上隐藏了某些东西，也即在鲁迅等人的笔下，回乡是一种直面痛苦的历程，"我"回乡看到的是被民俗束缚的充满病态人格、萎靡不振的祥林嫂、吕纬甫、孔乙己等。虽然民俗叙事的背后看似是无尽的乡愁，却在"我"与故乡的告别中完成了一种主体的重塑，理性的声音告诉他故乡必须被舍弃，因为故乡在时间上已经被贴上了落后的标签。从这个意义上，我们似乎也能够窥探 20 世纪 90 年代以来乡土民俗的某些危机，尤其是绵延不尽的"乡愁病"，其实乡愁在本源上源于故乡对自己的拒绝，或者是自己对故乡的拒绝。鲁迅的故乡体验其实并不孤独，启蒙本身树立了一种责任感，坚定的启蒙信念既能够给乡土体验者带来孤独，同时又能够部分有效地抵消这种孤独。鲁迅笔下的"我"是生活于现在的，当代作家笔下的"我"却是生活于过去，这是不同的逻辑轨道所赋予的。20 世纪 90 年代以来的很多乡土书写者笔下的乡村是开放的，但是情感上却是被封闭的。在故乡那里，他们体会到了前所未有的畅快，都是能让"我"产生共鸣的东西，这种回乡只是短暂的寄托，乡土被其他的感性东西所填补，这也阻止了他

---

❶ 李丹梦：《"侨民文学"与"异域情调"——关于鲁迅的乡土文论与乡土小说》，《南方文坛》，2010 年第 5 期。

第二章　20世纪90年代以来乡土小说民俗书写的概况及新变

们对故乡更为深沉的反思。乔叶的《最慢的是活着》中写道:"是的,总是这样,在我们豫北的土地上,不是麦子,就是玉米,每年每年,都是这些庄稼。无论什么人活着,这些庄稼都是这样。它们无声无息,只是以色彩在动。从鹅黄,浅绿,碧绿,深绿,到金黄,直至消逝成与大地一样的土黄。我还看见了一片片的小树林。我想起春天的这些树林……有风吹来的时候,她们晃动的姿态如一群嬉戏的少女。是的,少女就是这个样子的。少女。她们是那么温柔,那么富有生机。"❶ 当代乡土民俗叙事中很大的问题在于,他们对故乡只是一种心理上的感性依恋,因为在这里他们交付的是自己的一个幼年状态,这使他们看不到故乡的全部,看到的更多是平静、和谐、温暖,他们所看到的其实更多是自己的影子。

三、民俗与叙事的深度融合

民俗是一种行为模式或规范,会在历史的聚化下凝结稳定的圈层模式,形成一种深度力量并反作用于人。麦克卢汉在《理解媒介:论人的延伸》中提出媒介使人类对环境具有了一种反制力,媒介是人的视觉、听觉和触觉能力的综合延伸。而民俗本质上也具有这种

---

❶ 乔叶:《新世纪作家文丛:取暖》,武汉:长江文艺出版社,2015年版,第86页。

属性，民俗是人创造的，这使个体能够借助它自身产生能动作用，反过来对人形成隐性的包裹和制约，也可以这样说，是民俗塑造了人的外延和周边，只不过作家很容易忽视这种制约。而优秀的作家能够省察民俗与自我的微妙关系，利用民俗来有效地建构文本，这样民俗不是被动的存在，也会反过来改造叙事。20世纪90年代以来乡土小说民俗叙事一个重要的"倒错"便是：民俗不再是单纯地被表述、被书写，也在以不同的方式重构叙事和文本结构，民俗在文本架构中的能动作用得到了发挥。阎连科的《受活》中，每一卷的名称上都体现出一种新意，作者将第一章命名为毛须，以后逐渐过渡为根、干、枝、果实等，这种命名方式与文本的发展走向是相同的，"毛须"部分是故事的开端，主要讲述了受活庄里一些受灾的情况；到了中间的"干"这一部分，受活庄人开始利用自己的绝技出去表演，故事也发展到了高潮；最后的"种子"部分终于算是回到了起点，所有的闹剧都结束了，县长也开始在受活庄落户。从整体上看，作家是用植物生长的方式进行了全文的命名。这种叙事组织方式似乎也呼应了李佩甫的"植物说"，其背后仍然是一种乡土精神在支撑着，小说隐含着社会形态的内在变化。

此外20世纪90年代以来乡土民俗叙事也显现出了多样化的特质，利用民俗重构叙事是90年代民俗的一个重要特色，在这方面表现得比较明显的便是莫言。在《生死疲劳》中，莫言充分利用了民间"六道轮回"观念进行设计，并通过化身为人、驴、牛、猪、狗、猴六种叙事角色进行讲述，每一次的身份变换中都既能够与之前保持一

第二章　20世纪90年代以来乡土小说民俗书写的概况及新变

定的身份关联,又能够转换一种位置和视角:化身驴的时候可以尽情地展现自己的驴脾气,自由自在无拘无束;化身猪的时候则表现出懒散、怠慢、贪婪;化身牛的时候显得朴素保守……每一次的变化都会带来别具一格的讲述风格,拥有了一种超越一般全知视角但是又不脱离身份场景的效果。在这种"六道轮回"的讲述中我们看到的是西门闹那种不满、愤恨,也让我们看到了历史中那些狡诈、阴暗,但数十年的起落浮沉之后,西门闹平静地接受了自己的命运。六道轮回的讲述不再仅仅是一种讲故事的工具,命运辗转,轮回不停,又成就了一种消弭仇恨、重塑个体的价值体系,像佛家一样最终看透了历史和命运。《檀香刑》中也表现得非常明显,作品充分发掘了流传在高密一带的地方小戏"猫腔"的多重功用,借用猫腔实现了戏中戏的艺术追求,用戏曲来重新定义小说,也使得一个虚拟的戏剧空间被营造了出来,观众阅读作品有了一种在戏里戏外摆动的感觉。作品中的"猫腔"首先是一种内容元素,主人公之一的孙丙带领戏班子抗击德国侵略,最终遭到了官方的镇压,还死在了檀香刑中。故事中孙丙讲述了猫腔的起源,猫腔的价值在于它是一种对抗的工具,因为正是猫腔支撑着孙丙和众人一直将戏演到了最后。"猫腔"还是一种形式元素,开头的《檀香刑·大悲调》有:"太阳一出红彤彤,(好似大火燃天东)胶州湾发来了德国的兵。(都是红毛绿眼睛)庄稼地里修铁道,扒了俺祖先的老坟茔。(真真把人气煞也!)俺爹领人去抗德,咕咚咚的大炮放连声。(震得耳朵聋)但只见,仇人相见眼睛红,刀砍斧劈叉子捅。血仗打了一天整,遍地的死人数不清。（吓煞奴家也！）到后来，俺亲爹被抓进南牢，俺公爹给他上了檀香刑。（俺的个亲爹也！）"❶这种利用民间俗语和说唱语言的方式给人耳目一新的感觉。与其说故事是讲出来的，不如说故事是"唱"出来的，这也是对传统民间艺术的一种复活。从线索和结构上看，小说充分地利用猫腔唱词来连接，采用了凤头部、猪肚部、豹尾部的古代戏曲故事结构，在人物设置上呈现为戏曲式的跨界创作，比如眉娘是一个青衣女豪杰，赵小甲是最清醒的丑角，钱丁是个最懦弱的官生。❷从内容到形式都展现着民族的精神气质，正是这种对民俗的深度发掘才使得小说发出动人的魅力，想必这也是莫言获奖的深层原因吧。

---

❶ 莫言：《檀香刑》，北京：作家出版社，2001年版，第22页。
❷ 华萌：《〈檀香刑〉小说创作的戏曲风格》，武汉：华中科技大学硕士论文，2015年，第20页。

[第四节]

发展趋势：
书写不断走向衰落

20世纪80年代的乡土文学中处处可见各种民俗风情画，比如在汪曾祺、贾平凹、李杭育、郑义、古华、林斤澜、张承志、刘绍棠等人的作品中都能够看到对乡土社会和民俗的完整构型，而且在这个过程中作家其实更多是无意识的，笔下的民俗图景并非是在完全有意识思维支配下完成的。"无意识也是现实的一种反映形式。人在对复杂事物进行感知时，并不是对象的所有信息都能被感觉和意识到的。有些信息的刺激太弱，或受到其他刺激的抑制，人就不能感觉到。特别是好些非语言所能描述的感性特点，由于不能在第二信号系统内得到反映，常常难于纳入到意识的精确框架中去。"[1]无意识恰恰说明了乡土在作家意识中的重要性。但是进入20世纪90年代之后，我们能够普遍发现作家乡土意识的淡化，这固然是知识分

---

[1] 杨文虎：《艺术思维和创作的发生》，上海：学林出版社，1998年版，第235页。

子边缘化的无奈,同时在现代化大潮的冲击下,乡土的解体似乎已经成为历史和时代的必然。人们对乡土民俗的期待,其实很大程度上还是来源于我们传统文化中对那种理想田园生活的追求,将其当作一种寄托人生的方式。当乡土不再具备这个功能,在作家的笔下要么呈现为挽歌式的书写,要么干脆失语,被时代所吞没。在现代文明的冲击下,"传统的乡村氛围不复存在,留在乡村的农民越来越少,作家们与乡村之间的现实联系也随之减少,他们与乡村现实生活之间也会越来越隔。特别是由于现实社会中乡村伦理的迅速颓败,作家们不得不无奈地放弃对乡村的情感依赖和文化认同感,他们对现实乡村虽然不乏关怀,却更多精神上的反感和拒斥"[1]。在乡土民俗书写中,我们能够分为有意书写与无意书写两个类别,前者关注的焦点是乡土民俗本身,借民俗书写进行文化或政治思考,这些民俗书写中的注意强度是比较高的;后者是无意的调动经验,一个有过乡土经验的主体接触乡土民俗之后,便会自觉或者不自觉地影响着他的行为和价值观念。对于作家而言,创作是一种对心理积淀的调动,其在写作乡土的时候也会自觉或者不自觉地调动其乡土经验,至于调动哪一部分,如何调动则受制于作家个人的精神和心理。就民俗而言,不同作家在创作中的关注程度和注意程度显然是不一样的,有的作家印象深刻,有的则印象较为淡薄,这样不同的心理

---

[1] 贺仲明:《论近年来乡土小说审美品格的嬗变》,《文学评论》,2014年第3期。

第二章　20世纪90年代以来乡土小说民俗书写的概况及新变

认知，表现在创作中也会体现出不同的注意强度。

20世纪90年代以来很多作家民俗关注意识开始消退，表现为有意书写向无意识书写的过渡。书写乡土是贾平凹一贯的主题，但是21世纪以来的创作中我们能够看出贾平凹那种有意描写的衰落。在贾平凹早期的商州系列中，商州的山水风光、民俗风情集中表现了贾平凹对商州的依恋，展现了浓郁的乡土情怀。但是随着时间的推移，我们能够发现他对乡土民俗的淡漠，他的创作也越来越失去了对民俗的有意书写。比如《高老庄》《带灯》《老生》《极花》等作品中，作家进行主体创作时只是附带刻画了民俗文化和生活习俗，呈现为一种"被围困的乡土"的尴尬处境。《秦腔》中对秦腔这种民俗的描写看似是一种有意关怀，但也不再是完整的刻写，只是一种纯粹对乡土的哀婉，这样的民俗描写也会显现出与有意书写的重要差别。梁鸿对此也有观察："以笔者长期关注的乡土小说家来说，作家们都在不同程度上失去了成名初期对乡村改革和乡村现实的关注热情，转而进入了对乡村历史和发展史的抽象叙述……即使作家有对乡村现实的想象，也多显得非常虚假、苍白，没有击中现实的内核。"[1]之所以得出这样的结论，很大程度上是因为作家已经失去了对构成乡土生活本质性元素——民俗的有意识表现，缺乏民俗的乡村自然会

---

[1] 梁鸿：《谁来完成当代中国生活与精神叙述》，《中国图书商报》，2008年5月20日，第3版。

显得虚假苍白，也就会给人产生一种距离乡土很远的感觉。

赵德发是一位对乡土文化关注比较多的作家，《农民三部曲》是其代表作。《缱绻与决绝》写的是20世纪人与土地的关系，折射了农民土地意识的变迁；《天理暨人欲》写一个村庄的道德史，反思世道人心、人的欲望及道德到底该处于怎样的平衡状态；《青烟或白雾》则是思考中国人的权力观，在支官庄村，人人以获得权力为荣，祖坟里冒青烟被视为吉兆，权力改变命运。赵德发的这些早期作品对乡土民俗和民间文化的反思力透纸背。21世纪以来赵德发又陆续创作了《人类世》《双手合十》《乾道坤道》等作品，这些作品走向了更为深刻的人类文明反思，有的反思佛教修行的乱象和信仰的背离，有的思考人类未来的发展命运，还有的分析道教文化在现实生活中对个人的支撑作用。虽然这些作品在关注范围上拓展了，很多都是写都市、写国外，但是在表现深度上却没有以往乡土作品那样透人心脾，也从侧面折射了作家对乡土民俗的疏远，乡土再也不是那个能够提供切肤之痛的世界。

从西部作家群的创作来看，也有这种衰落的迹象，如雪漠这位西部文学圣手，其"大漠三部曲"对西部乡土贫困化进行了全方位的展现，反映了乡土在现代文明压迫下生存的艰难。《大漠祭》描写了在艰苦的自然环境下，人类的道德伦理也在不断受到冲击，各种偷情、换亲、买卖婚姻等恶俗盛行。《猎原》中的乡土世界从内部分裂了，自然环境的恶化导致村民无奈地依靠打猎、砍伐森林等进行生存，而这些反过来更会导致人类环境的恶化，其中狼对人类

第二章　20世纪90年代以来乡土小说民俗书写的概况及新变

的报复就是典型的代表。《白虎关》中当地发现了金矿，投机分子趋之若鹜，机器的轰鸣打碎了乡土的沉寂，挖矿也差点埋葬了猛子。但是在"大漠三部曲"之后，雪漠的书写日益远离熟悉的乡土，反而走入了对神秘体验和叙事技巧的沉迷中，如《西夏咒》完全替换了一个没有过去未来、不知身份的世界空间，各种人骨法器、人血馒头等怪诞叙事让人眼花缭乱，多个叙事者也增添了阅读的障碍。还有《野狐岭》也是一部多声部、跨越多个叙事层次的故事，在人与鬼魂的对话中夹杂各种仇杀恩怨、宿命谶语、历史悬案，使故事显得神秘莫测。很明显，雪漠已经脱离了早先的乡土世界，转而经营起了一个不着边际的虚幻空间，到底是什么让他放弃了现实、放弃了乡土，显然是值得追问的。

代际萎缩是乡土民俗叙事衰落的重要原因。从新时期开始到当下，活跃在乡土文学这块领域的一直都是"50后"作家，贾平凹、刘震云、王安忆、阿来、李佩甫、莫言、李锐、陈忠实、张炜、方方、韩少功、史铁生、叶兆言、尤凤伟、阎真、周大新等都是代表。"50后"的写作一直相对保守，在多数作家的创作中很难看到那些变幻多姿的先锋叙事，即使在陈忠实、莫言这些一度被扣上魔幻现实手法的作家身上也是有限度地使用。"50后"作家们生于大变动的年代，沿着丁玲、周立波、赵树理、柳青等人走过的道路，书写中国20世纪乡土社会历史变革成为他们的共识。"50后"与共和国一同成长，他们的记忆和经历早已经被视为历史的一部分，而且他们生活的时代是中国大规模城市化的前夜，他们有着相对完整的乡土生活记忆，乡土民风习俗孕育了他们丰厚而深彻的情感体验和生活认知方式，使他们笔下的乡土世界和民俗景观都是非常完整的。21世纪以来"50后"作家更是笔耕不辍，莫言写出了《檀香刑》《蛙》《生死疲劳》等作品，李佩甫有《羊的门》《城的灯》等，贾平凹有《古炉》《秦腔》《带灯》，方方有《涂自强的个人悲伤》《软埋》、张炜有《你在高原》等。"50后"作家建立了一个个的文学地理空间，如贾平凹的商州、阎连科的耙耧山脉、莫言的高密东北乡、李锐的吕梁山脉等。

相比之下，"60后"作家的乡土创作则没有这样厚重和深沉，除了葛水平、孙惠芬、迟子建、石舒清等作家外，很少有对乡土进行集中关注的作家。"60后"作家的关注重点大都在都市，他们也是引领先锋文学的重要群体，如韩东、朱文、毕飞宇、艾伟、东西、李洱、邱华栋、荆歌等。梁鸿在《理性乌托邦与中产阶级化审美——对六十年代出生作家美学思想的整体考察》中认为"60后"作家身上有着非常浓厚的智性写作倾向，"知识性写作、理性思维与极强的哲学思辩性是智性书写的最大特征，也是九十年代后小说范式的一个重大趋向。对知识性的极高要求几乎是六十年代出生作家的精神自律"[1]。"60后"的乡土书写显然没有"50后"那样朴实厚重充满沧桑感，如苏童的《我的枫杨树故乡》《河岸》，毕飞宇的《玉米》《平原》，

---

[1] 梁鸿：《理性乌托邦与中产阶级化审美——对六十年代出生作家美学思想的整体考察》，《当代作家评论》，2008年第5期。

第二章　20世纪90年代以来乡土小说民俗书写的概况及新变

格非的新作《望春风》，余华的《活着》，艾伟的《越野赛跑》，这些作品充满了自我感觉化，充满了玄思，也多善于使用儿童视角，使乡土的现实化色彩被极大削弱，乡土民俗呈现为碎片化的构型。

"70后"则显得更为尴尬，能够有意识地书写乡土的作品可谓少之又少，仅仅在极个别的作品中才能够看到，如鲁敏的东坝系列，盛可以的《野蛮生长》，付秀莹的《陌上》，魏微的《乡村、穷亲戚和爱情》等。除《陌上》外，在这些作品中我们很难看到民俗中的人处于什么状态，在这里乡土已经不再是一种实体。"70后"走向了成长、情感、都市等写作领域，他们生活上的乡村体验是很少的，他们对现代性后果的体验是超出以前几代人的，他们很少体验过建构时代的快乐，相反他们眼中的世界却不断地走向衰败，每个人深陷不确定性的泥沼，时间上无法阻断，空间上无法突破，深陷一种困扰的内在性，书写乡土显然存在着难度。所以，综合来看，乡土书写在代际前景上是非常渺茫的，未来的出路也不断地引发了学者们的讨论。

第三章 >>>

「影子乡土」：20世纪90年代以来乡土小说民俗书写的特征

20世纪90年代以来乡土小说的民俗书写研究

仔细梳理20世纪90年代以来乡土小说的民俗书写,我们能够感觉到,多数乡土作家仍然按照以往乡土民俗叙事的传统反观社会、现实和人性,在精神和价值上接续了以往的乡土民俗叙事传统。但是20世纪90年代以来,乡土小说民俗书写却有了与以往不同的悖论:在五四时代,启蒙知识分子们普遍看到了几千年传统文化对国人个性的压抑过于沉重,看到了民俗在现代化发展中起到的阻碍作用,所以纷纷拿起手中的笔对乡土民俗进行猛烈批判,表现出一种主动地"去民俗"的愿望。这种反民俗、去民俗的书写恰恰又将民俗的形态、精神、功能进行了淋漓尽致的展现。20世纪90年代以来,乡土作家的文化考察路径看似与以往相似,它试图像以往一样构筑民俗图景,彰显自己的主体精神,但是却又不得不落入目的与结果的悖论——抽象化、空心化、灰暗化。正如陈晓明评价《秦腔》时说的那样:"不管人们如何批评贾平凹,贾平凹的作品无疑表现出相当鲜明的中国乡土特色。恰恰在回到乡土本真性的写作中,我们看到,贾平凹的《秦腔》这种作品在以其回到乡土现实的那种绝对性和淳朴性,却是写出了乡土生活解构的状况。"[1]这种目的与结果的悖论或许是20世纪

---

[1] 陈晓明:《乡土叙事的终结和开启——贾平凹的〈秦腔〉预示的新世纪的美学意义》,《文艺争鸣》,2005年第6期。

第三章 "影子乡土":20世纪90年代以来乡土小说民俗书写的特征

90年代以来乡土小说民俗书写所预料不到的。总体上看,20世纪90年代以来的乡土小说民俗叙事中呈现了凋敝与没落的特点,在这种民俗书写下的乡土我们不妨称为"影子乡土","所谓"影子乡土"主要是乡土内部已经虚化,空有外形却缺乏实质,构成乡土民俗生活本质性的血缘纽带、伦理观念、民俗事项、自然景观已经被掏空,只剩下一个干瘪、抽象、坍塌、虚假的乡土世界。

[第一节]

乡土整体性的消散

进入乡土小说中的民俗会呈现出各种各样的景观结构和特征，正是这些丰富多彩的民俗景观助推了乡土小说多元化的美学特征。从 20 世纪 90 年代以来的乡土小说中我们发现乡土民俗景观普遍出现了衰落的特点，各种类型的农事、捕猎、养殖等物质生活民俗，以及岁时节日、人生礼仪、社火庙会等社会民俗书写都在大量锐减。除了《白鹿原》这部诞生在 1990 年的作品外，我们很少看到能够对乡土进行全方位书写的史诗性著作，以往乡土中那些劳作、工艺、装饰、饮食、节日、戏曲等构成乡土本性的元素纷纷被过滤掉或者单维化，那些熙攘、热闹、嘈杂的场景已经不复存在，立体化的乡土书写已经很少看到，乡土社会已然变得冷漠、荒凉，乡土社会的整体性开始消散。

第三章 "影子乡土"：20世纪90年代以来乡土小说民俗书写的特征

一、民俗道具陷入无用

随着农业社会的逐渐衰弱，自然经济下的农业生产日益凋敝，以往流传于民间的一些生产道具开始被人们逐渐遗忘。山西作家李锐早就对此充满了担忧，他表示："农村，农民，乡土，农具等等千年不变的事物，正在所谓现代化、全球化的冲击下支离破碎、面目全非。……尽管在吕梁山偏远的乡村里，这些古老的农具还在被人们使用着，但人与农具的历史关系早已荡然无存，衣不蔽体的田园早已没有了往日的从容和安静。所谓历史的诗意早已沦落成为谎言和自欺。"[1]他的农具系列小说对这个问题进行了集中关注。《残摩》中的村子在现代文明的冲击下，已经完全失去了活力，村子里的人都已经走得差不多了，只剩下一些留守的老人，而且这些老人也在不断减少，只有一位老人还在坚持自己的耕作，但是他使用了几十年的耕作用具却也无法修复了，"开了榫的横板彻底裂成了两半，不能用。荆条拧出来的摩齿早已被黄土打磨得露出了木头的本色，深红的荆条整齐地排列着，不知把多少个春天和秋天在摩齿间梳理过去，平滑、柔和的木色甚至显出几分精致和高雅，让人忍不住想伸手去

---

[1] 李锐：《太平风物——农具系列小说展览》，北京：生活·读书·新知三联书店，2006年版，第6页。

摸摸。等到把摩从黑骡子身上卸下来，他才感觉到腿上的疼痛"❶。老汉一个人陪着黑骡子在孤独的乡村里生活着，"摩"已经陪伴了他一辈子，然而这或许是他最后一次进行翻地了。在"摩"破裂的过程中，老人的身体也受了伤，乡土充满了颓败的气息。这个裂开的"摩"其实就隐喻了老人的肢体，加上逐渐解体的村子，又构成了三位一体，整个乡土在一步步地走向死亡。

小说《耧车》也是一部对农业文明即将消亡的预告。小说中的爷爷带着孙子去耧地，雨后乡村的美景和爷爷对孙子的疼爱，让人感受到这是一幅美好的生活画卷。爷爷给孙子讲起了耧车的神话传说，从盘古、伏羲再到鲁班爷，一种民间对土地和生活的热爱跃然纸上。然而接着笔锋一转，提到了村底发现了大煤矿，整个村子要进行拆迁，村里人可以到矿上工作，这次播种其实也是最后一次了，爷爷对这种农耕文明的前景甚是担忧，"这块地可再没有千年万年了。世世代代种它，收它，种了千年万年，现在就剩下今年这一回啦，今年种了谷子，明年就没人种了，就变成荒地了。变成荒地什么庄稼都不长，就变回几万几千年前那个模样了，就和伏羲爷、女娲娘娘在世的时候一个样了，荒林遍地，野兽横行啊……"❷爷爷的担忧正

---

❶ 李锐：《太平风物——农具系列小说展览》，北京：生活·读书·新知三联书店，2006年版，第21页。

❷ 李锐：《太平风物——农具系列小说展览》，北京：生活·读书·新知三联书店，2006年版，第132页。

第三章 "影子乡土":20世纪90年代以来乡土小说民俗书写的特征

是作者的担忧,耧车的最后一次出场宣告了农业文明的没落。文明之所以能够发展正是由于人和土地保持着最亲密的联系,一切源于土地,一切又终归于土地,土地生养了一切,离开了土地其实就离开了我们的根,人的灵魂也会变得漂浮不定,没有归宿。

胡学文的短篇小说《谁吃了我的麦子》中还面临着找不到农具的尴尬。主人公的名字是吴根,暗示着这是一个无根的人。农民吴根最厉害的还是自己的嗅觉,尤其是对于土地的嗅觉:"麦子泛黄,吴根就闻见香味了。轻轻的,浅浅的,半遮半掩,像害羞的小媳妇。日头呣摸几遍,在与秋风的拥抱缠绵中,香味黏稠了,浓浓烈烈,在田野上卷来滚去。"❶现在村里人都把自己的麦子卖掉,为了重温过去,吴根决定不再吃换来的面,而是吃一次自己种出来的麦子磨出的面粉,正是这样一个简单的小要求却遇到了障碍,因为村里已经没有磨面的道具了,而且城里的面粉厂并不伺候这种只有八袋麦子的小客户。于是固执的吴根决定自己找个磨坊磨面,但是二十多天走了差不多四五百里,竟然没找到一家磨坊,最终发现了一家准备卖磨面机的人,兴奋的吴根买了机器准备自己回家磨面却遇到了车祸。就这样,吴根的寻"面"之旅最终结束,他如此卑微的愿望竟然难以实现。随着工业化时代的到来,旧农具已经普遍被遗弃了,

---

❶ 胡学文:《谁吃了我的麦子》,《小说月报》,2009年第10期。

一个农民想要确认与土地的生命关联是那么的艰难。

　　民俗道具不仅仅指一些生产道具，也可以是一些从农业文明中诞生的民俗艺术。在20世纪90年代以来的一些乡土小说中，以往人们比较熟悉的那些民俗艺术纷纷湮没，在很多时候也被明确地展示为一种无用的东西，贾平凹的《秦腔》折射了这种尴尬。白雪的丈夫夏风最终遗弃了她，公公夏天智对此颇为不满，不仅主动收养儿媳为女儿，还百般关心她。其实公公对白雪的关爱就是对秦腔的喜爱，因为白雪其实就是秦腔的化身，她有艺术天赋，却并不幸运。夏天智死后，白雪为其唱起了秦腔，"白雪抹着眼泪从堂屋出来，说：'我爹一辈子爱秦腔，他总让我在家唱，我一直没唱过，现在我给我爹唱'"❶。最后入殓的时候，白雪再次打开了喇叭，秦腔声中盖上了棺木，送走了夏天智。夏天智是最爱秦腔的人，他懂得秦腔的珍贵，他视秦腔为真正的艺术，也是愿意将其保护到底的，不似清风街上的其他人。夏天智去世以后，秦腔就成了无人能懂的东西，在一般人眼中，民俗都是打发无聊的道具："这个下午，我是和丁霸槽喝淡了一壶茶，他啬皮不肯再添茶叶了，我就去文化站看夏雨他们搓麻将。……我说：'你说不及了你就唱！'他也是能唱的，但唱的是秦腔，就唱：'越思越想越可恨，洪洞县里没好人'。我说：'你会唱秦腔了？'他一得能，又唱了一板曲子。（原文曲谱在此省略）

---

❶ 贾平凹：《秦腔》，北京：人民文学出版社，2008年版，第527页。

第三章 "影子乡土"：20世纪90年代以来乡土小说民俗书写的特征

我说：'陈亮，清风街让你兄弟俩承包了果园，你倒骂'洪洞县里没好人'了？！'"❶很显然在这里秦腔是与主题无关的东西，《秦腔》是一种无聊的填充，他们听不出秦腔的好坏。无论是作为一种娱乐还是一种高雅艺术，秦腔本身是民间文化的产物，但是在很多场景中秦腔已经无用。

众多作品纷纷揭示了民俗道具的无用或者即将走向无用，这是以往乡土小说民俗书写中所没有遇到过的。虽然在解放区小说中，也曾出现过一些民俗道具的失效等问题，比如旧的庙宇的被改建，旧的门神、画像被替换，旧的仪式被改造，但它们只是一种内部的更新，民俗道具的样式还在，功能健全，也能够维系乡土社会的稳定。20世纪90年代以来的乡土社会普遍走向了没落，没有民俗道具的乡土就像没有脸面的人一样，意味着它将失去过去，未来也变得模糊不清。

二、民俗解释体系失效

民俗存在的意义在于，它可以作为一种知识积储而存在，也即民俗是一种容纳了思维、知识、习惯的传播中介。对没有相应社会

---

❶ 贾平凹：《秦腔》，北京：中国工人出版社，2009年版，第26页。

知识的人来说，正是通过贴近民俗、习得民俗从而获得安身立命的基础。同时经由个体的认同，民俗也获得一种认可。民俗权威的树立其实也确立了一种解释体系，这样在乡土社会中既能够指导一般性的日常生活和生产，同时又蕴含着一种价值诉求和伦理导向，确保其真实性与功用性。但是在20世纪90年代以来的乡土小说中，民俗的这种权威性似乎在逐渐失去，并被视为一种固化的、逼仄的知识视域，它在解释非农业文明与现象的过程中呈现出了知识的乏力，民俗解释体系的失效也就不可避免了。乡土作家书写民俗在于证明或者反驳乡土民俗所携带的解释体系，祥林嫂的蒙昧在于她固执地相信捐门槛能够改变自己的命运，《爸爸爸》中丙崽几句简单的"爸爸爸"和"x妈妈"被视为阴阳二卦……其实这些叙事费尽心力试图去证明这些民俗观念是错误的，却又先验地承认了民俗解释体系的有效性，这种循环往复的论证本身就说明了民俗观念的牢固性，而20世纪90年代以来的一些作品中断然宣告了民俗解释的失效。

在这方面李锐的小说《桔槔》就是代表。故事发生在一个封闭贫穷的小山村，一列列火车从村子旁边驶过，上面装满了煤炭，也装着大王村、小王村人对美好生活的向往，他们纷纷组织起来，利用火车爬坡的机会用长杆子掏煤。"两人一组，相互配合"，"焦煤块被几十根贪婪的长竿子追赶着"，"活像某个车间里有序、衔接严密的生产流水线"。大满和小满也是这个行列的人员，大满已经有了房子，现在他还希望用从火车上掏下来的煤给小满盖上房子。他们俩掏煤的方式是与别人不同的，因为大满更具智慧性，他对古代

第三章 "影子乡土"：20世纪90年代以来乡土小说民俗书写的特征

的桔槔进行了改装，将这种提水的工具变成了掏煤的工具，"事实证明，大满的发明创造是极其有效的。当载满焦炭的列车经过的时候，随着那把高过车厢的铁耙子一起一落，焦炭像瀑布一样哗哗地泻下来"❶。然而，他们的计划并不是那么顺利，铁耙不小心勾到了车厢，整个桔槔又变成了一张弓，将大满甩落致死。这其实也是一个被改造的农具试图对抗现代文明的故事，传统民俗道具及知识在这里先是被翻出来，而后又被加上了一点小聪明，便试图超越现代文明，其结局是那么的悲惨。这也充分说明，传统或许在某种程度上已经失去了存在的根基，它被揠苗助长了，当遭遇真正的敌人——现代文明的时候，或许只需要轻轻一拉，就足以让其头破血流。

民俗不仅仅指导人们的理性行为，还会娱乐人的感官，这是一些乡土民俗艺术能够代代相传的根本原因，人的基本需求决定了民俗能够延续。但是随着现代性对人的感官欲望的强调，农业文化中那些娱乐形式也在逐渐被遗忘，它们在召唤人的欲望、释放人的感官方面显现出了乏力，远不及一些现代艺术那样奔放、直接。李锐的小说《牧笛》中，秦瞎子的笛子多少年来都是一绝，走南闯北，到处都有不少捧场的。然而在河底镇，他们碰上了那个马戏团，马戏团里有着各种的流行音乐，歌手发了疯地唱着《我不是黄蓉》，

---

❶ 李锐：《太平风物——农具系列小说展览》，北京：生活·读书·新知三联书店，2006年版，第80页。

各种的音乐节拍和口哨、尖叫弥合在一起,甚至还有大胆刺激的舞蹈。没有人来搭理这说书唱笛子的父子俩,父亲不禁一个劲儿地哀叹,世道变了。随着世俗化的拓展和生活节奏的繁忙,现代人寻求普遍精神刺激,传统的牧笛是乡土和谐生活的象征,本来牧笛是用来召唤乡野牧群的,有牧笛的地方就是一幅活生生的乡野图。然而,传统民间艺术无法应对这种变化,也无法提供支撑感官欲望的东西,秦瞎子的时代已经过去了,他的牧笛,他的说书艺术都成了无人问津的东西,民俗艺术无法满足现代人的精神需求,也失去了解释力。

三、乡土社群关系的消散

在现代文学中,乡土作家利用民俗进行修辞书写的时候,在情节上都是饱满的,在艺术效果上都是充满张力的,无论是用以论证启蒙的有效性,还是证明革命的合法性,或者是阐释故乡的和谐,我们都能够从中感受到一种民俗的力量之美。但是在20世纪90年代以来的乡土民俗中我们感受到了一种乏力,构成乡土本质和存在基础的社群也在逐渐消失,和以往乡土小说中其乐融融的环境相比,乡土社会已经没有了人,这造成了故事主人公的无所事事,同时也带来叙事层面的拖沓、无聊。

比如曹乃谦的《最后的村庄》。故事发生在名叫"二十一村"的地方,最后一户人家在四年前就已经搬走了,只剩下一个孤零零

第三章 "影子乡土"：20世纪90年代以来乡土小说民俗书写的特征

的老女人和一条狗，现在村里所有的地都归她了，她甚至没有犁能够耕地，只能使用铁锹来翻地。这样的生活是辛劳的、难耐的、孤独的，她唯一的爱好就是扎草人，"东也是，西也是，梁上也有坡下也有。到处都有。统共有百十多个。老女人她还尽着自己的想象，把它们都做得尽量像个真的人，那些搬迁走的户家们，都知道要过好日子去了，都把原来的破旧衣服留下来不要"❶。老人希望这些草人能够与她为伴，在不同的季节给它们穿上不同的衣服，还给草人起不同的名字和绰号，每次耕种的时候还要带着草人，与它们聊天。这样的作品中，我们感受不到孙犁笔下的那种欢快，也没有赵树理笔下那么多的"问题"和冲突，唯一感受最深的就是一种无聊感。这样的乡土中只有孤零零的人，她居住的环境虽然称得上是村庄，但是却丧失了村庄生活里应该有的一切，长幼有序的伦理、祖辈相传的技艺、独具特色的饮食都消失了，如果说耕作还能称得上是民俗的话，她的确有大片可以耕种的土地，但她却连一件像样的农具都没有，耕作的意义到底何在，谁也无从知晓。曹乃谦的另一部作品《温家窑风景》中，农民失落地生活在封闭的空间里，这里既没有了过去常见的社员大会，也没有了集体劳作；既没有无线广播，也看不到走街串巷的人群，一个沉默的乡村开始出现。

乡土节日也是乡土民风民俗的重要组成部分。节日是民间的一

---

❶ 曹乃谦：《最后的村庄》，北京：中国广播电视出版社，2006年版，第45页。

种纪念活动，乡土社会可以凭借节日来展现自己的文化心理和积淀，获得一种文化差异性。20世纪90年代以来，一些节日书写似乎并没有那么欢快，如王祥夫的《比邻》中，"我"回乡过年，过年的节日里是满满的年味，两个人推碾子做糕、小米子㐷饭，还可以找朋友喝酒，主人公似乎又找到了以前乡土的那种其乐融融的感觉。过年忙活的时候，也听到邻居家不断传出来的对话："又一年了，你看看你，什么样子，脸脏成个什么样子，好赖给你洗一洗？""吃吧，素饺子，年年都是你先吃，胡萝卜，粉条子，油豆腐的馅子，你就吃吧。你吃了我再吃，这是规矩。"❶看似是一样的欢乐，等到"我"走过去才发现不对："我愣在了那里，我想不到我想象中的那个人会是一头牛，会是这样的一头老牛，它已经老得站不起来了，此刻，它正在吃着它的素饺子，吃着它的主人给它做的年夜饭。"❷这种突然翻转的结尾非常有欧·亨利小说的味道，更加突出了乡土空心化的现实。一个乡土社会中最大的节日却呈现了这样尴尬的处境，过年的饺子没有人吃，只能送给陪伴村民的牛，显然在这里节日的书写被蒙上了灰色，乡土社会中的"人"逐渐消失了，节日也就失去了存在的意义。

刘震云的《一句顶一万句》也映射了后乡土时代社群和伦理关

---

❶ 王祥夫：《归来》，北京：台海出版社，2015年版，第21页。
❷ 王祥夫：《归来》，北京：台海出版社，2015年版，第27页。

第三章 "影子乡土"：20世纪90年代以来乡土小说民俗书写的特征

系处境，尤其是人与人之间的关系越来越陷入陌生化。私塾里学生和老师双方听不懂对方的话，县令老胡也是"呜哩哇啦"一阵，周围的同僚和延津老百姓都听不懂，整个乡土社会的关系都是虚掩的。在这里我们很难看到完整的交流，其中充斥着各种各样的孤独者。主人公杨百顺在村中杀过猪、染过布，也卖过豆腐，期间却遭受了父亲、兄弟对自己的欺骗，其中父亲还打了正发着烧的杨百顺，家也不再是供人们栖息避风的港湾，杨百顺和自己的哥哥、父亲是难有交流的。后来他开始卖馒头，又遭遇了妻子吴香香对自己的背叛，被迫出走延津。故事中的很多人都遭到所谓的朋友的背叛，老韩背叛老曹，杨百利背叛牛国兴，所有的关系都被打结，千言万语却听不到一句知心的话。杨百顺在故乡走来走去，已经找不到一个像样的对话者。主角杨百顺的弟弟杨百利最大的爱好就是"喷空"，这是延津当地独有的交流方式，"所谓'喷空'，是一句延津话，就是有影的事，没影的事，一个人无意中提起一个话头，另一个人接上去，你一言我一语，把整个事情搭起来。有时'喷'得好，不知道事情会发展到哪里去"[1]。"喷空"是民间独有的交流方式，也是一种民俗习惯，乡土社会与都市社会的重要区别便在于乡土社会有自身的交流机制，依靠血缘和地缘、有形和无形的组织能够实现面对面的倾诉，或者如费孝通说的："这是一个'熟悉'的社会，没有陌生人

---

[1] 刘震云：《一句顶一万句》，武汉：长江文艺出版社，2009年版，第53页。

的社会。"从这里可以看出乡土社群已经没有了交流,变得陌生化。在往常的理解中,我们常常把乡土视为一种人情乐土,其中蕴含的妻贤子孝、兄友弟恭等道德规范都是人们最为津津乐道的,但是《一句顶一万句》恰恰是对这种理想乡土伦理关系的一种颠覆,也在深层上折射了乡土社群关系的衰落。

《一句顶一万句》还有一段对延津社火庆典的描写,这个看似热闹的聚会却是那么的短暂。在这次活动中,由于找不到扮演阎罗的,只能让杨百顺出场,于是一个偶然的机会让杨百顺成为全县人民关注的焦点,但是社火结束之后,"大家又从社火中的角色,重回到了日子中。原来干啥,现在还干啥。会首老冯又去卖熏兔,祝融老杜又去当裁缝,妲己老余又去做棺材,猪八戒老高又去铣石磨,阎罗杨摩西又去沿街给人挑水"❶。按照人类学家范·根纳普(Arnold van Gennep)的说法,在社火中其实每个人都进入了"阈限"期,在这里解除了所有的烦恼,但是一旦完事,每个人还是要重回以前那种孤独的生活。在一次难得的集会中,每个人都获得了暂时的解脱,却又让每个人忍受了更多的孤独。小说的上半部分被命名为《出延津记》,其实也隐喻着不断离乡的命运。

---

❶ 刘震云:《一句顶一万句》,武汉:长江文艺出版社,2009年版,第123页。

[第二节]

"民"与"俗"的分裂倒置

在20世纪90年代以前的乡土小说民俗书写中,无论是启蒙批判还是诗性寄托,书写旨归上主要有两个方面,要么去解析民俗是怎么束缚人、阻碍人的,要么去表达民俗对人性美善的建构意义,这样的民俗书写中"民"和"俗"都呈现为相对稳定的结构,也即承认了民俗的先在合法性,人是处于民俗裹挟下的一种存在,在层面上民俗是高于人的。但是20世纪90年代以来的乡土民俗书写让我们看到了某些民俗书写的内在障碍,以往民俗书写的有效性开始弥散,"民"与"俗"的裂缝不断加大,"民"开始被放置在"俗"之上,并形成了对以往叙事传统的一种颠覆,也从侧面折射出一种"人"的困境。

一、"民"对"俗"的主动厌弃

安托瓦纳·贡巴尼翁在《现代性的五个悖论》中提出"新之迷信"❶的概念,用来指代现代人所处的一种精神状态。在他看来,每个现代人身上都有一种行动的意识,现代性使人类发现了自己的不足和原欲,在轻快流动的现代化浪潮中,人开始单方面地自由地流动起来,不再也不愿意接受束缚,每个人都在不断舍弃自己的过去,舍弃历史成为一种潮流。在这个过程中现代人也陷入了对"新"的迷信,以追求新的习俗、摆脱传统为荣:它听任个性不受管辖,变化无常,每个人与传统的相互依赖性都遭到了单方面的破坏,毫无疑问这是伟大的分离时代。安托瓦纳·贡巴尼翁对现代人的理解在乡土小说中也得到了印证,20世纪90年代以来很多进城叙事,在《吉宽的马车》《高兴》《明惠的圣诞夜》《城的灯》《民工》《泥鳅》《到城里去》等作品中比比皆是,乡土人深深地被现代文明吸引,尽管在城市中这些主角遭遇了种种困难,但正是城市和现代文明打开了他们的视野,使他们发现了自身的"欠然"。在现代文明的吸附力面前,乡土社会明显缺乏反制力量,从乡土中走出来的个人不可避免要寻求新的民俗支撑,也就会不自觉地去厌弃乡土民俗。以

---

❶ [法]安托瓦纳·贡巴尼翁:《现代性的五个悖论》,上海:商务印书馆,2000年版。

第三章 "影子乡土"：20世纪90年代以来乡土小说民俗书写的特征

往很多乡土小说在表现这个领域的时候，往往把人塑造为民俗的受害者，通过一种"伤害"叙事去宣告民俗的顽劣，比如巴金的《家》中，陈姨太等以不祥的民俗观念为由，将瑞珏搬到城外的破房里，使她因缺少好的医疗条件难产而死。20世纪90年代以来的乡土叙事中，"民"对"俗"的厌弃不再是一种被动的选择，而是从一开始就呈现为主动的选择，在这里以往"民"与"俗"的关系指认上开始被倒置。

王祥夫的《看戏》是揭示这个主题比较恰当的一篇小说。小说开头的时候我们得知村领导贵得大办西瓜节，并请来了很多有名的角色来村里唱戏，甚至还有一些主持人和"水果大王"等。小说在这里分开了两条线索。一条是大来和丁儿香这对情人在那里打情骂俏，丁儿香来这里说是看戏，其实根本就是来找人的，戏演得再好和她也是没关系的。而且在其他人的怂恿下，她很快就离开现场，走到了瓜棚中。还有另一条不容忽视的线索，那就是县长和一直不来的商人牛老师，原本预定的时间被推迟了，牛老师还是没来，当他来的时候戏已经开始了，村长则要求重新演出，这样的荒唐显然是为了给商人牛老师面子，因为村长真正的目的是卖西瓜，西瓜大王不买他的西瓜，他的这出戏完全是白演了。在小说中，看戏并不是看艺术，而是各怀各的目的，看戏时要做的、可做的事情实在是很多。就是一般的老百姓也是没人看的，"戏开了，村里的人们看戏其实是为了热闹，戏台下边的声音要比上边都大，吃瓜子的，吃糖葫芦的，和亲戚们说话的，人们要的就是这份儿热闹。戏台下都是说话声，都是一张张的脸。"[1]就这样，所有人其实都是自觉或者不自觉地遗忘了戏剧，当多条线索汇合时，我们就明白了，看戏已经沦为了手段，而不是目的。就这样，一出民俗好戏开始被人们遗忘，"民"主动地去忽略"俗"。

在一些作品中，"民"在"俗"中感受到不同程度的煎熬。红柯的《少女萨吾尔登》中，叔叔周志杰回到岐山，当地的渭北人都会煮一锅特产臊子面迎接客人，"周人大锅煮汤大锅下面，以示同心同德荣辱与共，周原故地这个传统几千年不变，过年过节更是如此。吃臊子面就有讲究，长辈最尊贵的客人坐上席，先动筷子，全国都一样，岐山臊子面就不一样了。"[2]在当地人吃得不亦乐乎的时候，周志杰却遭遇了艰难，在被众人嘲笑的宴席中完成了艰难的返乡，"这一碗泔水臊子面吃得相当艰难，好多年以后周志杰看到臊子面就想吐，走亲访友总是先提醒人家来碗干面，就是不浇汤的面，干拌，一碗吃饱，干拌面无懈可击，没有搞阴谋诡计的空间。"[3]叔叔这种举动并不是一种简单意义上的水土不服，因为他本来是地地道道的陕西人，只是一时间离开故乡，忘记了故乡的习俗，变成故乡的异乡人。而他的妻女则是很自然地喜欢上了当地的民风饮食，很快在当地扎根。

---

[1] 王祥夫：《归来》，北京：台海出版社，2015年版，第7页。
[2] 红柯：《少女萨吾尔登》，北京：北京十月文艺出版社，2014年版，第56页。
[3] 红柯：《少女萨吾尔登》，北京：北京十月文艺出版社，2014年版，第59页。

第三章 "影子乡土"：20世纪90年代以来乡土小说民俗书写的特征

叔叔曾翱翔于西部大山，也曾攀登绝壁保护雪莲，然而脱离了故乡民俗的叔叔却在现代文明的滋养下走向人格的萎缩。对此金花婶子也有自己的评价："金花来到内地不久就发现内地男人大多都有三分流气三分无赖相，内地女人的口头禅就是男人不坏女人不爱，这种坏的确切内涵其实就是流氓气，那种没有原则没有正义感以及渗透到骨子里的不负责任都是内地女性为之心旌摇荡的基本素质。"❶ 金花婶婶喜欢上叔叔，是因为叔叔沿着土尔扈特人东归的路线游荡，在伊犁河谷寻找三千米雪山上的雪莲，在深沟大壑里唱《大月氏歌》和卫拉特民歌《我的母亲》，她给儿子取名周巴图就是希望他能够成为巴图鲁勇士。而后来的叔叔进入研究院所体制内，她就批判他丧失了进取能力，也就是陕西人最厌恶的"窝里横"，对外无能。

随着现代性的拓展，一些原始民族的民俗遭到了很大的破坏，这些民族有很多人纷纷向现代文明靠拢，也主动地表现出了对乡土民俗的遗弃。在迟子建的《额尔古纳河右岸》中，"民"对"俗"的自觉弃绝表现得非常明显。鄂温克族人多年来生活于封闭的原始森林，本来过着自然和谐的生活，但是随着现代文明的侵入，村子里的人越来越少，大量的伐木队进驻森林，动物大量锐减，传统的生活方式已经变得日益艰难。本来村里人使用的是风葬的方式，但是

---

❶ 红柯：《少女萨吾尔登》，北京：北京十月文艺出版社，2014年版，第176页。

过度的乱砍滥伐使右岸森林已经没有了大树,连这种基本的民俗都得不到满足。伐木声导致村里人很难再安静地生活,甚至沙合力为了获得金钱而勾结外面的人,合伙破坏自己的森林家园。在这种背景下,很多人尤其是年轻的一代人已经不愿意再固守传统民俗:帕日格从小就喜欢跳舞,一心想着出去,对自己本民族的舞蹈不再感兴趣,而是想着山外的剧团到处演出,每次回来见到"我"都是叫"奶奶"而不是"阿帖"。两个外孙女也表现出了对传统生活方式的遗弃,小外孙女索玛不喜欢山林生活,对于鄂温克族人最喜欢的驯鹿总是抱有诅咒态度,希望驯鹿得一场大的瘟疫,这样所有人就都能够下山了;大外孙女伊莲娜成了一个画家,她对于驯鹿和山里的生活虽然不那么讨厌,但是也很难融进这种生活了,她只是把鄂温克族人的家当成画,画完了,就把画扔进火塘里毁掉。

二、"民"无"俗"可依

现代文明的发展并不完全意味着人的主体性的完全胜利,相反,在很多人看来,现代性本身就是一个陷阱,人看似取胜了,却是以献祭身体、异化精神的方式出现的,摆脱传统与民俗规范,就意味着与其自身及世界的分离。但是20世纪90年代以来,我们在很多作品中经常会发现"民"无"俗"可依的尴尬处境。

王保忠的《甘家洼风景》中,故事的开篇便是村长老甘陪着自

第三章 "影子乡土":20世纪90年代以来乡土小说民俗书写的特征

己的狗一动不动地"看山",有时候一坐就是一天,等到日头落下的时候便带着小狗回家,这样的开头就已经预设了故事的结局。杨争光的《老旦是一棵树》中,老旦和整个双沟村人都处于一种浑浑噩噩的状态中,杨争光笔下的乡村人和鲁迅笔下的未庄人在精神生活上都是贫乏的,未庄人的生活中普遍缺乏热闹,并以"看斩首"为乐,但是未庄至少还保存着比较完整的乡土生活,阿Q还能够打一些短工,赚一些生计。而《老旦是一棵树》中,老旦和整个双沟村人都处于一种"精神无聊"的状态中。故事中有个细节,老旦和儿子大旦之间有一番对话,那时候老旦正陷入沉思,儿子却莫名其妙地说"我真想在犁铧上敲一下",然而老旦却不同意,两人最终因为这点小事发生了争吵。儿子闲着没事敲犁,而不是用犁来耕作,这个"犁铧"有了一种无用的象征,而且从谐音上看,"犁"也有了"离"的意味,代表着乡土民俗生活的某些内在的分裂。主人公老旦整天除了种白菜之外,几乎什么也不做,他的日子非常空虚,"最难熬的是晚上,他躺在炕上胡思乱想。他突然想人一辈子应该有个仇人,不然活着还有个毬意思。他觉得这个想法很妙。他甚至有些激动,浑身的肉不停地发颤。以后的许多日子里,一躺在炕上,他就会想仇人,仇人,仇人,浑身的肉打着瓢。"[1] 此后老旦开始真

---

[1] 杨争光:《老旦是一棵树》,北京:中国工人出版社,2010年版,第7页。

的把人贩子赵镇当作假想敌,甚至到处宣扬自己的儿媳妇与赵镇通奸的故事,还带头捉奸,逼着儿媳妇上吊,最后甚至刨出赵镇先人的尸骨用绳子串起来敲着玩。很明显老旦的这些举动都是对传统民俗生活的一种破坏,在乡土社会伦理中,所有人对"乱伦"都是加以隐晦、避之不及的,刨别人祖坟也是一种最恶毒的行为,一般人是不屑于做的。老旦的这些行为显然都违背了一般的乡土道德准则。在双沟村,不仅老旦是无聊的,他也发现整个村庄的人都是如此。有一阵村里人都喜欢去逮老鼠,并以逮老鼠为乐,再过一阵双沟村方圆几十里的人又突然对养狗产生了热情。老旦和双沟村人的行为都折射出一种虚无的乡村生活。

还有刘庆邦的《我们的村庄》,这个短篇小说也是反映后乡土时代人无所事事的境况。作品没有了以往小说那种绵绵的诗性,只是简单介绍了乡村的背景,随后主角也就是一个乡村混混——叶海阳出场了,他一出现,在行为上就充满了无聊,"地里长起一根桐树条子,他抡起双截棍,一下子就把桐树条子抽断了。拦腰被抽断的桐树条子,即时散发出一股难闻的腥气。不知谁家的一头猪,跑到他家地边,偷吃他家的玉米苗子。他追过去,用双截棍对猪一阵猛抽。"[1]从这里也能看出,叶海阳的行为举动并不是日常乡土中的种

---

[1] 刘庆邦:《我们的村庄》,沈阳:春风文艺出版社,2012年版,第188页。

第三章 "影子乡土"：20世纪90年代以来乡土小说民俗书写的特征

植农作物或者饲养家畜，他不是处于一种有规律的民俗生活中，相反，却是以对抗乡土的姿态出现。接着他又开始为难躲计划生育的小杨，扎了小杨的摩托车，偷了黄家的羊。后来他又为难那些种地收庄稼的拖拉机手，放火烧村里的麦子。叶海阳在作品中还是一个惯偷，到处偷东西，成为乡村的游手好闲者。对于他来说，乡土中没有什么能够让他沉潜下来的地方。虽然作品中也写了很多的农事经营活动，比如黄家的大棚种植，父子俩的收割庄稼，叔叔家种玉米等，但这些都是与叶海阳无关的，他不事农事，并不附着于乡土之上，他偷、他抢，他也觊觎乡村权力，都是赤裸裸的。由于叶海阳还是村里的一员，在一些敲诈勒索中总有各种的亲戚伦理关系羁绊着，乡土的热情、脸面的作用让当事人难以产生怨恨，让他的行为又不像一般意义上的偷和抢。这样来看，叶海阳生活于乡土之中，也不愿意离开，他更像蛀虫一样，慢慢地蛀空了乡土这棵大树。《我们的村庄》折射了后乡土时代民俗只能以残片的方式存在，民俗已经无法滋润人、培育人、包裹人，人已经与他生活的周边分离，正是在这样的分离中，人越来越没有归属感。

刘恒的《苍河白日梦》中二少爷曹光汉的行为也很怪异，他和大少爷不一样，他是一个留过洋的人，身上有五四那代人的自由意识，从他回到家中对机器和火柴的钻研便可见一斑。但是他又不完全如此，反而成为鲁迅说的那种"半步主义者"。他回到国内之后虽然剪了辫子，却又戴起了假发，他矛盾的行为在婚礼上也得到了非常明显的体现。他从一开始是不接受婚姻的，但是迫于父母之命还是妥协了。结婚当天突然下起了大雨，新娘的轿子已经到了，但他却没有去迎接新娘，而是急急忙忙去给自己的机器遮雨。洞房花烛夜，他不是在屋里待着，而是在走廊上来回走动。屋里的蜡烛一根根燃烧殆尽，他又去一根根地续上。他身上实际纠缠着传统—现代无可调和的内在矛盾，最终只能走向死亡。这种拒绝并不是五四意义上的那种传统与现代的矛盾，因为那种矛盾的天秤是倾斜的，是一种文化对另一种文化的压倒。在这里"民"始终是孤独的，在新旧礼俗中游移不定，一种文化的游牧人状态凸显了"民"的无可皈依。《苍河白日梦》中曹家始终为无后的问题困扰着。大少爷是一个比较正统的人，在家中是说一不二的，一连生了七个女儿，却始终无法生出一个后继者。在中国传统的伦理观念中，生男生女是有着巨大差别的，男性是父权文化的掌控者，生男意味着秩序的建构，生女却并没有这种意义。二少爷是一个有恋母情结的人，他甚至二十八岁了还要喝母亲的奶，他对妻子并没有兴趣，因而也没有留下儿子。"无后"就是对传统文化断裂最深刻的揭示。

三、"民"在"俗"中消失

除了"民"对"俗"的厌弃、"民"无"俗"可依之外，20世纪90年代以来的乡土小说民俗叙事还表现为"民"在"俗"中消失，并潜藏着很多令人不安的结构转换和语义颠倒，以往的那些欢快的、

第三章 "影子乡土"：20世纪90年代以来乡土小说民俗书写的特征

充满新生意味的民俗正在被大量消散的、充满灰暗色彩的民俗所掩盖。我们可以拿婚礼和葬礼这两种乡土生活中最为常见的仪式进行分析。在人类学的视野中，婚丧都是重要的生命关节礼，无论是婚礼还是葬礼，都是建构关系网络的有效方式。在中国乡土社会中，婚丧礼仪是一种用来确立亲属关系、重组差序格局、延续乡土伦常的有效方式，对共同体价值、情感与信仰的凝聚意义不可小觑。在文学意义上书写的婚礼、葬礼也会有更多的心理寄托，如婚礼常常被赋予除旧布新的意味，它折射了创作者的某种心理潜意识。在一个追求光明、渴望摆脱旧秩序的时代总会出现大量的婚礼场景和叙事，婚礼中蕴含着一种新生和创造的意味。五四时代对婚恋的叙事是非常多的，比如冯沅君的《慈母》《隔绝》《隔绝之后》、王统照的《湖中的夜月》、苏雪林的《棘心》、庐隐的《前尘》《何处是归程》。婚恋书写之所以成为一种时代的共名，是因为书写者都普遍意识到破坏和重组一种秩序的重要性。在解放区文学中，这种创作倾向表现得也是非常明显的，如赵树理的《小二黑结婚》、西戎的《喜事》、曾克的《战地婚筵》、康濯的《我的两家房东》、葛洛的《新娘》、克明的《二妞结婚》等。解放区文学中对婚姻的关注，一方面是社会现实的反映，当时解放区的婚恋习俗确实发生了变化；另一方面书写婚礼也具有象征的意味，婚礼意味着新生，我们常常把婚礼中的主角称为新人。在一个亟须论证意识形态合法性的时代里，婚礼书写意味着一种新秩序的诞生和对旧秩序的克服。所以五四文学中冲破家庭的婚姻书写以及解放区文学对农村女性爱情和婚礼的关注，都具有了某种隐含的意识形态取向和价值功能。

但20世纪90年代以来乡土叙事中的婚丧仪式书写在内在逻辑上已经发生了显著变化，其中一个重要的方面是婚礼书写的大量锐减，葬礼的大量出现。喜庆是婚礼最重要的情感色彩，从个人的角度讲，是找到归属感和依托感的表达方式；从群体的角度讲，是延续代际、增强纽带的有效方式。然而在这一时期的书写中，我们似乎很少能够看到比较完整意义的婚礼民俗书写，反而充斥着形形色色的葬礼书写：从陈忠实的《白鹿原》、贾平凹的《高老庄》《秦腔》、阿来的《空山》、赵德发的《天理暨人欲》《青烟或白雾》，到迟子建的《额尔古纳河右岸》、雪漠的《大漠祭》、安琪的《乡村物语》、叶炜的《福地》、乔叶的《最慢的是活着》、马金莲的《长河》《马兰花开》，还有李佩甫的《李氏家族》《红蚂蚱，绿蚂蚱》，陈应松的《坟地》和陈继明的《举举妈的葬礼》都是如此。这些作品对葬礼的书写中，最具意味的便是刘震云《一句顶一万句》中那个专门以"喊丧"为职业的罗长礼，在乡土普遍沉默的年代里，唯有他那句"有客到啦，孝子就位啦——"最为响亮，声音在五里外都能够听到。众多被大书特书的乡土葬礼仪式，共同隐喻了乡土人情冷落、人伦丧失、纽带消散的处境。

葬礼不仅在数量和规模上超越了婚礼书写，在结构和功能意义上的压制也非常明显。比如王祥夫的《婚宴》，小说整篇煞有介事地介绍了父子俩为办婚宴的主家忙上忙下，一直到结尾我们才知道武国权是为他十四岁得病死去的儿子办阴婚。此外还有张宇的《乡

第三章 "影子乡土"：20世纪90年代以来乡土小说民俗书写的特征

村情感》，"爹"和麦生伯是生死兄弟，麦生伯被查出绝症，"爹"于是决定让两家儿女成亲，喜庆的婚礼之后转而成为葬礼。这种葬礼对婚礼的并置超越，让我们看到了乡土历史文化重心的漂移。《白鹿原》中也是如此，开头写了白嘉轩六段跌宕起伏的婚姻，白嘉轩每一次的婚姻都伴随着葬礼而结束，然而白嘉轩的人生却能周而复始。这种书写的背后暗喻了乡土文化再生、复制与延传的能力：乡土能够通过生死循环实现自身的生产和更新，维系自身大致的稳定和谐。但最后一任妻子仙草去世之后，这种平衡系统和结构显然被打破了，那种复制能力消散了，葬礼终于超越了婚礼，乡土社会的衰落也就开始了。无论是婚礼仪式还是葬礼仪式，正如美国人类学学者格尔兹说的那样，都可被视为当地人"讲给他们自己听的关于他们自己的故事"。在乡土社会，婚丧本身是一体的，共同作为一个天秤的两端获得平衡的景观，葬礼的超越很明显打破了这种平衡，葬礼让乡土看到了自身主体性的失衡，书写葬礼也由此成为乡村最后的挽歌——它已经穷尽所有，几近沉默，只能通过葬礼来宣告在场。

阎连科的一些乡土作品中也表现出了"民"的某些主体性弱化的问题。利用惨烈极致甚至是带有魔幻色彩的方式营造了一种"俗"对"民"的压迫，这其实是对"民"之主体性弱化的一种反向论证。阎连科的《受活》中已经没有以往那种春风巧吹，农夫耕作的快意乡土，甚至连时光都乱了套，受活庄的人本来是拿着大蒲扇赤裸裸地睡觉，但是"小麦已经满熟呢。一世界满溢的热香却被大雪覆盖了"。"麦熟时节落了大热雪，把耙耧山脉间的许多地儿，都皑皑白出一隅冷世了。"❶这场大热雪让受活庄的人遭了灾。很明显这是民俗自身内部的错乱和破裂，这更使民俗主体难以招架。《日光流年》中，将三十多岁称为高寿成为一种习俗，"出门半个月或者一个月，倘若偶然一次没人死去，那人便会惊诧半晌，抬头望望西天，看日头是否从那儿出来了，是否成了蓝色或者绛紫色。"❷村长司马蓝三十九岁算高寿了，很多人在三十八岁，三十七岁半死去，每个人都在与死亡做着抗争，杜柏喝着益寿药汤，司马蓝则想着把灵隐水引过来。这种叙事与之前乡土民俗书写不同的是，它是以夸张的方式构筑了一种"民"与"俗"的极致对立，是一种人对周边环境的不适应感，人的命运也隐喻乡土已经虚弱到了极点。

　　红柯的《喀拉布风暴》也处处透露着对现代文明掩盖下人的精神退化的不满，主角张子鱼虽然在行为举止上是城市人，但他对城市却充满厌恶，他嫌弃女友很大程度是因为她的城市身份，以至于他终于逃进了那被人们称作"喀拉布风暴"的黑沙暴之中。《喀拉布风暴》中处处透露着对生殖崇拜的原始渴望以及对这种生命力丢失的不满，这是生命原欲的象征。作品中还有一个孟凯在帝王陵里联想的情节，帝王陵到处充满着颓败的气息，但是帝王陵的旁边却生长着形形色色、充满生命力的植物——地精，这是一种强壮如男性

---

❶ 阎连科：《受活》，天津：天津人民出版社，2012年版，第2页。
❷ 阎连科：《日光流年》，天津：天津人民出版社，2012年版，第3页。

第三章 "影子乡土":20世纪90年代以来乡土小说民俗书写的特征

生殖器的沙漠植物,它出现在帝王陵旁边就形成了鲜明的对比——人的生命力的衰落已经成为不争的事实。更重要的是作者还往上游溯源,寻找家族史的背景,商人武明生家族在历史上是一个专门给皇帝养马的家族,本来是比较显赫的,但是最终沦为专门给马去势的骟匠,这不能不说是对人格退化的一种讽刺,作者红柯以此将乡土的困境引发到了人的困境之上。

仔细探查这些作品我们能够明显地发现,20世纪90年代以来的乡土小说中,"民"与"俗"的裂缝越来越大,民俗活动中甚至遭遇了"民"无法承担"俗","民"消失于"俗"的窘境。五四以来,乡土启蒙叙事的关注点都是试图将"民"从落后的"俗"中解救,然而20世纪90年代以来乡土叙事在剥离了各种民俗之后,又引发了新的问题,即人已经变得无法适应外在的环境。

[第三节]

乡土民俗空间的塌陷

乡土民俗书写中会利用修辞手段建构各种形式的"民俗空间",这种"民俗空间"可能是对现实的还原,如房屋、庙宇、广场、村落,也可能是一种虚化的空间。有研究者认为:"民俗空间和场景既是指民俗事象存在的空间维度,显示了民俗活动的空间边界,又是民俗活动本身的一部分,是民俗事象和活动背后所指涉的精神虚拟空间,包含了民俗空间维度所投射出的民俗变异、民俗心理和民俗表征。"❶20世纪90年代以前,乡土小说建构的民俗空间都是相对完整自足的,在进行空间的切换和转换时,都能够让进入者获得一个参照、一个立足点进行观察。但是在20世纪90年代以来乡土小说的民俗空间中,我们有一种不同的体验:确实存在这样一种能够引领我们进入的、实在性的空间,正如我们在前文分析的那样,

---

❶ 张霞:《民俗与政治的互动》,济南:山东师范大学博士学位论文,2014年,第1页。

第三章 "影子乡土": 20世纪90年代以来乡土小说民俗书写的特征

作家希望完成一个乡土空间的建构,但是进入者又似乎总是不断地被提醒:即将身处塌陷的某地或者某处,这是不同于以往乡土小说的重要特征之一。20世纪90年代以来乡土小说民俗空间构造的变迁,本身也是作家主体意识变化的一种表征。乡土作家在看待民俗空间上的变化,折射了20世纪90年代以来作家在认识时代和社会上的内在困惑。

一、民俗空间的塌陷

乡土书写建构的各种民俗空间中,村庄就是典型的代表。20世纪90年代以来的乡土叙事中,村庄这个空间破碎和塌陷书写很常见,刘亮程的《凿空》最具代表性。作品中阿不旦村处于一种内交外困的处境中,从阿不旦村外围空间来看,它是被现代文明所包围的,北边是村庄祖辈栖息地的麻扎(坟墓群),一条柏油路以西北—东南走向直接将阿不旦村分裂成了两部分,这条路连着县城和无数的石油井架,随之而来的是美容院、洗头房,路上驴车和卡车并行交错,而且机器的轰鸣声和穿梭的卡车不断影响着村里人的正常生活。阿不旦村还要不断地接受官方检查,小村的空间已经被肢解了。从内部来看,无论是物质上还是文化上,阿不旦村人整体上处于贫乏状态。阿不旦村人自认为历史不会遗忘他们,他们一边踟蹰张望,一边打造坎土曼,试图响应文明的召唤,去挖石油管道。坎土曼这种本来用于农业生产的工具却被弃之不用,现在村民们把它找出来是想用它挖掘石油管道,希望却最终落空了。还有一些人将"挖"落到了实处,只不过挖的是自己的村庄。张旺才在家里挖洞数十年,他这个想法来得也非常突然,"有一天张旺才突然想把地洞挖到村子里去。有这个想法的一瞬间他的头脑嘭地发光了,像一个灯泡拉亮了。他在河岸的房子底下挖了几十年洞,好像就是为这个做的准备。"❶在挖洞中他还发现别人也在挖,"土里又一个声音响起来,他耳朵紧贴洞壁,那个声音越来越清晰,就在离他不远的土里,有人也在挖洞,好多人,好多把坎土曼在挖。"❷这就是玉素甫这帮人。无论是张旺才的无意识挖洞,还是玉素甫的有意识挖洞,都导致了对村庄根基的破坏,村庄被掏空了,"地被捣疼了"。在这些人共同的挖掘下,他们逐渐得知阿不旦村的下面是一座古代城市的废墟。然而开始他们对此却是无知的,不知道自己其实是有着丰富的文化脉络的,他们不断挖出各种文物,有用的卖走,无用的掩埋。从原因来看,玉素甫是为了利益而来的,他是被驱使着有意识地去挖,而张旺才的行为就难以解释了。但笔者更倾向于认为,挖掘可以视为一种对外部的反抗,在外力的驱赶下只能不断地寻求一种向心力作为支撑,但是迎接他的却是一堆堆让其不明所以的骸骨和废墟。按照历史的

---

❶ 刘亮程:《凿空》,北京:作家出版社,2010年版,第20页。
❷ 刘亮程:《凿空》,北京:作家出版社,2010年版,第23页。

第三章 "影子乡土": 20世纪90年代以来乡土小说民俗书写的特征

意义,"凿空"本来是指张骞打通西域,"于是西北国始通于汉矣。然张骞凿空,其后使往者皆称博望侯,以为质与国外,外国由此信之。"(班固《后汉书·西域传》)张骞凿空,既为汉朝的外交突破了困境,也是一种视野上的拓展,人们开始认识到世界之大。然而,阿不旦村里潜藏着一群试图"凿空"的人群,这些人是如此的热衷于"挖",这与当年那个一心想要走出大汉的张骞是何其相似,只不过不同的是,当年的张骞历经磨难最终完成了使命,而阿不旦村的人们更像是邯郸学步,他们渴望的东西并没有被找到,他们日复一日的劳作终于成了一种反方向的徒劳——凿空意味着他们永远也走不出阿不旦的空间困境。

阿来的《空山》中,机村人的村落空间也是一步步地走向萎缩的。巫师多吉因为怨恨而放了一场大火,烧毁了机村的山林,再加上加泽里拉和伐木队对林场的破坏,机村的生态岌岌可危。此后由于长江决堤,处于承建库区的需要,上级要将机村进行整体搬迁,因为这里都会被淹没。机村即将在隆隆的机器声中走向灭亡,但就是在这个时候,戏剧性的一幕出现了:和《凿空》一样,机村在自己的地下也发现了一个古村落,县里的考古人员认为这是一个新石器时代晚期的村庄,机村人惊讶地发现,他们所使用的一些陶罐在那个时代就已经有了,这显现出了机村人对自己历史的无知。在"荒芜"这一节中,副县长宣布了他们的移民方案,"本来计划是等水库的水起来,在那里搞一个水上旅游新村。鉴于最新的考古发现,新机村修建一个古代村落博物馆,用一个大的钢铁拱顶的透光建筑把整个

遗址覆盖起来。整个机村要成立一个全体村民参加的股份公司。"❶
这看似是挽救了机村的命运，却更像对新机村的嘲讽。正如列文森
在《儒教中国及其现代命运》中分析现代人对孔子所做的保护那样：
"保护孔子并不是要复兴儒学，而是要把他作为博物馆中的历史收
藏物，其目的正在于把他从现实的文化中驱逐出去。有什么东西会
比新的群众运动与旧时的文化名流相对抗更有破坏性，而且更加顺
理成章呢？"❷就这样，机村落入了和儒教一样的命运——打入博物
馆并成为人们瞻仰的对象——永久地失去了发言权。而且更具讽刺性
的是，人们对机村过去的重视其实直接覆盖了对现在的审视，因为
从那正在使用的陶罐上我们能够感觉到，机村自身就是一部活生生
的历史，作为废墟存在的村庄其实已经成了残片，只有机村从一个
空间存在物变成残片的时候才能够被认识。

　　民俗空间不仅仅是一种具体的空间，有些时候还指代其他的情
景、处境等。葛水平的《裸地》，书写了形形色色的仪式庆典，比
如各种庙会、药材大会、迎神赛会等，其中迎神赛会是作者着力刻
画的。盖运昌作为当地的士绅大户承担了暴店镇五年一次的迎神赛
会，作为这次赛会的主角，他不仅请来了各种各样的护拳师，还提

---

❶ 阿来：《空山：机村传说·下》，北京：人民文学出版社，2013年版，第900页。
❷ [美]史蒂夫·列文森：《儒教中国及其现代命运》，桂林：广西师范大学出版社，
　2009年版，第338页。

第三章 "影子乡土": 20世纪90年代以来乡土小说民俗书写的特征

前亲临现场进行巡查,让自己的姨太太上去表演。然而盖运昌举办这场民俗庆典活动最大的障碍在于没有继承人。因为仪式是需要他儿子参与的,这成为整个民俗节庆中最迫切需要解决的问题,也构成了整个仪式空缺的部分。他只能象征性地借助别人的儿子进行替代。无后这个问题困扰了他的一生。从隐喻层面看,这不仅仅是乡土民俗的难以为继,从更深的层面上也是对乡土未来的隐忧。

二、民俗空间的被破坏

在20世纪90年代以来的乡土小说中,不仅仅是各种内部因素,还有很多外力导致乡土空间的破坏,这方面赵德发的《祖祖辈辈》是典型代表。许正芝和儿子许景行两代人在律条村推行礼制,许正芝是一个地地道道的儒家伦理的捍卫者,他在律条村推行仁义礼治,坚持惩恶扬善,为了全村人的和谐,从不计较个人得失。他治理下的律条村其实就是一个完整的民俗空间,其中以家庙最具代表性,正如作品中提到的那样:"他的身后是家庙的三间正房,里面也点着了灯,灯光煌煌亮亮,照耀着北面墙上供奉的许姓祖宗牌位。那些牌位上少下多呈山形排列,最高一层那唯一的牌位是律条村许姓的老祖宗。""家庙是一个家族的历史,一个家族的精神。一个庄户人活着的时候不管多么卑微多么窝囊,而一旦变成了这座家庙里的牌位，就变得神神秘秘威风凛凛。"❶家庙的存在就是传统文化的延续，就是一种伦理空间的象征，也代表着一种权力中心。家庙在许景行主政期间有了变化，它成了做大锅饭的地方，村民们在这里吃饭，和其他的空间相比它没有任何特殊，家庙已经失去了神圣性，村民们也失去了对祖先的崇拜。家庙从此只有一种日常生活的地位，也一步步地走下神坛，最后甚至连存在的基础都没有了，直接走向了坍塌。"他（许景行）早就听说村里要拆掉平房建小楼，没想到现在就拆了。要知道，这房子可不是一般的房子，它是许姓人祖祖辈辈敬仰祭拜的家庙啊！他加快脚步向那儿走去。走进大院，看见一群人正在许合千的带领下拆着残墙断壁，刨掉的砖石砸得尘烟四起。"❷

莫言的作品中也有形形色色的空间，《四十一炮》中形象地揭示了空间是怎样破裂的。作品中罗小通所在的村里有一个五通神庙，"这是两个繁华小城之间的一座五通神庙，据说是我们村的村长老兰的祖上出资修建。虽然紧靠着一条通衢大道，但香火冷清，门可罗雀，庙堂里散发着一股陈旧的灰尘气息。"❸这个五通神庙并不是我们一般意义上的土地神或者其他的祭祀神，而是民间的邪神："就

---

❶ 赵德发：《祖祖辈辈》，北京：新世界出版社，2010年版，第5页。
❷ 赵德发：《祖祖辈辈》，北京：新世界出版社，2010年版，第325页。
❸ 莫言：《四十一炮》，北京：作家出版社，2012年版，第1页。

第三章 "影子乡土":20世纪90年代以来乡土小说民俗书写的特征

像这个五通神,人头马身子,地球上谁见过这样的动物?一道手电光束随即照亮了人头马的塑像。光束从塑像的脸——很迷人的脸——移动到塑像的脖子——在人的脖子和马的脖子连接转换的巧妙处理中,产生了强烈的色情诱惑——然后往后往下移动,最后定在极度夸张的那一嘟噜雄性器官上。"❶ 另一个神则是肉神,"这个肉神,听说是屠宰村一个最喜欢吃肉也最能吃肉的小孩子。他的爹娘出事后,他到处装神弄鬼,打着旗号,四处与人比赛吃肉。听说他曾经一次吃了八米肉肠、两条狗腿,外加十根猪尾巴。"❷ 可见五通神庙里的神都是不正经的,一是贪吃,二是好色。五通神庙这个狭小空间里的神却被人们供奉起来,暗指了整个社会的弊病,所有人都沉醉在感官的欲望享受中,在屠宰村每个人都是穷奢极欲,他们以吃肉为荣,以吃红薯为耻,他们建立了屠宰场,还不断制造着各种的注水肉、有毒肉。村长老兰和兰三少爷更是将性本能发挥到了极致,兰少爷甚至自诩为"一匹种马",在兰大官与四十一个女人交媾的过程中,马通神像坍塌在地,成了一堆泥巴,而且"五通神庙在我的诉说过程中大部分坍塌,只有一根柱子,勉强支撑着一片破败的瓦顶,好像是为我们遮蔽露水设置的凉棚。"❸ 兰大官最终也在洋人手下失去

---

❶ 莫言:《四十一炮》,北京:作家出版社,2012年版,第1页。
❷ 莫言:《四十一炮》,北京:作家出版社,2012年版,第161页。
❸ 莫言:《四十一炮》,上海:上海文艺出版社,2008年版,第379页。

了性本能。五通神和肉神起源于民间日常生活，并潜藏着民间的食色本性，它一旦穿越应有的界限便会成为放纵，带来狂欢饕餮、纵欲不羁、群魔乱舞的乱象。在这些描述中莫言都给予了一种变形的处理，采用魔幻现实主义手法，把对现实的批判给予魔化、幻化、歪曲化。在这里五通神庙的倒塌是必然的，空间的坍塌很明显与人的欲望放纵存在密切关系，也表达了莫言对过度张扬食色时代的否定。

　　这种对现代性的反思在张炜的小说《九月寓言》中也有非常明显的表现，其作品中存在地上和地下世界的对峙隐喻。地上的村庄充满了和谐和诗意，日夜交替轮转，动物愉快地奔跑着，小村人世世代代在自己的土地上生活着，青年男女相互嬉戏、唱歌，大家聚在一起听金祥忆苦。地上的世界没有现代文明的肆虐，充满了清洁和淳朴，即使有隔阂、痛苦和不幸也都是单纯的、直接的。地下的村庄——矿区却是永不见天日的，只有一盏盏的灯，一条条的巷道纵横交错，看不到东西南北。天南海北的人们在这干活，最后，"四面都摇动起来，支撑木咔啦啦乱响。'完了完了，冒顶了……上面有我的村庄，是俺亲手把下面掏空了的，俺是有罪的孩儿啊！'他想把憋在心中的话吐出来，刚刚张大嘴巴，头顶的黑夜就压下来。难以抗拒的沉重！那一瞬间龙眼还想用脊背驮起下陷的村庄……浓浓的黑夜劈天盖地地压下来。"[1]小村终于被代表现代文明的煤矿所掏空，

---

[1] 张炜：《九月寓言》，北京：作家出版社，2013年版，第256页。

第三章 "影子乡土"：20世纪90年代以来乡土小说民俗书写的特征

在它的历史强力面前，小村显得毫无抗争能力，最终只能走向解体和灭亡。

三、民俗空间建构的失败

尽管20世纪90年代以来作家在乡土空间建构中寄托着希望，但是还有很多作品提出了相左的论证，大量空间建构失败案例也是存在的，这些形形色色的描写都隐喻了乡土社会转型中的某些症候。陕西作家高鸿的长篇小说《沉重的房子》是典型代表。农民出身的茂生最渴望拥有一个宽敞明亮的房子，然而他建房子却是一次次的失败。第一次修房子，"地基开挖后才发现下面是空的，有一些陶陶罐罐的东西，并挖出一些人的骨骸。崇德把骨骸用布包了，然后烧了香，送到一个偏远的地方去了。"[1]对于一个试图搬新家的人来说，这显然是不吉利的，也在深层上隐喻了乡土自身根基是不稳定的，这样建房本身就有了一种空中楼阁的意味。在第二次修窑洞的时候，又遇到了大雨，"稀泥顺着窑背流下来，窑筒就露在了外面。由于两边还没有建筑，窑帮上的土也溜了下来，失去支撑力的窑洞坚持了几天后，终于不堪重负，在雨停后的第三天轰然倒下！几天前还

---

[1] 高鸿：《沉重的房子》，上海：文汇出版社，2007年版，第29页。

整齐地排列着的窑洞,顷刻间成了一堆瓦砾!"❶这次建房子则是被外力摧毁的,窑洞这种古老穴居场所又一次的失败证明了,在强大的外力面前,乡土要建构自己的空间是如何艰难。此后茂生开始游离到城市,农转非的硬性条件和厂长的贪污腐化,让他一直没有住上自己的房子。房子对于中国人来说有着极其重要的意义,有自己的房子就意味着有了一个安身立命之所。作为一个乡土出身的农民,茂生为房子奋斗了一生,社会的发展日新月异,而无论是在农村还是城市,茂生却一直为房子发愁,也意味着乡土始终在过去和未来之间找不到归属。在文学作品中,房子有了更多的心理和文化意味,对于作家来说,书写房子意味着一种心理和社会空间的建构,这种西西弗式的重复循环以及"建构—失败—建构"的结局,既折射了中国农民无奈的悲凉,也反映了中国乡土社会的宿命。

在此,我们还可以拿新时期开端引人注目的作品——高晓声的《李顺大造屋》进行对比。农民李顺大的理想就是造三间属于自己的屋子,但是历经多次却总是以失败告终,要么是材料被充公,要么是有钱买不到原材料,要么在黑市被人坑。但是新时期到来之后,李顺大很快造成了自己的房子。李顺大造房子的过程其实是一部政治形势的变革史,是不以他的意愿为转移的。但是高鸿的《沉重的房子》中造房子的失败显然是内因造成的,"建构—失败—建构"的循环结

---

❶ 高鸿:《沉重的房子》,上海:文汇出版社,2007年版,第133页。

第三章 "影子乡土"：20 世纪 90 年代以来乡土小说民俗书写的特征

局本身就说明了乡土社会自身的内在痼疾。

韩东的《扎根》也是一部有关造房子的作品。作家老陶因为形势的缘故，全家下放到三余，老陶一家不亦乐乎地做起了农村人，想在这里扎根，或者用老陶的话说是"打万年桩"。为此他们利用自己的智慧建起了房子，也种起了自己的菜园子，养起了鸡鸭，这也让老陶总是与一般人显得不一样。三余人都是简单地用泥巴抹一下墙，老陶则是抹了三层，还要浇上石灰；三余人不会对着大门开窗子，老陶则是全然不顾，甚至开了两扇。"三余人对此难以理解。尤其是老陶家人站在窗边，就能够看见屋后的村道。从那儿走过的村上人说：'老陶家的窗户就像两只眼睛样的，瞪得圆圆的'。"[1]其实这里也隐含着老陶对村里人的不放心，老陶在心理上是提防着村里人的。他完全是按照一种现代理性架构起乡土空间来，老陶自己给大队里出力搞活农业生产，潜心研究《果树嫁接》《科学种田》《怎样种蔬菜》，妻子苏群则开始做起了赤脚医生，老陶甚至鼓动队里去买拖拉机，以便日后自己的儿子小陶能够做生产队里的拖拉机手。这种"扎根"也意味着寻找一种空间。很明显老陶的生活方式与一般农村人是不同的，农村技术的学习更多是靠经验传递，而老陶则是进行过计算的。比如在屋后种上竹节，美化后窗，在房子两边的小路种上向日葵，使用与观赏结合；什么季节种什么菜，保证不缺

---

[1] 韩东：《扎根》，广州：花城出版社，2010 年版，第 26 页。

时鲜；腌上一百斤的咸菜，用多少盐，都经过了精细的计算。这样的空间营造也使老陶脱离了正常的乡土，老陶对乡土的建构与其说是扎根，不如说是现代文明对乡土文明的一次华丽炫耀，乡村就这样落入了一种对比和监视之中。而最终的扎根结果也不会出现意外，由于政策得到了落实，加上小陶考上了大学，老陶的扎根计划终于失败了。《扎根》的失败也昭示了乡土社会在与现代文明对接中的困难。

格非的"江南三部曲"之《人面桃花》中的人物充满了乡土空间的建构冲动，只不过建构的空间更显现出一种乌托邦的性质。故事开始于父亲的失踪，父亲在别人眼中就是一个疯子，他不光收藏了《桃源图》，并固执地认为他们所在的普济就是陶渊明发现的桃花源，还希望在普济建一个风雨长廊，让所有人不再被日晒雨淋。后来秀米被绑架带到了花家舍，她才发现父亲的愿望其实在王观澄那里实现了，"她吃惊地发现村子里的每一个住户的房子都是一样的，一律的粉墙黛瓦，一样的木门花窗。家家户户的门前都有一个篱笆围成的庭院，甚至连庭院的大小和格式都是一样的。"❶花家舍的创立者王观澄也和父亲一样希望建立一个人间仙境，为此他不断打家劫舍，不光在这里建设了世外桃源的花家舍，还努力让所有人懂礼仪、知廉耻。但是人心是难以揣测的，他的目标很快就被几个手下

---

❶ 格非：《人面桃花》，长沙：湖南文艺出版社，2014年版，第96页。

第三章 "影子乡土"：20世纪90年代以来乡土小说民俗书写的特征

给破坏了。《人面桃花》中的乡土世界都是静谧和封闭的，而这样美丽和谐的乡土空间其实也是被人为建构起来的，秀米的父亲和那些革命党人一样，都试图去努力建构一种新的乡土空间。从日本归来后的秀米似乎也和父亲一样陷入了对整理空间的冲动行为中，她先是将当地的皂龙寺改成了育婴堂和养老院，又要修建水渠，还试图建学校，被人称作校长。晚年的秀米终于认识到，世界于她之大，她能够做的还是太少。十多年的时间里她固守自己的阁楼这一方真正属于自己的空间，她开始养花、教喜鹊识字。在死前她再次去了花家舍，发现这里已经残破不堪，她为此伤心落泪，更是慨叹自己，一个乌托邦的神话就这样宣告破产了。《人面桃花》中每一个人都对乌托邦充满向往，每一个人都为它撞得头破血流，等到真正回首或许才发现，人生不过是一场折腾。秀米每到一处，皆是风景秀美的处所，如长洲米店："陈记米店坐落在一汪山泉冲刷而成的深潭边，潭水清澈，水雾弥漫。一座老旧的水车吱吱转动，四周一片静谧……这是一座幽僻精致的小院。院中一口水井，一个木架长廊，廊架上缀着几只红透了的大南瓜。他们在堂前待茶。"❶福科认为我们这个时代的焦虑本质上是与空间有关的，所以从深层上看，在田园和诗性沦落的年代里，当代作家对古典乡土的遥望和想象也反映了知识分子对当下生存空间的焦灼。

---

❶ 格非：《人面桃花》，长沙：湖南文艺出版社，2014年版，第59页。

四、空间修复的悖论

随着当下乡土社会的凋敝，拯救乡土越来越成为一个迫切的问题，这构成了乡土作家的心理塌陷，很多作家也会从心理层面做出反应，受表达需要的驱动而创造出不同的空间形式进行修补，利用各种途径试图对空间进行拯救，找到那个完整的乡土。

在王祥夫《上边》中，村子里已经明显地分为了上边和下边，其中上边都是老人居住的破旧房子，下边则是年轻人推崇的新房子。老刘喜欢住在上边喂鸡、种菜，他虽然生活在村里，却如同空中楼阁一样被悬置起来，他的房子也是有问题的："一开始，人们搬下去了，但还是舍不得上边的房子，门啦窗子啦都用石头堵了，那时候，搬下去的人们还经常回来看看，人和房子原是有感情的。后来，那房子便在人们的眼里一点点破败掉，先是房顶漏了，漏出了窟窿。"[1]老刘的儿子每次从城里回到老家，几乎都在修房子，"儿子只好喝了水，然后继续压他的房皮，压过的地方简直就像是上了一道油，亮光光的。刘子瑞的女人就那么在梯子上站着，看儿子，怎么就看不够？儿子压完了房顶，又去把驴圈补了补。鸡窝呢，也给加了一

---

[1] 王祥夫：《上边》，《花城》，2002年第4期。

第三章 "影子乡土"：20世纪90年代以来乡土小说民俗书写的特征

层泥。"[1]他显然是用城市的目光进行打量的，他对老房子的修葺也显示出了一种现代文明对乡土的改造和想象，乡土就这样成为一个必须被改造的他者，也呈现出了必将消亡的危机。

红柯的《生命树》将空间的拯救建构上升到了更深的隐喻层次。故事借用了草原女天神的创世神话，在神话中女天神创造了地球和生命，但是由于人类的贪婪导致诸多的失衡问题，后来女天神派出了大公牛和乌龟来平衡地球，最后的时候公牛因为地球重量的急剧猛增，抵抗不住便融化到了地心之中，成为一棵生命树。作品中红柯充分地吸收中亚神话的某些原型。在原来的故事中"生命树"是生命力的象征，这棵大树拥有旺盛的生命力，是通向上界的天梯，能够承受来自人类的生命期许。很显然，在这个故事中人类的贪婪导致地球的失衡，这也是一种空间内在崩裂的象征，无论是公牛还是乌龟的努力，或者公牛以自身化为生命树的方式都是为了重新拯救人类，重新拯救世界，这样利用神话象征了空间由"失衡"到"拯救"。而且人物上也实现了重生，四个家庭、四组人物的生活命运都存在某些内在相似之处，都被迫迎接生活的考验，每个人都在努力追求生命的重生，这也是一种对生命树的重建。

一个健康、完整的空间是不需要拯救的，拯救只能意味着它自身的不完整和即将衰落，"复兴""统筹""重铸"等词语本身就定

---

[1] 王祥夫：《上边》，《花城》，2002年第4期。

义了它是一个待解救的客体。如果我们对比解放区文学民俗空间的营造便能够发现，无论是《暴风骤雨》中白玉山装饰自家的炕头、《吕梁英雄传》里关帝庙被改造成会议室，还是《三里湾》中那些如火如荼的改造，空间本身就隐藏着社会和历史的变革。列斐伏尔在《空间的生产》中指出空间不仅仅是一种自然空间，也可以是社会空间，空间本身便是一种社会的产物却被隐藏了，空间是在各种社会关系的支持下建构出来的。乡土本身就是一个充满多重矛盾的文化空间，乡土社会空间的失效是人们日常生活矛盾和冲突的必然结果。从这个意义上，社会、历史、构成了一种"三元辩证法"。在20世纪90年代以来的乡土小说中还有一些作品表现出了对狭小空间的喜爱，李佩甫的《羊的门》对呼家堡的"屋"展开描述，在这些故事中叙事者仿佛是一个引导者，带领我们进入到这个故事空间之中，它是一个实体空间与心理空间的共同嵌套，所以我们能够看到叙事者在这里优悠地介绍故乡的人情风物，并在讲述中将自我缝入，从而建构一个适合自我存在的闭合性空间。"人的恐惧是写在脖子上的，人首先要给自己找一个避难之所，一个可以藏身的地方，于是'屋'的概念就产生了……房屋是人们赖以生存的第一要素，也是人们的精神外壳。人们的一生一世的终极目标，几时要建一所房子，一个'屋'。这个'屋'的实质是内向的，是躲避型的，是精神大于物质的。"[1]

---

[1] 李佩甫：《羊的门》，北京：作家出版社，2007年版，第9页。

第三章 "影子乡土": 20世纪90年代以来乡土小说民俗书写的特征

作品以散文化的方式展现了作家乡土归属的渴望。而且作者不仅仅在努力地建设一种空间,也在努力地将其打开,试图让这种空间获得更久远的生命意义,"在平原的乡村,如果你走进一户相熟的人家,狗在你腿边'汪汪'地叫着,这时候有主人从院子里迎出来,说一声:'来了?上屋吧。'这就用不着再说什么了,这是在告诉你,你已经到'家'了,这里就是你的'家'。"[1]在心理学意义上,选择狭小的空间本身便是缺乏安全感的象征,这种空间显得狭小而紧凑,既能够放置书写者的记忆,又帮助作者找到暂时的归属。而且在作品中我们能够发现,叙事是先由空间出发,借此来展开故事的,而不是从故事出发展现空间的,这样的空间讲述就有了一种先在的目的性,而且人物始终没有走出这个空间,使得空间意义超越了文本的意义。在这种空间中的人似乎并没有对外面的世界表现出兴趣,虽然外面也会时不时地被提及,但始终不是作者要关注的焦点,这样又仿佛使得这种空间呈现为一种"隔离区"。这些行为其实也蕴含着一种边界意识,旨在缓和与规避社会文化冲突对乡土发展所带来的伤害。从侧面说明整个社会空间与个体的自我发展并不相容,也折射了乡土社会空间的危机。或许正如本雅明分析的那样:"人为了保持住一点点自我的经验内容,不得不日益从'公共'场所缩回到室内,把'外部世界'还原为'内部世界'。在居室里,一花一

---

[1] 李佩甫:《羊的门》,北京:作家出版社,2007年版,第9页。

木，装饰收藏无不是这种'内在'愿望的表达。人的灵魂只有在这片由自己布置起来、带着手的印记、充满了气息的回味的空间才能得到宁静，并保持住一个自我的形象……把自己同虚无和混乱隔开，把自己在回忆的碎片中重建起来。"[1]

---

[1] [德]本雅明著：《发达资本主义时代的抒情诗人》，张旭东，魏文生译，北京：三联书店，2014年版，第12页。

[第四节]

伪民俗书写的浮出

20世纪90年代以来的很多乡土作品中,也出现了民俗学界比较关注的"伪民俗"表述问题,这是以往乡土小说民俗书写中不存在的,一方面是因为乡土社会民俗变迁有限,另一方面也确实折射了当代作家在民俗变化问题上的感知力。阿兰·邓蒂斯认为:"民俗之间可能存在着联系。我认为,如果说民俗根植于民族主义,伪民俗可说是源于民族的文化自卑感。而民族主义的情感与文化自卑感相连,所以民俗与伪民俗之间也是相连的。很明显,是强烈的自卑迫使某些民俗学的先锋为了'改进'民俗,夸张地改变了他们采集来的民俗,这样就使之与看起来更高级的古典文学遗产平起平坐了。"[1]在一些西方研究者那里,伪民俗的出现,往往与民族主义存在着密切的关联。民俗本质是一种习惯,是一种体验和调适的产物,但是必须被群体

---

[1] [美]阿兰·邓迪斯,周惠英:《伪民俗的制造》,《民间文化论坛》,2004年第5期。

接受和重复才能够获得合法性的地位，民俗需要在不断地重复中得到确立。民俗的传承和习得也是表述和被表述的产物，民俗也可以被发明和改造出来，伪民俗很大程度上并不具备这些特征。当下乡土小说民俗书写中出现的伪民俗现象，既折射了乡土社会生活的巨大变迁，也昭示着乡土民俗已经从内部产生了变异，民俗自身的本源已经丢失，乡土社会正在逐渐地被一些异己的东西所填充。

一、权力改写之下的伪民俗

从解放区时期文学开始，政治对民俗的规训要求空前提升，很多作家写了大量移风易俗的故事。周立波《暴风骤雨》中对新房布置的描写，"和谐到老，革命到底"取代了以前的对联，毛主席和朱总司令的肖像取代了三代宗亲；韦君宜的《龙》中，贺龙成了祈雨群众最终等来的"那条龙"；《吕梁英雄传》中关帝庙被改成了村公所。这样的描写中明确表达了一种对过去的否定，也即民俗必须在创新中实现对旧社会的扬弃，新民俗必须对旧民俗形成一种权威，以实现脱胎换骨的改造。20世纪90年代以来的乡土文学则普遍表达了对移风易俗的不满，充满对政治的警惕和反思。在李佩甫的《羊的门》中，开头对呼家堡外观的描写："这里的村舍的确是一排一排、一栋一栋的。看去整齐划一，全是两层两层的楼房。那楼房的格局是一模一样的：一样的房瓦，一样的门窗，一样的小院，院子里有

第三章 "影子乡土":20世纪90年代以来乡土小说民俗书写的特征

一模一样的厨房和厕所。你一排一排地看下去,走到最后时,却仍然跟看第一排时的感觉一样。"❶ 显然这里的民居不是自然形成的,正常的村庄民居必然是形态各异的,是自然选择和居民自我选择的结果。但是呼家堡却显得怪异,甚至连屋里的家具摆设都是一样的:"一样的小院,一样的厨房,一样的小喇叭,一样的窗帘,一样的沙发,一样的挂钟,一样的空调,一样的贴着一个老人的画像……你会不断地问自己,是不是有病了?"❷ 文中开头这样整齐怪异的民居,以及"一个老人的画像"就已经为下文做了铺垫,其实这些都是在呼天成的引导下完成的。呼天成就是呼家堡的神,他利用自己的铁腕推动了呼家堡从一个小村变成远近闻名的富裕村,自己的村落也被整治成一样的模式,这些都是呼天成个人好恶下的产物。这些样式都是被塑造出来的,并不是真正意义的民俗,它不是一种在传统和习惯中衍生出来的习俗,也没有过去和历史,它是复制的、毫无个性的。作品中还将视角移到过去,探讨呼天成这个呼家堡说一不二的人物是怎么被神化的,以及他成为"神"之后是如何利用新民俗去奴役他人的。他从年轻的时候就开始担任呼家堡村的一把手,在上级的感召下去参观了大寨村,看到大寨的窑洞和明亮的灯光,他决定建新村。回到自己村的时候,他决定首先推翻村里呼、王、刘三姓的辈分,因为

---

❶ 李佩甫:《羊的门》,北京:作家出版社,2009年版,第10页。
❷ 李佩甫:《羊的门》,北京:作家出版社,2009年版,第11页。

他认为,"在乡村里,那'辈分'。那扯不尽的黏连,足可以消解任何权威!"他在大队部门口垒起来一个"英雄榜",那些断了手指头的人都会被拉上展览台,正是这些手指头成了人人敬仰的东西,被写进英雄榜。他的这种做法其实已经摸透了当地人的心理,暗合了平原人对荣誉的追求:"乡人们最看重的就是是否受到了'抬举','抬举'不'抬举'几乎成了乡人在精神上的最大追求。"这打破了过去只看辈分的习俗。后来呼天成又弄出来新的规则,名叫"呼家堡法则",要求大家早上起来唱《东方红》,每个人听到之后必须快步来到广场做村操,这个村操主要由"锄地运动""扬场运动""扁担运动"等组成。呼家堡还改革了婚姻制度,外村人进村娶媳妇要先与村班子的人见面,接受了传统教育才能够进来。此外还有一些呼天成自己的发明,比如"小孩尿尿""换衣裳""拔青苗"等运动。在葬礼制度上,他也有新的发明,比如他要求建一个"地下新村",统一编号,统一立碑,光荣死去的人还可以享受挂星的荣誉。在这样的习惯约束中,呼天成似乎成了当地的神,"每当他的脚步从村街、从田野里响过时,连树上的麻雀都为之一震。而后,他的声音就像雨露一样,深进了土地的每一个角落。他说要上晨操。人们就去上晨操。他说,要种带色的棉花。人们就去种带色的棉花。在会议上,他说举手吧。人们就举起森林般的手……"❶

---

❶ 李佩甫:《羊的门》,北京:作家出版社,2009年版,第348页。

第三章 "影子乡土"：20世纪90年代以来乡土小说民俗书写的特征

此外赵德发的《祖祖辈辈》中也有很多类似的场景，只不过主角许景行的行为和做法并不是那么极端，他更善于运用道德感化的方式实现移风易俗。许景行深受父亲许正芝儒家思想的影响，一直保持着对人心善恶的度量，他觉得人心善了，社会就会变好。他经常面对毛主席的头像思考，从毛主席的微笑中找到了一种父亲的感觉。他认为"文化大革命"就是要整治人心，他还和儿子一起趁着天黑给每家每户的门鼻上拴上头发，第二天趁着天不亮去检查。所有的努力都如同他说的那样，"我就把全村这几百个人心掂量来掂量去，寻思着怎么样才叫它们纯一些，再纯一些。"同时在"一大二公"的感召下，他决定要建一个"公字村"。他当政后决心在村里推行"无人商店"，提倡大家自己监督自己，一度成为周边人学习的典范，但是不久之后这个计划就失败了。《空山》也表现出了对这种民俗更迭的不适应感。色嫫开始是个爱唱歌的人，善于唱民歌，后来她开始积极地向上级靠拢，唱出了："唱支山歌给党听，我把党来比母亲……夺过鞭子，夺过鞭子，抽敌人！""歌曲到了后半部分，欢欣的，仇恨的情绪纠缠交织，再也没有前一首歌那种与她心境有些契合的自爱自怜了。很显然，她从歌声里去了一个我们所不知道的世界。那个世界的景象才能使她两腮绯红，眼睛与额头闪烁宝石一样的光芒，使她出了汗的身体散发出原野上花草的芳香。"[1]在这

---

[1] 阿来：《空山：机村传说·下》，北京：人民文学出版社，2009年版，第384页。

里我们能够感觉到，叙事者认为色嬷所唱的歌并没有传达出她自己的真情实感，也远离了她以前歌声中的"雅鲁藏布江""喜马拉雅山"。可以看出很多叙事中对民俗变迁都表现出了明显的警惕性和批判性，表现出了对原生态民俗的认可。

二、商业化产出的伪民俗

英国学者E.霍布斯鲍姆在《传统的发明》中提示我们，传统并不是一直流传下来不变的东西，传统更可能在不断强制性的重复中建立自己与过去的联系，在本质上其实还是属于一种"伪传统"。它给人一种历史感，但又是那么的不合逻辑，含糊不清。传统本身也是由各种时代环境的变化所发明出来的东西，这些都会表现在行为规范、价值观念、服饰装束等方面，比如我们当下习以为常的苏格兰高地长裙、风笛乃至英国在印度推行的殖民地民俗变革，皆是如此。这种被发明出来的传统普遍是外力所导致的，它其实并没有顾及乡村自身的生存逻辑和日常连续性，只是对乡土本身一种意愿的强加，遮蔽了乡土自身的能动性。传统和民俗从功能上也可以看成是乡土社会存在的一种支撑，但是在一个加速变革的时代里，所有东西都会变得不再稳定，新的社会关系需要新的支撑，更多的传统也就会被营造出来。在李锐的《犁铧》中，宝生跟着曾经在自己村插队的陈总来到了高尔夫俱乐部干活，陈总在这里建了一个巨大

第三章 "影子乡土"：20世纪90年代以来乡土小说民俗书写的特征

的乡村休闲中心。陈总之所以要建这样一个乡村休闲区，是因为他十分怀念自己那段在乡下插队的生活。那时候的五人坪全部被留在了他的照片上，"满金爷扶着犁吆着牛走在前面，满金爷的孙女柳叶儿跟在后边，胳膊肘里挂着柳条斗子，正在撒玉茭种子。娃娃们有笑的，有叫的，有嘴里咬着馍馍的，有手里掐着野花的。黄毛儿跑在自己腿前边，人，牛，犁，树，街巷，房子，石墙，瓦顶，还有炊烟，还有一座连一座的大山，一片连一片的庄稼地……"❶后来陈总再来的时候村里的景象已经不复当年了，死的死，散的散，连地都荒芜了。陈总计划再建一个乡村，于是俱乐部里仿佛又找到了那种多姿多彩的生活，"风声，水声，雨声，林涛声，鸡鸣，狗叫，羊群出坡，牛群回栏，老人们在街巷里搭话，女人们叫喊自己的孩子回家吃饭，孩子们游戏追打着尖叫……"❷然而这些并不是真的，而是陈总用一套高级录音机专门从五人坪录回来的，在这里用扬声器播放。俱乐部的乡村风景看着也是非常美丽的，"从桃花潭出来，豁然敞开的山谷两侧是起伏舒缓的坡地，地毯一样的草坪在山坡上优美地铺展开来，曲折回转的河水在起伏的果岭草坪中间画出优美的曲线，河的两岸随处散落着金黄的沙坑和银亮的湖泊，好像精美

---

❶ 李锐：《太平风物——农具系列小说展览》，北京：生活·读书·新知三联书店，2006年版，第93页。
❷ 李锐：《太平风物——农具系列小说展览》，北京：生活·读书·新知三联书店，2006年版，第119页。

绝伦的首饰镶嵌在果岭之间。"❶然而这样的风景也是被人为造出来的，因为只要一停电，那些动听的乡村原生态的声音，以及那些美好的瀑布、河流就都不会存在了，就像作品中说的那样："一切没了生气，整个世界都变得假惺惺的。"

周大新的《湖光山色》中也有对民俗过度开发的批判。坐落于丹湖附近的楚王庄，风景优美，水色迷人，加上拥有很多楚地的历史文物资源，甚至还发现了楚长城旧址，吸引了越来越多的游客前来游览。暖暖和旷开田因为从事家庭旅馆的经营和一些交通服务而获得了第一桶金，但是他们思想比较淳朴，经济意识并不是那么强，所以一直没有很大的发展。后来省城旅游公司的薛传薪看中了这里的旅游潜力，他投资入股之后，为了吸引游客，借助事实编造了大量有关楚王族的历史遗闻，还使用了当地出土的一些相关文物进行"证明"，并将这些虚假的遗闻编成了情景剧进行表演，吸引了大量的游客。最后，他为了赚钱甚至卖起了娃娃鱼，本来就是为了挣钱的他，却口口声声说自己是为了拯救楚国的历史文化。无独有偶，《空山》中的丹巴喇嘛也体现得非常明显。开始他是寺院里一个安静的僧人，也经历了自己寺院被拆除的惨剧。几年之后，随着外部形势的好转，他又可以继续自己的职业了，他一边走一边思考如何

---

❶ 李锐：《太平风物——农具系列小说展览》，北京：生活·读书·新知三联书店，2006年版，第122页。

第三章 "影子乡土": 20世纪90年代以来乡土小说民俗书写的特征

修成无上的功力,更好地普度众生,然而到了寺庙才意外地发现:"一片废墟上,大殿正在修建。早期那数百僧众已经寥落不堪。好多人不在了。好多人还俗后真的成了俗人,娶妻生子,重返寺院,也有斩不断的尘缘。谁又想一个未曾开悟与点化的扎巴(学僧)反倒持身谨严,等到了这一天。"[1]丹巴喇嘛刚到,主持就让他到处搞"交际",去这边催款,去那边催木料,于是他成了寺里的财务总管。一连多少年,僧人们的心思都不在怎么修行上,而是整天与善款打交道。寺庙里也有了自己的吉普车,也能供应自来水了,甚至还要被商业公司改造成一个"藏医学院"。等到已经老了时,丹巴喇嘛才感觉到自己违背了一个出家人修行的本意,于是决定在山洞里用余生修行。丹巴喇嘛的人生起伏是对民俗被商业化改造的一种反思。

三、日常生活中的伪民俗

伪民俗不仅是由历史和政治原因造成的,很多时候也是民间原本的民俗生活空缺之后一些他物的填充,它们并不具备真正的民俗价值,只是一些残片而已,这折射出了乡土民俗的匮乏和衰败。在这方面我们可以参考莫言的《蛙》。莫言以往的叙事经常是立足于

---

[1] 阿来:《空山:机村传说·下》,北京:人民文学出版社,2009年版,第609页。

乡土,但是又不断溢出一般乡土叙事的经验和期待。时代千变万化,乡土生活的衰落已经是不争的事实,莫言不可能看不到,只是因为其叙事的戏谑性和跳跃性形成了一种遮蔽而已,通过《蛙》我们能看到某些内在的端倪。《蛙》中的最后一部分是一段九幕剧。故事中陈眉偷走了小狮子的孩子误入了电视戏曲片《高梦九》的拍摄现场,并将正在戏中"审判"的"高梦九"当做了包青天,跪在其面前一个劲儿地喊冤。无论是哪一方都显得混乱,为了抢回孩子,袁腮偷偷答应给剧组赞助十万元,于是就有了下面的一幕:

  导演上去附耳对高梦九说话。高梦九与之低声争辩。

  高梦九:(长叹一声,唱)奇案奇案真奇案——让俺老高犯了难——孩子到底判给谁——一条妙计上心间——(下堂)我说各位听着,既然你们诉到本官堂下,本官就假戏真做,把这案子给断了!衙役们——

  众衙役:有!

  高梦九:如有不听本官号令者,用鞋底子掌脸!

  众衙役:是!

  高梦九:陈眉、小狮子,你们两个各执一词,听上去似乎都合情合理。本官一时难以判断,因此,请小狮子将孩子先交到本官手里。

  小狮子:我不……

  高梦九:衙役们!

第三章 "影子乡土":20世纪90年代以来乡土小说民俗书写的特征

众衙役:(齐声)呜喂……

导演附耳对蝌蚪说,蝌蚪戳了一下小狮子,示意她将孩子交给高梦九。

高梦九:(低头看看怀中的孩子)果真是个好孩子,怪不得两家来抢。陈眉,小狮子,你们听着,本官无法判断孩子归谁,只能让你们从本官手中抢,谁抢到就是谁的,糊涂案咱就糊涂了吧!(将孩子举起来)开始!

陈眉和小狮子都向孩子扑去,两人拉扯着孩子,孩子哭起来。陈眉一把将孩子抢到怀里。

高梦九:众衙役!给我将陈眉拿下,将孩子夺回来。

众衙役将孩子夺回,交给高梦九。

高梦九:大胆陈眉,你谎称是孩子的母亲,但在抢夺孩子时毫无痛惜之心,分明是假冒人母。小狮子在争夺时,听到孩子痛哭,爱子情深,生怕孩子受到伤害,故而放手,此种案例,当年开封府包大人即用此法判决:放手者为亲母!因此,援例将孩子判归小狮子。陈眉抢人之子,编造谎言,本该抽你二十鞋底,但本官念你是残疾之人,故不加惩罚,下堂去吧!

高梦九将孩子交给小狮子。

陈眉挣扎喊叫,但被衙役们制住。

陈鼻:高梦九,你这个昏官!

李手:(戳戳陈鼻)老兄,就这样吧,我已经跟袁腮、蝌蚪说好了，让他们补偿陈眉十万元。

莫言的作品中有很多对民间乡土戏剧的运用，这些戏剧都是原生态的民间生活。《蛙》中这种对戏剧的运用，很容易让我们联想起莫言《檀香刑》中最后的受刑场面，群猫乱舞以及众人配合唱猫腔的场景。这里是真实的乡土生活，自由自在，全凭意志，这种猫腔民俗是一种对官方有意的反抗策略。但是《蛙》中我们看不到这样自由的民间，一场戏剧表演看似是热闹的，似乎是对民间社会中游戏生活方式的一种恢复，众人也皆大欢喜，但是却有其根本的缺陷——它只是一种表演，与真实和自由无关，因为它是一个"戏中戏"的副产品，演戏使其成为一种虚假的乡土生活。虽然是虚假的日常生活，但是它毕竟还保留了以往乡土日常生活的剩余物，却也有了意想不到的作用，"高梦九"借助于明堂"审判"，非常合理地将孩子夺了回来，所有人都参与了一种表演。本来"高梦九"是有机会将孩子直接还给小狮子的，但是却并没有这么做。他要了一个手段，谎称陈眉假冒人母，这样将罪转移到了陈眉身上。这个过程非常类似于人类学者特纳提出的"结构—反结构—结构"模型：在前七幕中陈眉是发疯的，小狮子和姑姑那一方是负罪的，尤其是姑姑为自己一生的许多错误懊悔并难以自拔，在所有人看来这是一种常态，是一种既定的关系；到了第八幕中仿佛突然进入一个"阈限期"，结构反转了，姑姑和陈眉变成了平等的人，什么话都可以说，谁有罪谁没罪都是未定的，这里没有权力，没有记忆，没有关系纠缠，

第三章 "影子乡土"：20世纪90年代以来乡土小说民俗书写的特征

仿佛进入了一个自由的真空期；一旦这种"审判"仪式结束，社会结构再次回归到以前的状态，姑姑的身份还是姑姑，陈眉的身份还是疯子，但不同的是姑姑已经实现了一种自我的转换，她身上的负罪感被转移了，"高梦九"的"审判"只是一种想象空间里象征性的解决方式，但是这种仪式却是非常轻松活泼的，所有人都在这里得到了解脱。

第四章

拯救与再造：20世纪90年代以来乡土小说民俗书写蕴含的精神诉求

20世纪90年代以来乡土小说的民俗书写研究

　　罗兰·罗伯森在《全球化：社会理论和全球文化》中指出，一种文化衰落的标志主要在于历史衰落的观点、某种失去整体的感觉、丧失表现性、自发性的感觉等几个方面[1]。按照这个标准来看，20世纪90年代以来的乡土小说民俗书写是一种乡土没落时代的书写，也有了不同于往日的呈现方式，虽然在精神气脉上它仍然与以往的很多乡土小说流派保持着一贯性，但是在外形上它已经着实不似昨日那般完整和丰富，也失去了精气神，后乡土时代的民俗书写中呈现着破碎、单调、虚空和毫无生气的个性特征。这种书写的没落感不仅仅在于乡土社会关系的消散化、故事内容上的无聊化，还在于文本形式的碎片化、价值形态的不确定化等。作家们普遍没有逃脱于这个时代强加在一个人身上的困境，在文化分割和意识形态壁垒世界里陷入四面楚歌。对于这些出现的问题，我们应该历史地、理性地去对待，它显然与书写主体自身的职能焦虑有关，我们能够的的确确感受到作家身上存在那种心理矛盾和怀乡情绪，乡土民俗景观的衰落是与现代化冲突的必然结果。但是这并不意味着作家对乡土的放弃，齐格蒙特·鲍曼认为共同体破碎之后，人们为了恢复共同体

---

[1] [美]罗兰·罗伯森：《全球化：社会理论和全球文化》，梁光严译，上海：上海人民出版社，2000年，第226页。

· 184 ·

第四章　拯救与再造：20世纪90年代以来乡土小说民俗书写蕴含的精神诉求

体验又轻易地期待共同体，这在乡土小说民俗叙事中表现得非常明显。或许在很多作家那里，仍然固执地认为乡土民俗文化是整个社会文化体系的耕土层，乡土民俗在当下乃至未来都仍然有着重要的意义，20世纪90年代以来乡土小说民俗书写也呈现出了比较清晰的主体精神特征，寄托着作家对乡土拯救的渴望，这种拯救大体表现在以下几个方面。

[第一节]

重新发现乡土

发现乡土是现代文学初期的重要母题，五四时期的知识分子们在现代精神的烛照下纷纷反观自己的故乡，只不过这时候的发现是戴着有色眼镜进行的，故乡被赋予更多蒙昧、丑陋的色彩，发现乡土意味着神秘性、神圣性、魅惑力的消解。20世纪90年代以来的"发现乡土"并不遵从同等的逻辑，随着城市与乡村落差的增大，城市成为话语和目光的中心，乡土社会已经被视为落后于时代的存在，毫无魅力可言，也逐渐被人们遗忘。即便有些时候看到了乡土，但是在意识中仍然忽略了乡土的存在，这样就被动地完成了对乡土社会的阻断、省略、隔离。但是仍然有很多作家继续耕耘乡土，发现乡土，提醒我们这里有着各种的残缺、碎片，提醒我们早已经失却了发现美的眼睛。正如米切尔在《风景与权力》中指出的那样："看风景不是看明确的事物，而是忽略所有的细节欣赏一个格式塔，一处被某一具体特征主导，却不可简化这一特征的

第四章　拯救与再造：20世纪90年代以来乡土小说民俗书写蕴含的精神诉求

景色。"[1]乡村民俗景观之于乡土文学正是有着这样"不可简化"的意义，我们在很多时候观看乡土，也在遗忘风景，重新发现乡土景观便是重建乡土的有效方式，也是作家的主体诉求之一。

一、重新整理和打扫乡土

"'风景'的美学内涵除了区别于'他地'（也即所谓'异域情调'）所引发的审美冲动以外，还有一个更重要的元素就是它对已经逝去的'风景'的民族历史记忆。"[2]从乡土民俗风俗景观的角度来讲，它不仅仅是一个现实层面的东西，还具有历史的维度。20世纪90年代以来乡土民俗景观虽然在衰落，但是这并不意味着作家在心理上能够忍受，很多作家在民俗描写中都表现出了一种重整乡土的愿望。比如石舒清的《清洁的日子》，写的是母亲过节前扫屋子的民俗习惯，这个短篇看似轻盈琐碎，却是举重若轻的。未经打扫的屋子是灰暗的，隐含着乡土没落的现实，"屋子颓废地坐着，它漠然地望着母亲，像一个久病的人用无活力的眼睛望着给她配药的大夫。实际

---

[1] [美]W.J.T.米切尔：《风景与权力》，杨丽、万信琼译，南京：译林出版社，2014年版，绪言。
[2] 丁帆：《新世纪中国文学应该如何表现"风景"》，《徐州师范大学学报（哲学社会科学版）》，2012年第3期。

上我们都不愿意到屋里去。屋子衰老得连记忆也没有了,只是越来越多地沉淀着灰尘和阴影。鳌子像一件潮湿的黑衣裳在我们身上套着,使我们觉得烦闷而压抑。"❶屋子不仅仅是阴沉的,还有很多瓶瓶罐罐被清理了出来,"看着沉睡千年、一旦出土的文物一样,伙伴们都显得兴趣盎然,叽叽喳喳喋喋不休地议论着沉默很深的它们。它们每一个都像年深日久的哑巴,显得什么也不愿诉说。拿指头来敲就发出迫不得已的声音,而且不明白它们究竟说了什么。"❷最后经过打扫的屋子终于焕发出新的光彩,"看啊,这清扫过的屋子,它实实在在还是变化了一些啊。像父亲刮去了他络腮的黄胡子,多多少少显得精神和年轻了一些。母亲向读书的舅舅们讨来一些旧作业本,把迎门的墙壁整整齐齐糊了,它像一面镜子,整个屋子凭此亮了许多。"❸借助过节打扫的民俗书写,作者表达了一种清理乡村的愿望。

乡土中不仅有物需要清洗,人也成了其中重要的一环,迟子建的《清水洗尘》就是表达了这样一种观念,借助一种民俗生活表现

---

❶ 陈思和主编,李丹梦编选:《新世纪小说大系(2001—2010)·乡土卷》,上海:上海文艺出版社,2014年版,第4页。

❷ 陈思和主编,李丹梦编选:《新世纪小说大系(2001—2010)·乡土卷》,上海:上海文艺出版社,2014年版,第6页。

❸ 陈思和主编,李丹梦编选:《新世纪小说大系(2001—2010)·乡土卷》,上海:上海文艺出版社,2014年版,第16页。

第四章　拯救与再造：20世纪90年代以来乡土小说民俗书写蕴含的精神诉求

对乡村精神意义上的洗礼和升华。故事中所谓的"清水洗尘"，其实是为了过年而准备的一种洗澡仪式，"礼镇的人把腊月二十七定为放水的日子。所谓'放水'，就是洗澡。而郑家则把放水时烧水和倒水的活儿分配给了天灶。天灶从八岁起就开始承担这个义务，一做就是五年了。这里的人们每年只洗一回澡，就是在腊月二十七的这天。虽然平时妇女和爱洁的小女孩也断不了洗洗刷刷，但只不过是小打小闹地洗。"❶这次洗澡仍然按照以前的习惯进行，主角天灶负责给大家烧水倒水，然后让家里人一个个的洗完澡。在洗澡中有了一些微妙的冲突，比如天灶与奶奶之间的"摩擦"，父亲与母亲之间的"吵架"。开始天灶很明显是不乐意的，因为他得用奶奶用过的水洗澡，但是他最终被那句"人都有老的时候"所感化，一家人因为这次清洗而洗去了隔阂和羁绊。与其说这是一次洗澡，不如说是对乡土精神的一次再洗礼。这样借由身体上升到了精神，荡涤了精神的尘埃，完成了乡土的一次精神塑形。

张炜的《我的田园》也表现出了整理乡土的愿望。宁伽来到荒芜的沙坡中与老驼签订协议，买下了葡萄园，但是这里的葡萄园已经是荒芜一片，"它的四周还留有残破的篱笆，篱笆根上围满了沙土，所以就像挡了矮矮的沙墙。园子中心的茅屋已经破败不堪，不过在我眼里它还算挺好的四间茅屋呢。大片大片的葡萄树都死去了，

---

❶ 迟子建：《清水洗尘》，《名作欣赏》，2003年第1期。

很多葡萄树虽然还活着，但因为好久没有修剪，枝条在地上爬着长蔓。"❶但是在宁伽的几年经营下，这里不仅结出可口的葡萄，整个原上全是葡萄的香气，也让宁伽获得了几十年来最好的睡眠。很明显这里体现了宁伽对乡土的一种浓厚的情感，荒野是一切生命的萌生之地，经过整理的荒野也能够最大限度地实现人与自然的和谐共处。这种经过整合的乡土更具有形而上的维度，它不仅是一个容身之所，也是一个心灵的港湾，经过整理的乡土具有永恒的诗性维度，这在其他的城市文明中是找不到的。

二、解除乡土的隐匿化

20世纪90年代以来乡土叙事中普遍遭遇了景观缺失的遗憾，其实这种民俗景观的缺失并不仅仅是碎片化、残缺化，还在很大程度上表现为景观的隐匿。这不是一种主动的结果，而是一种无意识的行为。如在贾平凹的《高老庄》中，子路带着他的新夫人博物馆员西夏来到自己的故乡高老庄，给父亲进行周年祭祀。西夏作为现代文明的象征，在乡村中发现了到处散落的各种石碑："西夏就不敢与他们交心底，应酬几句，只是满村里去寻起石碑，竟也在栓子门前

---

❶ 张炜：《我的田园》，北京：作家出版社，2013年版，第15页。

第四章　拯救与再造：20世纪90年代以来乡土小说民俗书写蕴含的精神诉求

见到一块明弘治十八年的《高老庄近代盛衰述略》，在村口土场见到做了打胡基闸的半块明成化十三年的《儒学碑记》，还有一块搭在水渠上的是清道光八年所刻《烈女墓碣》。"❶从这里可以看出，高老庄人对于他们祖祖辈辈遗留下来的民俗样本是熟视无睹的，有的被处理成了门前的垫脚石，有的则被改造为水利工程的基石，这些具有重要民俗和历史价值的东西都是被忽略的。高老庄人的意识基本上代表了20世纪90年代以来乡土人对于自身风景的漠视。民俗本身是一种无意识的结晶，民俗的习得也是在无意识中完成的，乡土生活周而复始的特性使得每个人意识深处都存在这种集体无意识。生活于民俗之中的人，其实很难去有意识地反思和识别自身的生活，因此，乡村长期处于自身的小传统中，本身具有思维盲点。风景的隐匿或许正如柄谷行人分析的那样："'风景之发现'并不是存在于由过去至现在的直线性历史之中，而是存在于某种扭曲的、颠倒了的时间性中。已经习惯了风景者看不到这种扭曲。"❷从柄谷行人的分析可知，基于前现代生活的人很难从现代意义上去认识自身，因为前现代生活中的人缺乏一种理性的观照意识，很难去有意识地了解自身的处境，思考自身与外部的关系。而20世纪90年代

---

❶ 贾平凹：《高老庄》，武汉：长江文艺出版社，2016年版，第137页。
❷ [日]柄谷行人：《日本现代文学的起源》，北京：生活·读书·新知三联书店，2003年版，第10页。

以来的乡土恰恰是一个悖论，随着城市化的不断加速，乡村在巨大的离心力之下被甩出中心，乡村的风景被边缘化，乡土意识中的风景其实只有城市风景。我们常常看到形形色色的乡土叙事中，充满了对现代文明的呼唤和关注，农村人也渴望走出自身的地域限制。如毕飞宇的《地球上的王家庄》中："整个晚上父亲都要仰着他的脖子，独自面对那些星空。看到要紧的地方，父亲便低下脑袋，打开手电，翻几页书，父亲的举动充满了神秘性，他的行动使我相信，宇宙只存在于夜间。天一亮，东方红、太阳升，这时候宇宙其实就没了。只剩下满世界的猪与猪，狗与狗，人与人。"[1]

20世纪90年代以来乡土在现代化的冲击下，也无意识地完成了自我的他者化，看不到自身文化的整全性，看不到自身的价值。很多乡土景观的被发现离不开外部的人，只有在这些人那里，才能够把隐匿的乡土给打捞拾捡起来，而《高老庄》中的西夏恰恰就是这样的一个外部人。她进入高老庄就开始收集各种的画像砖，清理那些被村民忽视的文物遗产，她甚至认为高老庄隐藏的那些物质民俗可以改写美术史。一次，西夏还在一个小吃摊的拴驴绳上发现了一块修建圪塔庙的碑文，"西夏问摊主：'这圪塔庙在哪儿？'摊主说：'圪塔庙'？好像并不知。西夏说：'这碑子是一直在这儿吗？'摊主说：'盖戏楼时，是从土里挖出来的，我们并不知道这里以前有没有圪

---

[1] 毕飞宇：《地球上的王家庄》，《课外阅读》，2016年第20期。

第四章　拯救与再造：20世纪90年代以来乡土小说民俗书写蕴含的精神诉求

塔庙。'"❶从这里可以看出，当地人已经完全迷失，对自己过往的生活一无所知，只有西夏到来了才帮他们找到失落已久的文化渊源，乡土就这样有意或者无意地将自己的历史景观送入了盲区。同时在这里，贾平凹还隐喻着乡土文明必须与现代文明对接才能够找到自己的过去和将来。

　　刘庆邦的《遍地白花》也表达了这种相同的认识。作品使用的是一个闯入乡村的女画家的视角展开的，"女画家画了张家古旧的门楼子，画了王家一棵老鬼柳子树，画了街口一座废弃的碾盘，又画了一辆风刮日晒快要散架的太平车，等等。"❷刘庆邦的这个短篇小说也是借助于一个局外人的视角展开的，在农村很多民俗景观和自然风景都是无人观看的，或者说是被熟视无睹的，处于被隐匿的状态，但是在外来人看来却极具魅力和活力。无论是旧式的门楼，还是已经失去了基本功能的太平车都可以被纳入眼底。很明显，这里是一种"扫视"与"沉默"之间的对话，作为外来者的画家，其目光具有一种扫视的功能，它能够使我们去重新审视那些原本"沉默"的民俗物器。女画家不仅在这里画，还在这里表达了自己的看法："说到这里，女画家轻轻地笑了。她说时间太久了，记不清了，自己都不知道自己说得对不对。也许她说的是自己做的梦，相似的梦做多了，

---

❶　贾平凹：《高老庄》，武汉：长江文艺出版社，2016年版，第178页。
❷　刘庆邦：《别让我再哭了》，上海：上海文艺出版社，2003年版，第1页。

就跟真的荞麦花弄混了。反正那样的荞麦花如今是很难看到了。"❶女画家惊醒了在睡梦中的乡村人,他们意识不到自己本身就是美,这样的表达也是对忽视乡村景观思维习惯的打破。这样的书写也具有一种反抗意味,长时间以来我们总是一方面喟叹民俗的缺失,另一方面又忽略它在民族文化记忆中那些能够抵抗物质压迫的人文元素,尤其是无视它那些能够上升到哲学层面的内涵,也会给书写造成很多不足。

三、移植嫁接乡土风景

20世纪90年代以来乡土民俗景观书写的变迁根本上源自城乡的分化,城市裹挟着现代文明,不断地覆盖乡村的领空,侵蚀乡土文明最后的领地。在这种背景下出现的乡土文学并不仅仅是一个受动体,乡土自身也在不断地聚集力量进行反拨,表达对这种断裂意识的不满。比如迟子建的中篇小说《芳草在沼泽中》就是代表。故事中的"我""老吴"以及沼泽女人等人在城市中饱受了各种心灵折磨,最后纷纷来到芦苇湖和芳草洼,"浮想联翩地走了不知多久,太阳出来了,雾气逐渐消散,这时我看清了沼泽地的风景,它有大片大

---

❶ 刘庆邦:《别让我再哭了》,上海:上海文艺出版社,2003年版,第12页。

第四章　拯救与再造：20世纪90年代以来乡土小说民俗书写蕴含的精神诉求

片的浸在水中的青草，还有不知名的野花点缀其中。那青草很宽，像兰花的叶子，沉实而阔大。野花以黄色的居多，虽然说零零稀稀的，但望去仍然给人明媚之感。"❶"我们"在这里愉快地进行劳作，吃着农家菜，种田除草、忘却世事。此外还有赵本夫的《无土时代》，这也是一部对人类文明进行深思的作品。作品中的"草儿洼村"与"木城"显然是两个对立的空间，主角石陀带着众人一步步将全城的空地换上了麦苗，秋天的时候，"一阵阵新麦的香味溢满在木城的每寸空间，闻着都让人舒坦。全城像过节一样，到处欢声笑语。还有人放起了鞭炮。收割这些麦子，根本不够天柱带人干的。但天柱却按兵不动，只让手下人买了很多镰刀，分放在三百六十多块麦田边上，任由城里人自己收割。"❷种完了麦子之后，城市里有土地的地方又出现了各种各样的瓜果，人们兴奋不已，那种已经缺失的土地亲切感被召唤了起来。麦子、瓜果等农作物大量出现在城市，很明显是与现代都市文明的一种正面冲突，按照鲍曼在《现代性与矛盾性》中的说法，现代性在根本上是一种"造园国的实践"，它讲究的是统一性和齐一化。乡土在其中是作为异质性的元素而存在的，是必须被颠覆和剿灭的东西。现代都市设计中所谓的风景往往是被人工规划好了的各种树木、草坪和作物，如同动物一样被"豢养""寄

❶ 迟子建：《芳草在沼泽中》，《钟山》，2002年第1期。
❷ 赵本夫：《无土时代》，北京：人民文学出版社，2013年版，第346页。

生"在城市中。这种风景其实只是现代民族和政治认同的重要工具和媒介,往往只有文化政治的维度,却缺失了家园情感、地缘记忆。在这种意义上看,赵本夫的《无土时代》便是要恢复那些缺失的情感元素,从而构成富有情感和文化链接的有意味的民俗景观。

这种在城市中嫁接的民俗景观,不是只有物质形态,还有精神上的绵延建构。如鬼子的《瓦城上空的麦田》,文中也多次出现这种"麦田"的意象,只不过这种意象已经不再是《无土时代》里那种生长在城市中间的麦田,而是更有了一种虚化的含义,"那天我就坐在这里,那时太阳已经下山了,但天上的白云还在,还在东一朵西一朵地飘着,我就看着那些白云,我想啊想啊,突然,我眼里的一朵白云变成了一块麦田,我发现那块麦田是从远远的山里飘过来的,飘呀飘呀,就飘到瓦城来了。……我当时的感觉是那一块麦田就是我的李香。"[1]李四是一个与土地打了一辈子交道的农民,他懂得土地的珍贵,他将儿女视为自己心中的"麦田",土地不仅仅是一种物质生产资料,更是一种价值载体。他的愿望非常朴素,进入城市就是为了能跟着儿女享福,然而他却一再被儿女拒绝。这种麦田存在于瓦城,却只能漂浮于瓦城的上空,这种被复活的乡土景观并不是一种简单的冲突、分离、征服,而是有了更加浓厚的"超越现实"的意味。在这里,"麦田"的出现别具意味,是一种主体

---

[1] 阿来等著:《瓦城上空的麦田》,北京:知识出版社,2003年版,第61页。

第四章　拯救与再造：20世纪90年代以来乡土小说民俗书写蕴含的精神诉求

所见之"风景"，它是虚化的，存在于内心之中的，也是一种乡土的"剩余物"。这种民俗景观只有在城市中才能够被召唤出来，是一种心理结构的产物，这种风景有了一种超越的维度。它只有往上凝视的时候才能够被发现，它昭示着城市是没有属于自己的传统的。

四、发现乡土民俗景观

人类文明在发展中不断地改造着自然，其中产生的景物都是民俗事象的反映："客观的自然景物并非都可称为风景，就是因为从寂静的景物到生动的景观，必要有一个人为的对自然景物的主观创造和附着过程，而这一过程，民俗的作用非常重要。"❶很多作家通过描写一些劳作和日常生活风俗表现对乡土的发现渴望，而这些都是当下乡土小说中开始大面积消失的东西。

比如刘庆邦《拾麦》中："此时小麦成熟的香气已从田地里涌进村庄里，香气浓浓的，无处不在，连灶屋的筷笼里都盛满了香气。这种香气人们不用特意去闻，只要走动，呼吸，香气自然就沾在身上，自然就沁入肺腑里去了。"❷还有付秀莹笔下那安静的充满氤氲气息

---

❶ 张劲：《风景的民俗内涵》，《同济大学学报（人文社会科学版）》，1993年第1期。
❷ 刘庆邦：《别让我再哭了》，上海：上海文艺出版社，2003年版，第104页。

的日常生活,"一夜大雪,树枝上,屋檐上,墙头上,都亮晶晶的,银粒子一样。翠台想了想,扛着把扫帚就上了房。房上雪厚,翠台哗哗哗,哗哗哗。扫得热闹。扫完雪,翠台拿一条毛巾,立在院子里,噼噼啪啪地掸衣裳。"❶这些都复归了消失已久的农村风景。

20世纪90年代以来乡土风景展现比较多的是一些边地文学,很多边地作家也在以不同的方式展现那些原始的风景。比如迟子建的《额尔古纳河右岸》,借助她充满灵动的笔描述了东北原始森林中生活的林林总总,"白桦树是森林中穿着最为亮堂的树。它们披着丝绒一样的白袍子,白袍子上点缀着一朵又一朵黑色的花纹。""两条彩虹弯弯的,非常鲜艳,就像山鸡翘着的两支五彩羽翎,要红有红,要黄有黄,要绿有绿,要紫有紫的。"❷作品集中展现了东北人那异常旺盛而骁勇强悍的生命意志,无论是额尔古纳河汩汩的流水声,还是天际边上传来的萨满歌唱,乃至欢颜齐聚的狩猎生活,都构成了独有的民俗风景。那种出自天然的博爱胸怀与自我牺牲的精神让我们看到了原始人群中最美的心灵,这是即将逝去的民俗最美的景观。

除了自然风景之外,还有各种各样与人相关的劳作风景,比如《白鹿原》《缱绻与决绝》中对耕作生活的描写,关仁山《白纸门》

---

❶ 付秀莹:《陌上》,北京:北京十月文艺出版社,2016年版,第17页。
❷ 迟子建:《额尔古纳河右岸》,北京:北京十月文艺出版社,2005年版,第17页。

第四章　拯救与再造：20世纪90年代以来乡土小说民俗书写蕴含的精神诉求

对海边渔猎生活的描述，红柯《生命树》中马来新种洋芋的农作民俗。在农事方面描写最多的是李锐的《太平风物——农具系列小说展览》，这部由16个故事组合起来的小说，介绍了各种如铁锹、扁担、耧车、石磨等农具，还反映了城市化背景下的诸多乡村问题，很多农具颇具标本的意味。在李锐看来，我们的文明并不只是往前发展的，在发展的同时，我们对于历史和知识的记忆也在不断锐减，这些古老的农具在今天还在被人们使用着，但是我们却不同程度地遗忘它们。

[第二节]

拯救民俗主体

高丙中在《中国人的生活世界：民俗学的路径》中提出"民俗学最靠近民众""民俗的主体是人"[1]等观点，民俗的鲜活力和创造性必须通过人这个主体才能够得到最大程度的发挥。在上文中指出，当下人与民俗的分裂趋势日益明显，无论是个体还是群体都在一边失去传统，一边找不到新传统的尴尬中游走，这与百年新文学一直强调"人"的启蒙，希望摆脱落后的民俗文化枷锁的书写传统有关，同时还与后现代思潮对主体的忽视有关。从世界范围内看，20世纪90年代以来随着一波又一波文化热潮的兴起，对民俗文化的热衷也导致了对生成、操演民俗事象的主体——"民"的不同程度的忽视。要知道人是文化的创造者，也是文化事象背后的主体，并构成民俗的真正主导者。无民之俗犹如无源之水，"民"一旦丢失，"俗"

---

[1] 高丙中：《中国人的生活世界：民俗学的路径》，《民俗研究》，2010年第1期。

第四章　拯救与再造：20世纪90年代以来乡土小说民俗书写蕴含的精神诉求

也就失去了落脚点。

一、借助异民族文化重塑人的生命力

美国解释人类学学者克利福德·格尔兹在《地方性知识》中提出人类学的研究必须突破西方文化中心观，而着力从本土性的角度审视文化知识系统，因为知识的主体不是普遍的而是极具差异性的，"它要求我们对知识的考察与其关注普遍的准则，不如着眼于如何形成知识的具体的情境条件。"❶每个民族的文化都与其心智、生命力存在着密切的关系，在此基础上形成的地方性知识是一个民族生存和发展的重要前提。20世纪90年代以来地方文化不断勃兴，对地方文化的认同也表现在了民俗书写中，一大批西部作家如郭雪波、范稳、石舒清、红柯、董立勃、刘亮程、马金莲等带给了我们不一样的乡土世界，在他们笔下各种奇异的民俗裹挟着完整的生命力，使我们看到了乡土文学勃兴的希望。

红柯笔下的西部民俗世界最为精彩，充斥着各种的歌谣舞蹈、神话传说、农牧节事等民俗元素，《大河》中那反复吟唱的骑手长调、《乌尔禾》中边地寂寞的牧羊生活、《生命树》中女天神的创世神话、

---

❶　盛晓明：《地方性知识的构造》，《哲学研究》，2000年第12期。

《少女萨吾尔登》中升华神性的蒙古族舞蹈……评价红柯的文学创作离不开神性一词,这种神性不是匍匐在某个神的脚下,而是从自我的自由意志以及原始生命力中迸发出来的与天地万物相交感的一种生命体验:《哈纳斯湖》中图瓦尔人与湖水、植物马精神相互交织的情景;《大河》中人与熊的那种如真似幻般的交往快乐,通过这种方式找到快乐和狂喜。红柯看到了当代人精神的衰落,他认为现代文明是扼杀人性和创造力的。《少女萨吾尔登》中,周健原本是一家建筑公司的职员,他在工地的疏忽导致被机器夺去了一条腿,从此成了残疾人,他一直处于郁郁寡欢的状态中,现代文明在这里有了一种扼杀生命的象征寓意。他的叔叔周志杰也是如此,进入大学前他是一个快乐地奔跑在草原上的自由生命,但是进入大学教书以后日益消沉。金花婶婶和周志杰的女友张海燕对男性都是不离不弃,纷纷跳起舞蹈引领他们走向新生活,女性通过跳蒙古族萨吾尔登的方式帮助男性复活自己的身体和精神,进而获得了一种神性升华。周健女友张海燕还唱起了《大月氏歌》:"在欢快的掌声与歌声中金花婶婶从张海燕的眼神中看到她与周健已经有了家园,有了安居之所,金花婶婶的眼睛就湿了,把张海燕搂在怀里左右俯仰着身子反复高唱这首催人泪下又让人感激不尽的古歌。"[1]民俗不是僵死的东西,而是我们祖辈情感和行为的累积,这里面有着最动感人心

---

[1] 红柯:《少女萨吾尔登》,北京:北京文艺出版社,2015年版,第343页。

第四章　拯救与再造：20世纪90年代以来乡土小说民俗书写蕴含的精神诉求

的力量和生命律动。红柯在书写这些民俗的时候并不仅仅将其当作一种"遗留物"一样加以观看，而是尽可能地去复活民俗诞生的那种场景，如演唱的时候，"在张海燕的歌声里大月氏人已经从伊犁河谷杀出一条血路，已经冲上西天山和南天山交界的无比壮美的托木尔峰汗腾格里峰冰达坂……他们满脸的兴奋和喜悦，没有恐惧没有仇恨没有愤怒，只有对上苍的感恩和敬畏。"❶这首《大月氏歌》是大月氏人血泪与欢喜的记录，是他们用生命所升华出来的一种韧性美，生命总是在不断克服挫折的过程中走向升华，既帮助他们摆脱了困难，也摆脱了俗世。演唱《大月氏歌》的时候所有人都被歌声中久久不息的力量打动，无论是身体的残疾，还是事业的受挫，都抛之脑后了，生命与豪情就这样被接通，民俗只有在当下被唱响、被复制才能够具有永恒的价值魅力。

民俗在本质上是一种旧习惯的重复和持续，红柯认为拯救人的重要方式便是接续古老的民俗文化。但是他认为原初的文化在现代文明的冲击下已经走样了，只有回溯到那些古老的未经文明侵蚀的地方才有可能。为此在《大河》中他不惜越过国境追溯哈萨克斯坦境内的东干人，他们那里仍然保存着比较完整的中华民族的文化和生活方式。东干人在几个世纪以前迁徙到了中亚，他们一直过着半农半牧的生活，仍然会生豆芽、做豆腐，也会做一些陕西人的饮食，"那

---

❶　红柯：《少女萨吾尔登》，北京：北京文艺出版社，2015年版，第342页。

些古老的传说和故事为语言的保存提供了保证,对中原对故乡陕西的怀念莫过于说书人,他们中那些记忆力好的老人,可以背下整本整本的《说岳全传》《隋唐演义》《杨家将》……说书人经常声泪俱下,陕西十大怪中最有名的秦腔唱吼起来,一声又一声炸雷般的吼声响彻辽阔的中亚大地。"❶显然这些古老的文化在中亚大地上继续持存着,民俗的持续为人保持了活力,东干人性格里仍然保留着属于陕西人的那种酷烈和豪迈。很明显红柯给予的方案是回归感性,他的新神话写作就是要重建人的感性审美观,他认为古老的生活中潜藏着我们失去已久的知觉,它与人的内在世界相关,虽然模糊,却足够装备我们的意识形态和价值判断。而且这种异民族文化的切入不仅是整体性的,更是独具个人性的,我们不仅要关心整体的"民",还要关注作为个体的"民",个体的民才是生命的原在。或许在红柯看来,现代文明沾染的乡土本身已经成为这种悖论的牺牲品,由一个死胡同走向另一个死胡同,我们已经失去了自由人格和能动性。我们表面上看是自由的,却根本上早已经不自由,边地少数民族那里认识上虽然是蒙昧的,但思维中却有着活跃的一面;他们的行动可能是不合规矩的,但是更有一种不被同化的凝聚力,这些在东部乡土中早已经被丢失遗弃了,这种缺失的稳固性是一般乡土书写中所匮乏的。

---

❶ 红柯:《大河》,上海:上海文艺出版社,2002年版,第217页。

第四章　拯救与再造：20世纪90年代以来乡土小说民俗书写蕴含的精神诉求

美国学者阿兰·邓蒂斯在《世界民俗学》中区分了民俗的内部因素和外部因素两个概念，指出一个集团民俗越虚弱，其中民俗的外部因素就越可能产生[1]。作家纷纷求助于异民族习俗文化重建乡土新景观的心理根源，可能正如赫尔曼·鲍辛格指出的那样："一般人感兴趣的要么是与他的日常生活范围实际相关、对他有影响的东西，要么是完全陌生的东西……异域风情很容易突然转变为神奇的东西——这不仅因为陌生的东西总有特殊的魔力，也因为它的其他现实性完全被解除，它被置入一个充满童话的、超感觉因素的范围之内。"[2] 20世纪90年代以来很多作家之所以表达对地方知识的认同，去求助于地方知识，是因为这些边地的民族民俗生活中有着吸引人的充满亮色的东西。现代人在现代文明的冲击下充满了吊诡的理性，看似是文明的，却也因此越来越变得充满偶然性，缺失了恒常性，在充满了选择、计算和规划的生活中走向疲倦。

---

[1] [美]阿兰·邓迪斯：《民俗解析》，户晓辉编译，桂林：广西师范大学出版社，2005年版，第64-68页。
[2] [德]赫尔曼·鲍辛格：《技术世界中的民间文化》，桂林：广西师范大学出版社，2014年版，第109-110页。

二、重建个人躯体和精神

　　民俗制约着人，民俗塑造了人，同样民俗也能够再次将个人的躯体和精神予以复活重建，这或许是很多作家在自己作品中所要表达的。在这方面，李锐的《扁担》最具有象征性。《扁担》是农村常用的运货工具，然而一根扁担却在李锐的小说中得到最大程度的运用。农村出身的金堂原本是一个有名的木匠，因为生活所迫只能到城里打工，但一次意外的车祸让他失去了双腿，他在城市里没人照顾，便想着寻找一种方式回到家里。他用尽了各种办法，终于找到了一节扁担绑在身上，再挂满各种的水和食物，"看着自己的发明，金堂一阵苦笑，他没有想到，这条跟着自己走遍四方的扁担，到头来竟然派了这样的用场，竟然变成了自己身体的一部分。"[1] 就这样历经千难万险，扁担帮助他回到了家乡，他也终于能够看到自己魂牵梦绕的故乡。一个被城市文明摧毁的身体，就这样又被传统文明给接续了起来，这种隐含的寓意是不证自明的。在李佩甫的《羊的门》中，也有借用民俗对个人身体还魂的类似描写。年轻时候的呼天成因为经常吃凉红薯落下了胃病，只要吃了凉的东西就会身体难受。但是在"破四旧"的时候，八圈给了他一本带图画的《达摩易筋经》，

---

[1] 李锐：《太平风物——农具系列小说展览》，北京：生活·读书·新知三联书店，2006年版，第93页。

第四章　拯救与再造：20世纪90年代以来乡土小说民俗书写蕴含的精神诉求

他开始还不以为然，但是练着练着发现并不是那么的离谱，而且在练习的过程中他发现不但能够吃凉东西了，甚至连自己以前经常干活累垮的腰也能够直起来了，自己的牙也获得了新生。在不断的练功生活中，呼天成认识到了平原上的人是"有活气的"，"有这一口气，人就立住了，没这一口气，人就完了。人活着，劳作是没有穷尽的，气也是没有穷尽的。大气叫大活，小气也有个小活，这口气实在是太要紧太要紧了。"❶在这个过程中我们能够比较鲜明地看到，呼天成的练功从身体获得了思想上的升华。虽然故事看似荒诞，却在事实上揭示了民俗文化对于个体更新的意义。

河南作家傅爱毛的作品中也有类似的表现，她笔下的人物往往都是带有某种生理残缺的，比如小说《天堂门》中做遗体整容师的端木玉，因为工作特殊加上生得并不怎么美丽，所以很难找到自己的爱情。在工作中遇到一个乡下来的"吹唢呐""做纸扎"的男人，但是这人却是又哑又瘸的，这两个人都构成了我们现实生活中所说的另类。但是男人却有其独特的交流方式，他善于吹唢呐，这样虽然不用嘴说话，却真正地打动了端木玉，"如同一棵闷哑了几十年的铁树，一夜之间便扑扑棱棱地孕出了千朵万朵美丽的花苞来，她生命的春天就这样突如其来、猝不及防地降临了。"❷很明显，唢呐这

---

❶ 李佩甫：《羊的门》，北京：作家出版社，2009年版，第171页。
❷ 傅爱毛：《天堂门》，《小说月报》，2008年第11期。

个民俗道具在这里起到了一种重塑个人主体的作用。作为一个残疾的人,也可以看作一个不稳固的主体,但是经过唢呐的帮助之后他拥有了自己的表达方式,补足了生理中缺失的东西,也拥有了爱情,拥有了一个正常人所拥有的东西,在生死的历练中更加懂得了生命和爱的含义。而且从这个故事看,她的工作本身就是与死者打交道,长时间的职业习惯也冷却了她的内心,使她感受不到温暖,然而她心中的温暖最终被点亮。

还有些作家从乡土民俗中汲取精神去完成个人的精神重生。"70后"作家徐则臣的《耶路撒冷》便是一部返归乡土的作品。徐则臣的早期作品主要是"京漂""花街",但是真正具有哲学底蕴的还是《耶路撒冷》。《耶路撒冷》以多线索并置的方式讲述了初平阳、舒袖、易长安、秦福小等人的成长史,但是最核心的部分还是秦奶奶与基督教的关系。初平阳无论在哪里都忘不了那句"耶路撒冷","从来没有哪个地方像耶路撒冷一样,在我对它一无所知时就追着我不放。"他们之所以一直抓着这句话不放,是因为这里面有一个自我救赎的问题,这种救赎并不是他们犯了什么错,而是源于景天赐自杀使他们归罪于自己,每个人都背负了心理的十字架。而他们总是回忆起秦奶奶在教堂里念《圣经》的场景:"秦环打开斜教堂的木板门,一个人进去,关上门,一个人待在里面:礼拜,祷告,阅读《圣经》,想象一尊神,枯坐,以及发呆;一个人的宗教。据你所知,她从未说过信仰这件事;据你的推测,秦环很可能都不会在

第四章　拯救与再造：20世纪90年代以来乡土小说民俗书写蕴含的精神诉求

内心里使用'信仰'这个庄严宏大的字眼。"❶很明显这是一个从侧面观察秦奶奶的故事，因为用了第二人称的叙事视角，让这种观察有了陌生化和对话的意味，这里面既有揣测还有羡慕，也交织着回忆的味道，希望回到的就是救赎本身，并有一种阔大而朦胧的隐秘力量。《耶路撒冷》是一代人的心灵史，这种心灵史是借助于对乡土世界的重新窥探完成的，回到乡土在这里起到了一种经验召唤和精神唤醒的作用，帮助这代人找到了失落已久的东西。"70后"心底一直存在着一个缺口，也产生了这样的一种困惑："过去是我们从未拥有的一种现实，只要能够把过去弄清楚，我们当下的困惑便会减少。正是这种逻辑催生了对过去的强迫性关注，以及许多令我们不解的事实。'70后'对'流动的缺口'的关注动因其实潜在于一种经验的纠缠，在这个历史缝隙中他们有一种混合的经验在里面，并不清晰，但是隐约可见，或者用福柯的话说是'一种阴影的可见性'，他们能够看到自己在那里，但是那里却没有记录他们，这导致了他们内在的困惑。"❷正是在他们对秦奶奶的回忆中暗含着与过去的连续性，在"回看"的过程中，他们找到了能够打通这种记忆脉络的东西，并将这种祖辈的信仰转移到了自己身上，实现了对传统的接续。

---

❶ 徐则臣：《耶路撒冷》，《长篇小说选刊》，2014年第5期。
❷ 刘文祥：《论"70后"作家的历史叙事及历史感》，《北京社会科学》，2017年第12期。

"70后"被一些批评家认为是"没有历史的一代",他们之所以受到批评更多是由于经验的断裂导致的,舒袖、易长安、杨杰一直在城市里飘荡,是因为他们心灵中存在着某个缺失的东西让他们难以真正成为完整意义上的"人",也正是这个原因,他们每个人都要不断地往回走,回溯到自己生长和记忆的故乡。

三、利用儿童进行重塑乡土

儿童的被发现是现代文学重要的主题,进入叙事的儿童很明显有了更为宽广的含义。纯真稚嫩的生命状态深深地吸引着每个人,乡土作家们也试图以纯洁的童心来净化乡土。20世纪90年代以来作家们普遍有着心理返乡的愿望,童年是很多作家心中深藏的珍贵记忆,利用儿童进行民俗主体的重铸有着这样现实的必要性,通过儿童来表现成为很多作家的共识。儿童的内在精神本身与民俗是相同的,儿童了解世界的方式更多是依靠天性和感觉,而不是经过理性选择的经验,儿童在与民俗的接触中共同完成了对乡土的重塑。如湘西作家彭学军的长篇小说《腰门》,由于父母都需要外出,六岁女孩沙吉被寄养在婆婆家,在那里过着自己的童年。在成长中她感受着湘西的独特风情,比如她睡的那个地方的吊脚楼,"我想起来了,是睡在卧房里,而卧房是悬在水面上的,靠水的那一边用几根粗粗的木头柱子撑着,让人觉得像是一排巨人背着房子站在水里。这就是吊

第四章　拯救与再造：20世纪90年代以来乡土小说民俗书写蕴含的精神诉求

脚楼。"❶此外"腰门"这个意象最具象征性，作者是这么介绍"腰门"的："首先是那两扇腰门——在高大的双开的木门前面有两个小小的门扇，比我高出许多，须站在小凳子上，才能将下巴搁在门框上。而腰门的高度正好是大门的一半，是因为这个就叫它'腰门'？"❷因为高度一般到成人的腰际，所以取名腰门，从这个意义上腰门是一个成人的衡量标准。小沙吉每天在这里进进出出，认识了许许多多的人与自然意象，比如小大人、不会说话的水。而且在小说中每当年少的沙吉感受到痛苦的时候，腰门就出现了，腰门也意味着心灵的开合，"腰门"成为一处窥探成长的窗户，沙吉从这里进进出出，一直到她的童年结束。"腰门"意味着陪伴她成长，启蒙她的一种元素。此外，还有迟子建的《北极村童话》，背景上和《腰门》有相似之处。七岁的小女孩灯子被送到了姥姥家，在农村的姥姥家，她感受到了生活的快乐，她能够和一些小动物打交道，也能够听姥姥讲一些神奇的民间故事，天真无邪地生活着。但是有一天"我"突然发现隔壁有一个苏联老奶奶，孤独地与狗为伴儿，于是"我"的同情心被唤醒了，经常去看望老奶奶，与老奶奶一起体会中国的民俗，比如学习剪纸画，做面人，让孤独的老奶奶在去世前感受到了世界的温存和美好。

---

❶ 彭学军：《腰门》，南昌：二十一世纪出版社，2008年版，第11页。
❷ 彭学军：《腰门》，南昌：二十一世纪出版社，2008年版，第11页。

儿童的视角赋予乡土民俗以干净整洁的特质，这种生活里有一种单纯性和柔软性，这些不似成人笔下那样的泾渭分明，儿童视角的切入往往带有成长的意味。温亚军的《成人礼》，写的是男人和女人给儿子行割礼的仪式，女人始终对儿子的这场成人仪式不放心，男人却一直不闻不问，甚至还训斥了女人和儿子，对儿子过度依赖的情况进行抱怨。在儿子被伍师达艰难地完成仪式之后，痛苦不堪，女人看了心疼不已，本来女人还想搂着儿子一起睡的，但是按照习惯，行完割礼的孩子就是成人了，就不能再和母亲睡在一起了，于是女人只好作罢。女人醒来却发现，一整夜都是男人抱着儿子睡的。这个仪式形象化地揭示了民俗的更生问题，成人礼意味着与过去的一种告别，意味着自己必须丢弃自己的某些属于过去的部分，这里面有创痛也有依恋，但是儿童最终脱胎于民俗获得了成长。而且本来是儿子的一个成人礼却始终被父亲和母亲牵挂着，民俗主体的革新始终离不开对传统的依赖，传统也会不断地以各种方式给予民俗主体一个新的塑形。

最具代表性的是郭文斌的《农历》，其主角是五月和六月两个儿童。他们天真无邪，生活于一个传统式的家庭，父亲是当地有名的、人人尊敬的"大先生"，精通佛学、道家之术，能够帮村民算日子、主持各种皮影戏、节庆等民俗生活。整个文本充满了对传统生活及价值观的认可，比如小年中，爹非常虔诚地送灶神、念祭文，过年还要给全村人用毛笔写对联。六月和七月耳濡目染，既能够背《剃度偈》《太上感应篇》《弟子规》，还能够印上坟的纸钱，送寒衣。

第四章　拯救与再造：20世纪90年代以来乡土小说民俗书写蕴含的精神诉求

按照一般的理解，我们会觉得这里面充斥着迷信色彩，但是儿童视角的切入使这些民俗活动不再那么神秘，这种民俗生活中充满着对现代文明的反思。比如"龙节"这一章中有一段母亲和六月的对话：

"你们现在亲眼看到了打扫锅底上的灰痂是多么费劲吧，但你们肯定不知道打扫人心上的灰痂更加费劲呢。"

"人心上咋能结灰痂呢？"

"私心就是人心上的灰痂啊。"

六月想，私心就是私心嘛，怎么能是灰痂呢？

"和上古比起来，现在人的私心越来越重了，你奶奶说，终有一天，人的心会变得比锅底还黑，那时候就是天收人的时候了。"❶

儿童视角的合理性在于：它是未经经验浸染的东西，能够天然地质疑一切民俗的合理性，用一种窥探者的眼光去打量远远超出他们理解能力的东西。文中类似的地方非常多，比如六月对牛郎织女故事的追问，对《目连救母》中善恶报应的思考，对佛祖的质疑等，通过儿童的这些追问和质疑我们看到了民间那种朴素又混沌的思维方式。民俗的来源和优劣并不能够自我证明，而长时间以来现代文

---

❶ 郭文斌：《农历》，上海：上海文艺出版社，2011年版，第59页。

学对民俗的理解往往是极端化的，陷入单纯批判和单纯美化的误区。在《农历》中以儿童的视角对民俗进行了追问，这种民俗同时又反作用于儿童，共同完成了民俗的去标签化，民俗也就拥有了某种新生的意味。民俗常常被视为落后和无用，而通过对儿童主体的重塑，张扬了民俗的人本学价值。

[第三节]

重建乡土秩序

拯救乡土的核心便是要重建一种秩序,秩序意味着一种规律性,从格式塔心理学的角度讲,每个人都倾向于使残缺的东西变为已知的、完整的东西,一旦出现了各种的偏差、无规律,人便会本能地关注偏差、纠正偏差,以便继续获得各种认同。20世纪90年代以来乡土社会弥散的力度不断加大,这种叠加效应也普遍影响了作家的心理,乡土书写最大的困惑是如何从没有秩序的世界中找到一条脉络清晰的线索,找到那种确定性的东西,但是在这个努力过程中,很多作家都是失效的。历史的坚硬外壳,时代的表象魅影,遮蔽了乡土多向性的审美意蕴,乡土内在精神的丰厚性很难被有效地开掘,一种秩序的失落感浮现于每个人的心头。阿兰·邓迪思认为收集民俗、编排民俗本身就体现了一种整理秩序的渴望,望乡和寻乡的过程便是对秩序感的寻找,在这个过程中民俗恰恰是完成这一目标的有效方式,也是拯救乡土最迫切的选择。

一、对乡土时间秩序的建构

时间被人们赋予结构性意义，而文学与时间存在着密切的关系。在乡土社会里，中国人的时间意识既朦胧又清晰。说清晰，是因为从上古开始，中国人就依靠天气、时令、土地等形成了独有的时间体验方式，在面对自然世界的过程中不断地强化这种思维方式，比如《诗经》中的"七月流火，九月授衣""九月筑场圃，十月纳禾稼"。《小雅·采薇》中的"薇亦作止""薇亦刚止"，则是利用植物的生长周期来感知和度量时间。说朦胧，是因为农业文明下的时间观一直缺乏一种历史感，历史感是人对历史发展的认识和意义的探求，也是人在精神结构中对过去的一种认识、领会。孙惠芬在《上塘书》里就这样表达乡土人的时间观的："上塘人讲究阴历，是跟二十四节气有关的。庄户人家，你只要把握了二十四节气，也就把握了日子的脉搏，春分、谷雨、清明、立夏、秋分、白露、霜降、大雪，每个节气都有每个节气的活路。人们被节气指引在院子里、大街上、旱田水田里，是无往不前无怨无悔的。"[1]农业社会中春秋代序、日月交替，循环时观和阴阳时观决定着人的生活节奏，并一直保存到了现代，所以乡土世界里的时间观也碰触了中国哲学中"永恒""和

---

[1] 孙惠芬：《上塘书》，北京：作家出版社，2010年版，第217页。

第四章　拯救与再造：20世纪90年代以来乡土小说民俗书写蕴含的精神诉求

谐""有序"的核心思想，这样的历史认识论中包含了"天不变，道亦不变"的循环论观点，在对历史和过去的认识中，只有对既定结论的承认，却缺乏对过往时间的思辨。晚清和五四之后，西方的历史主义进入中国，中国人的时间意识才开始真正觉醒，朴素本然的时间观被遗弃。但是随着文明弊病的彰显，人们在时间中被驱赶，离乡之后的人感受不到以往农业文明下的时序感和秩序感，也会间接导致各种精神维度的混乱。时序错乱是乡土世界里的人不能忍受的，所以很多作家纷纷利用民俗来拯救乡土时间，重树一种乡土时间秩序。

　　比如枣庄作家叶炜的"乡土三部曲"中的《福地》就是代表。《福地》中的叙事时间在运用上非常有特色，全书用干支纪年法的"辛亥卷""丙子卷"等题目做标题，以此囊括麻庄历史时段中的林林总总。但是在每一卷中又使用"子时""戌时""辰时"等时间标度进行切片式的展现，围绕一个场景和画面进行故事呈现。首先，对历史循环周转的认识。叶炜从多个角度揭示了麻庄往复的命运，呈现为一种循环性。《福地》是用六十甲子做每一卷的题目，从辛亥卷开始，到丙子卷结束，中间跨度80多年。六十甲子是中国的传统纪年法，每60年一个轮回，起点也是终点，终点也是起点，这种方式表达了中国古人对历史变化的认识。麻庄的故事从辛亥卷开始，这是一个历史的新纪元，在这一年万仁义的几个儿女出生，他给几个儿女分别取名为福禄寿喜，青皮道长从一开始就预言这几个儿女会天各一方。随着麻庄与时代的发展融为一体，4个子女先后都走向了各自的命运历程：老大万福成为一名翻译，并投身日伪阵营；老二万禄成为国民党军官，最终奔走台湾；老三万寿投身共产党，后来成为当地的政府要员；万喜先成为土匪，最终遁入空门。几个儿女在抗战中先各为其主，抗战结束，又再次分别，在最后一卷中终于聚齐，结尾的时候万禄做的梦也很有特色："万禄想告诉万喜，昨天夜里自己做了一个梦，梦到他们回到了绣香的肚子里，兄妹4个挤在一起，你踢腿，他伸手，相互挤压着……梦的最后，是他们兄妹4人都挤在绣香的怀里，像小猪一样轮番吃着香喷喷的奶。"[1] 从几兄妹出生到最后的梦，以及最终的叶落归根，都映射出强烈的历史循环论，也昭示着生于乡土，最终老于乡土的命运轮回。

　　此外还有郭文斌的《农历》，作品全部以节日作为章节的题目，比如元宵、干节、龙节、七巧、中元、上九等，通过这种强化叙事顺序的方式来构造一个时间链条。大量的聚集时间专有名词，其实也就意味着一种封闭性的开启，在这个家庭中人们认认真真过着每个节日，神话传说、赛会表演、祭祀饮食得到了一一展现，其中还充斥着佛教的各种经条戒律，甚至不乏一些占卜算卦等民间习俗，弥漫着浓厚的传统文化气息。全书通过不间断的节日书写，构造了一个能够被我们清晰地意识到的结构，也表达了对乡土文化弥合、拒绝被现代时间撕扯的诉求。这种书写的背后其实还有一种深层的

---

[1] 叶炜：《福地》，青岛：青岛出版社，2015年版，第562页。

第四章 拯救与再造：20世纪90年代以来乡土小说民俗书写蕴含的精神诉求

历史思维，中国有着悠久的编年体传统，甚至具体到日和时，这反映了国人绵密的思维与精神结构。这种结构有一种稳定性，也有效地再现了过去与现在的历史关系。此外还有付秀莹的新作《陌上》，她独特的女性气质让文字极具可读性，各种人情世故、家长里短、观念变迁都被融入其中。但是仔细读下去我们也会发现，其实她的整体框架还是通过时间和季节来建构的，开篇作者就不厌其烦地介绍每个季节芳村人的民俗和生活习惯，在正文中继续沿着这个思路，通过时间序列赋予乡土生活一种意义结构，从而使乡土成为有形的、完整的、能够把握的。

二、对民俗仪式链的重建

重整乡土秩序还包括对民俗本身的归附。20世纪90年代以来的乡土小说民俗叙事如同散落一地的碎片，一些作家既无意识去打捞这些碎片，同时也无心力去收拾整理，这些本身反映了乡土叙事的困境。但是还有一些作家迎难而上，主动修复民俗，接续民俗，其中很重要的一种方式就是对民俗链进行表现。民俗链是若干民俗连接起来的一连串的民俗组合关系，民俗链的重整再造深刻地折射了作家对乡土完整性的依赖。这在刘庆邦笔下的小说中得到了一定程度的展现。中国的婚礼自古就属于礼制的一部分，婚礼被看作整个礼制的基础，所以也制定各种繁复的婚姻礼节，在中国民间一般的婚姻流程都包括相亲、订婚、结婚、回门等环节，而这些在刘庆邦笔下都得到了详细的体现。比如《红围巾》《不定嫁给谁》写农村女性在恋爱之前相亲的新风俗，很多女性都是非常腼腆的，凸显了农村青年男女的纯真善良；相亲成功之后便是定亲的仪式了，需要男方送出一定的礼金或者是礼物，小说《鞋》中便是送出了灯草绒、蓝卡其、月白府绸、大方巾等；结婚仪式是整个仪式中最为庄重的，在刘庆邦的豫东家乡中都有"添箱"的习俗，《赴宴》中就集中体现了这一点；另外其他的《走新客》《摸鱼儿》等还详细描写了当地迎接礼宾、闹洞房、听房的民俗，充满着浓浓的乡村情趣；结婚之后便需要回门，小说《回门》便是写大姐和姐夫大年初二去拜访娘家人的故事。很明显我们能够发现，刘庆邦的这种婚礼叙事形成了一个完整的"民俗链"，这个链条是非常完整的，显现出了一种比较完整的秩序感。这种串接民俗链的方式显然是对20世纪90年代以来民俗描写中那种破碎化的乡土民俗的一种拒绝，集中表现了对乡土民俗生活完整性的一种认识。再如李锐的"农具系列小说"也是对乡土农事生活链的一种再书写。虽然从题目上看都是写镰刀、耧车、扁担、铁锹等农具，但是基本上辐射了整个乡土农事生活的方方面面，如《耧车》中的播种、《袴镰》中对夏收生活的描述、《连枷》中收获后的脱粒。此外还有《青石碨》中的磨豆腐、《铁锹》中的民间说唱艺术等，这些农具的集中出现是对乡土记忆的一种传承，也是对我们忘记农业文明的一种警示。山东作家叶炜的"乡土三部曲"致力于全景式地展现鲁南民俗的林林总总，其叙事中能够

第四章　拯救与再造：20世纪90年代以来乡土小说民俗书写蕴含的精神诉求

看到大段大段的民俗描写，为了民俗甚至不惜中断历史叙事，体现出了构建乡土社会景观的整体性诉求，这是在当代作家以及"70后"作家中非常少见的。比如《福地》中关于老万丧葬的描写："灵堂设在堂屋中间，燃'长明灯'，摆上'打狗饼'，盛'倒头饭'，立'影身草'，灵前放着'老盆'，孝男孝女举了丧、烧了纸钱、喊了路。老万的棺木用的是上等木料，棺材板足有六寸厚，这个厚度做成的棺材叫'天地六'。"❶再写万春出嫁："搁往常，被褥要放在桌子上，四角穿好红绿花生，木箱内按嫁女岁数放馒头，一岁一个，四角各放一个大的，当中放一个最大的，此后再掐三大掐一十礼丰厚，再放一碗'宽心面'。桌子、箱子、抬盒各放点心、衣服、灯盆、化妆品等。'填箱'要用灯一照一照，以示明亮吉祥。舅父母、姑、姨、婶子、父母都要给嫁女钱，称'压腰钱'。"❷

20世纪90年代以来乡土文学最重要的收获便是《白鹿原》，而《白鹿原》历史地位的获得并不仅仅因为其超阶级的历史意识，变换多姿的叙事手法，更因为它建构了一种充满秩序感的乡土民俗生活景观。《白鹿原》中充满了各种"建设"的场景和仪式，如修学堂、整祠堂、续族谱、建镇妖塔，此外还有农耕、婚礼、葬礼、祭祀、认祖等活动集中体现了乡土生活的规律性，通过儒家文化书写赋予

---

❶　叶炜：《福地》，青岛：青岛出版社，2015年版，第553页。
❷　叶炜：《福地》，青岛：青岛出版社，2015年版，第428页。

乡土一种内在定力。这种定力还表现为对潜在破坏秩序的战胜、克服，比如象征外部干扰的兵匪、战乱，象征贪欲的鸦片、乱伦，象征自然不可抗力的灾荒、瘟疫，在这些干扰因素面前，白鹿村都能坚强地挺立着，既能够向下碰触那些不为民间伦理容纳的蝇营狗苟，还有一种形而上的内在超越性，穿梭期间的神性元素也为之锦上添花。其揭示了乡土文化自身的平衡和生产系统，也弥补了20世纪90年代以来人们普遍缺失的恋乡心理。

三、对乡土共同体的凝聚

城镇化的脚步导致了村庄的消失，村民之间的分化、村落边界的消失，也间接导致了乡土共同体的破灭，这种处境如同汉娜·阿伦特在《人的条件》中说的那样，"一群人失去了对世界的共同兴趣、并不再感到被这个世界联系起来"[1]。共同体在滕尼斯和涂尔干等人的眼中，更多还是一种社会关系，可以与不同的实体结合而形成不同的表现形式，但是无论如何共同体都会表现出明确的边界和认同。不同作家以各种方式重建一种共同体或者"熟人社会"。刘玉堂的

---

[1] 杨晓东：《汉娜·阿伦特"公共领域"视阈中的生活世界》，《中国社会科学》，2014年第5期。

第四章　拯救与再造：20世纪90年代以来乡土小说民俗书写蕴含的精神诉求

《乡村温柔》表现出了对其乐融融的乡村共同体生活的沉醉和迷恋。乡村是温柔的，首先表现在伦理道德上的温柔，虽然乡土社会比都市社会表现得更加保守，但是在道德准则上又是充满了弹性的，作家一方面善于用道德评价，表现为对行为的约束，但是另一方面又善于用自然法进行弥合和调节，表现出对情感和欲望的尊重。在他的作品中很难看到恶的影子，每个人都充满着生动活泼的人性美，即使"我"经常说一些不礼貌的语言或者做一些不拘一格的事，但是在一些大是大非上，与周莹谈恋爱上，主人公完全不受那些清规戒律和道德伦理的束缚，大胆表现自己的欲望和情感。即使在极左的年代里也能够看到其乐融融的一面。比如鲁同志下乡过年，村里人纷纷来看望：

"这边厢，鲁同志也问刘日庆，一下子拥来这么多人，是您预先布置的吧？

刘日庆说，哪里是我布置的，自动的呗！

鲁同志说，这里兴年三十晚上吃了饺子就拜年？

刘日庆说，都怕拜到别人后边去了，就都往前赶。

鲁同志就感慨地说，过去说是君子之交淡如水，可沂蒙山人的交往却是浓如血呀！"❶

---

❶ 刘玉堂：《乡村温柔》，北京：作家出版社，1998年版，第227页。

在刘玉堂这里很少能够看到人与人、人与历史的冲突，所有矛盾都可以被道德所化解，这也是其乡村之所以表现出温柔敦厚色彩的根本原因。

乡土世界本身既是浑融的又是自由的，乡村共同体也有政治的原因，很多作家利用各种方式恢复乡土的自由生活。比如张炜的《九月寓言》中第四章是金祥忆苦，这种群众式的动员在很多反思土改和"文化大革命"的作品中都能看到，主要是为了表达对旧社会的仇恨和对新社会的认可。金祥忆苦中的很多主题都是对旧社会的厌恶，但是仔细看其实从头到尾都是一种民间的生活方式。这种忆苦不是政治的外在要求，而是民间自发的。村里人在漫漫冬夜里闲来无事，都会聚集到金祥家里。他这种露天演讲引来了本村人的关注，之所以吸引人，本身主要是民间经验在起作用。在那个年代里很多人都经历过类似的苦难，在忆苦中相互争吵起来，也有的人愤慨和哭泣，金祥的演讲起到了一种宣泄作用，并在群体的宣泄中找到归属感——一种民间认同的渴望。金祥的"忆苦"有一种说书人的艺术效果，他一边讲一边吃，甚至还会与群众进行对话。所以我们可以看到，在极端的年代里民间仍然保存了自身的娱乐方式，这种生活方式本身就是乡土社会具有的。"忆苦"本身又借助了民间故事，也是对民俗的征用。他讲的故事中的女娃原来是母猴变来的，然而村里人并不觉得奇怪荒诞，这是原本的农村人的思维方式。本雅明在《讲故事的人》中提到了故事的意义，"故事"流传于农业时代的商人和农夫那里，听故事就是一种对当下和时间的忘却，通过忆苦起到了凝聚的作用。

第四章　拯救与再造：20世纪90年代以来乡土小说民俗书写蕴含的精神诉求

《檀香刑》中也有对乡土共同体的书写。作为抗德并维护乡民利益的孙丙被德国人处以檀香刑的惩罚，而孙丙坦然地上台，忍受巨大痛苦唱着猫腔，直到临死他的意志都没有屈服，因为他有着强大的民间支持，他代表了民间社会对暴力惩罚的胜利——国家掌握了舞台，而民间代表孙丙则掌握了意志，这就是孙丙获胜的秘密法则。这场仪式并没有震慑到观众，观众反而产生了同情心，凝结了民间共同体。社会心理学家戈夫曼在《日常生活中的自我呈现》中提出，所有人在日常生活中都在不间断地依据处境进行表演，表演的区域分为前台与后台。❶这样看来，赵甲对孙丙实施的檀香刑这个行动序列是这场仪式的表演前台，所有的观众和围观者都处于后台，但是在最后的关键时刻，百姓"不由自主地涌向沙滩一样拥到了升天台周围"，他们听着孙丙沙哑的喉咙，看着他血肉模糊的身体，来给歌唱者帮腔补调，"这一腔既是情动于中的喊叫，但也暗合了猫腔的大悲调，与台上孙丙的沙哑歌唱、台下众百姓的'咪呜'帮腔，构成了一个小小的高潮。"❷这就形成了一个前后台的反转，本来看戏的群众成了主角，施刑的赵甲父子反而成了旁观者，这样代表国家政权与权威的赵甲其实已经被逼出了这场仪式的中心，这就是民间共同体的胜利。

---

❶ ［美］欧文·戈夫曼：《日常生活中的自我呈现》，冯钢译，北京：北京大学出版社，2016年版。
❷ 莫言：《檀香刑》，上海：上海文艺出版社，2012年版，第384页。

[第四节]

修复乡土伦理

乡土伦理文化是乡土民俗的精神之维,农业社会中自给自足的生产方式使乡土形成了相对闭塞、稳定的文化观。乡土伦理文化的价值不仅在于它的规范秩序性,更在于它的时间性和情感性。当下乡土社会正在从生存理性过渡到经济理性,从伦理本位过渡到利益本位,并带来了各种混乱,很多作家也表现出了多重的焦虑,纷纷试图修复这种漏洞。在此,我们主要从乡土心理认同的重建、伦理道德规范的重建、乡土精神信仰的重建等几个方面来展开讨论。

一、乡土心理认同的重建

认同感是人的一种心理状态,也是人的一种本能,一个人失去了传统的屏障之后就会陷入认同的危机。20世纪90年代以来乡土社会的本体安全问题受到关注,在存在性焦虑的逼迫下,乡土书写中

第四章　拯救与再造：20世纪90年代以来乡土小说民俗书写蕴含的精神诉求

也在不断地寻找认同，去重新反刍乡土中所剩不多的生活和民俗资源，找到自身的所属。比如田耳的《衣钵》，就是一篇寓意十分丰富的小说。读中文系的李可因为无法像同学那样通过关系找到好的实习单位，只能回乡跟着做道士的父亲进行"实习"。在他眼里的父亲，无论从观念到行动都是愚昧的，只会利用一些瞒和骗的手段维持别人对自己的神秘感，"父亲口中的那个看不见的世界与李可在学校里知道的那一切总是完全相悖。他清楚书本上的白纸黑字是更值得信赖的，那是无数人世代努力得到的客观事实，而父亲对世界的认识总是脆弱得经不起推敲，父亲说什么，从来就不打算为自己所说的拿出证据。"[1]完成了入行仪式的李可突然遭遇了父亲的死亡，这时候无奈的李可只能一会儿当孝子，一会儿当道士，完成了父亲的葬礼仪式。在这场仪式中，李可慢慢地认可了父亲以前说的话："这个世界上每一秒钟都在死人。""逐一地死，一个接一个，不能停下来。"在慢慢的思考中，他终于明白父亲的职业生活中其实有一种乐观和豁达，父亲所认识的世界都是来源于最基础的乡村经验，这赋予了父亲一种安稳的气质。在以往的时候他渴望出去看看世界，希望走出封闭的村庄，他也打算实习完之后继续回到城市。然而在给父亲做的法事中他明白了父亲的不易，父亲唱丧歌唱了几十年，让人心酸落泪，这本身就属不易。最后，"他看一看眼底晦

---

[1] 田耳：《衣钵》，《收获》，2005年第3期。

暗之中的村子，他看见或者听见母亲是在一个很熟悉的地方一声声喊他，他正要走向那里。"❶可以说李可身上体现了乡土和城市两种经验和生活方式的角逐，通过一场仪式真正让李可重新发现了乡村，以前的他于乡村总是存在着隔膜。那句不断出现的"相信父亲"也意味着他终于理解了这里的喜怒哀乐和生活方式，以及他们为什么需要父亲，乡土经验最终战胜了城市经验。借助父亲之死完成了成人礼的李可也有着这样的象喻——乡土经验可以断裂，但又是可以不断被复活的。所以从这个意义上，小说才会被命名为《衣钵》。

马金莲的新作《马兰花开》也是一部表达乡土认同的作品。故事中的马兰生活于一个贫困的家庭，父亲是一个赌徒，将马兰和弟弟的学费都给败光了，为了更好地维持这个家庭的生存，马兰只能嫁入李家。从主题上看似乎又回到了现代文学中那种"卖身救父"的老套路，但是故事并没有由此而展开。李家是一个大家庭，婆婆、妯娌关系复杂，马兰在李家慢慢地学会了怎么烧炕、怎么做饭，尤其重要的是她微妙地处理了与婆婆的关系，她对婆婆和公公的态度不像两个嫂子一样以对抗的方式展开，而是慢慢从婆婆身上发现能够供自己学习的优点。《马兰花开》中的乡土世界也是分裂的，李家原本是当地种粮大户，但是收入却一年不如一年，李家男丁需要出去打工补贴家用。尤其是结尾的时候，李家的大家长，也即马兰的公公去世，

---

❶ 田耳：《衣钵》，《收获》，2005年第3期。

第四章　拯救与再造：20世纪90年代以来乡土小说民俗书写蕴含的精神诉求

大家庭分崩离析，长辈主导家庭的时代已经过去。但是马兰却凭借着自己的养鸡场开始主导这个家庭。她从一个少不更事的少女变成了一个大家庭的掌控者，从这个角度理解的话，《马兰花开》也是一种对乡土世界的重建，这种乡土的重建是孕育在无声的耕作和伦理生活中的，全文都是以马兰的视角展开的。马兰一辈子没有离开乡村，这个世界是封闭的，她在这里耕作，在这里生儿育女，操持日常家务。城市对于马兰来说永远是一个陌生的词语，马兰在这里经历了生生死死，始终蛰伏于乡土之上，这种重建表现出了对乡土极大的热爱。

对乡土的认同并不只是要生活于乡土之上，而是能够借由乡土而展开自我的灵魂反思，深深地爱上这片土地，《猎原》中孟八爷的行为就是这样的代表。在《大漠祭》中他是一个骁勇的老猎手，他熟知各种猎物的野性，但是在《猎原》中他却突然金盆洗手，即使有很多打狼的本领却也不愿意再继续与动物为难，他用尽力气去救奄奄一息的白鹿，还劝打猎的张五"心正了，本事就正了"。他生活在这片充满灵性的土地上，眼看世界一日不如一日："沧桑里看世界，就灰蒙蒙了。有关死的联想，老丝丝络络地萦在心里，总是别扭。猪肚井因之变了：那大漠，灰黄中透出颓败之气；几间房子，也小出穷酸相来；纷乱的蹄印与沙相混合的粪便、被生出扯得到处都是的柴草，都进了他的心。"❶孟八爷眼看自己生存的土地日益没

---

❶ 雪漠：《猎原》，北京：中央编译出版社，2014年版，第344页。

落，他不禁悲伤起来。这些举动不完全是来自公安机关的劝解，也不是外界宣扬的环保意识，其实是沙漠激活了他的心灵，引起了他的灵魂反思，"造了几十年孽，晚年才知道，自己竟是凶手。可还有多少人迷着呢，还在狠劲举了锄，挖自己的墓坑哩。叫他们也明白，显然更重要。一人金盆洗手，不如百人洗心。"❶他从前以为，生活在这里打猎就是他的本分，只有这样才能够繁衍生息。而现在他终于意识到，自己的土地到底是什么，我们到底该如何去生存，这是经过否定之否定后对自己生活的深刻认识。

二、对伦理道德规范的重建

乡土伦理道德也是民俗的重要一维，以往乡土社会在处理问题上非常依赖于道德，道德能够帮助调谐社会关系、净化人性欲望，让乡土保持"有底线的竞争"，也呈现出其乐融融的社会氛围。20世纪90年代以来，随着时代的发展，乡土社会道德日益滑坡，出现了众多的伦理乱象，很多作家纷纷求助于儒家伦理的建设作用。这在赵德发笔下得到了充分的展现，如《天理暨人欲》中村民哄抢洗劫路边翻车里的电饭锅，《缱绻与决绝》中羊丫的饭店为了盈利而

---

❶ 雪漠：《猎原》，北京：十月文艺出版社，2003年版，第36页。

第四章 拯救与再造：20世纪90年代以来乡土小说民俗书写蕴含的精神诉求

收容卖淫妇女，《青烟或白雾》中支明禄和吕中贞等人对权力充满迷恋，为了权力可以奋不顾身，这些显然都是作家要批判的，而如何拯救世道人心，作者也陷入了深深的思考。《缱绻与决绝》中作者给出的方案显然是重回儒家的道德伦理，许正芝乐善好施、不计钱财，在律条村建立了一个民风淳朴的道德王国，虽然有过于迂腐的意味，但是律条村人一个个走向迷途的时候，许景行不禁忧心忡忡。当律条村重新发掘出老一代族长们订立的村约和祖训的时候，作者又再次发出感叹，表达了对这种文化的认同，可见赵德发本身对道德社会的建构发展是以一种批判与留恋的姿态面对的。另一位山东作家刘玉堂也对此展开了讨论，《乡村温柔》涉及一种无私奉献的伦理精神，出身穷苦的农民企业家牟葛彰，也就是故事中的"我"历尽千辛万苦终于创业成功，并将总价值六百多万元的陶瓷厂献给了国家，"我"以自述的方式表达了希望带领全村人致富的愿望，将金钱奉献给集体，而不是一味贪图个人享受的故事，体现了一种对道德纯净化的追求，也是作者对当下社会价值混乱的一种出路思考。

《白鹿原》也表现了对儒家伦理道德的渴望。白鹿村和律条村一样是儒家伦理的忠实践行者，是一个"仁义村"。族长白嘉轩乐善好施，教化子女，友爱长工邻里，即使对黑娃和白孝文这样的反叛者也一样能够重新审视接纳。关中大儒朱先生洁身自好，危难之际挺身而出，又能够充满仁爱正义，通过《乡约》传递着儒家道德伦理。对于那些真正祸害相邻，严重违背伦常的行为，都是严惩不贷的。此外，其他的作品一样表达了对儒家文化的认可，如叶炜《福地》中的乡绅老万，万仁义从名字上看便是汲取齐鲁厚重文化之意，他有情有义，忠厚持家，从不欺辱他人。在遭遇匪患的时候，他出资组建了民团；在日寇入侵的时候，他又宣讲大义，无偿支持减租减息；在三年灾荒期间，他将自己的救命粮分给挨饿的乡亲，号召乡亲们打井抗灾。万仁义的品质具有儒家传统的重义轻利特征，他始终牢记父亲临终前的遗言："忠厚传家远，诗书继世长；人敬我一尺，我敬人一丈。"可以说，万仁义的个性是传统乡绅文化中优良品格的体现，他以及他所代表的文化，是麻庄多年安稳与超然的重要依托。

  乡土伦理不仅仅是一种束缚，其实在很大程度上还能够提供一种生活韧性和自由意志。张宇的《乡村情感》表现了对城市文明的绝望之感，"我"在开头就表现出了对城市的厌弃，在城市"我"需要夹起尾巴来做人，端起笑脸来面对众人，又要努力做出愿意接受同化的样子，而心里却是想念着乡村那温暖的黄土泥屋以及和风吹过的山坡。"我常常有一种感觉，总会有那么一天，城里人把我看够玩能了，就会把我赶出去。那时候我就回到乡下去，肩起犁拐掂掂舣辣子，打着牛屁股，去翻起父亲们翻过的泥土。每逢集日掂半篮鸡蛋到街里去换回盐和火柴。养一棵桐树，将来给自己打棺材。"[1]这里颇似陶渊明那种"守拙归园田"的豁达感，因为"我"在参与

---

[1] 张宇：《乡村情感》，《人民文学》，1990年第5期。

第四章　拯救与再造：20世纪90年代以来乡土小说民俗书写蕴含的精神诉求

城市文明的过程中仅仅获得了物质上的收获，却要永远地丢失心灵上的归属和人格上的自由。乡村的情感本质上是一种没有束缚的自由，小说还追溯了爹和麦生伯的故事，他们都放弃了城市里的高官厚禄，自觉地回到了故乡，在故乡里没有那些繁文缛节，没有各种的言论禁忌，只有最为朴实的邻里关系，甚至连死都能够保持一种快意，"癌也没啥了不起，又不是翻人家墙头偷人家大闺女小媳妇，害病不丢人。"❶这看似是一种精神胜利法，却并没有现代城市人对死亡的恐惧，也折射了乡土人那种在不断面对苦难中磨炼出来的韧性，勇往直前的生活态度。这种生活态度在孩子们的婚礼中更是表现得淋漓尽致，两个家族为了完成麦生伯的心愿，不惜"动了老礼"，这是乡村最为盛大的婚礼，迎亲的队伍走出村好几里，接着秀姑下厨做面，两位老族长相互敬礼，麦生伯交代遗嘱，让每个参与的人都唏嘘感叹。这样儿子的孝顺，儿媳妇的亲和，朋友间的关怀，老木匠的友爱，老族长的慈悲沟通构成了和谐的乡土氛围。

范小青的《赤脚医生万泉和》也是对乡土伦理进行书写的一部作品，故事中的万泉和自幼就存在着某种生理的缺陷，在大生产化的时代显然无法从事体力和一般的脑力活动，家里人守口如瓶，试图给他谋点职业，而他只能找一些相对简单的岗位，于是赤脚医生就成了他的宿命。由于他本身职业能力有限，加上又存在着天生的

---

❶　张宇：《乡村情感》，《人民文学》，1990年第5期。

残疾,所以在行医中自然会遇到很多的麻烦,比如碰到自己不了解的紧急病症,一些难以回答的常识问题,他用尽了各种拖延、逃避等方式,甚至也治病治死了人,他都能够坚强地挺立着。之所以出现这样的情况,很大程度上因为他是一个道德善良的人,他能够忍受别人带来的屈辱和责难,同时他也是一个非常宽容的人,不歧视那些残疾人,收留他们,即使自己的恋爱对象出轨他也能够原谅。这样一个在道德上优良的人很容易取得所有人的信任,也容易掩盖他诸多的缺陷,遇到各种问题都能够在别人的帮助下勉强过关。这种温暖的伦理情怀在其他地方是很难看到的,这也是乡土独具魅力的原因所在。

三、对乡土精神信仰的重建

后乡土社会中精神和信仰的重建问题也迫在眉睫,随着乡土社会的全面敞开,村落整体进入不确定性状态之中,乡土陷入了"到底要往何处去"的问题中。从雪漠整个"大漠三部曲"来看,也是一部乡土的失落史,尤其是《白虎关》可称得上是一部后乡村时代的挽歌。《大漠祭》讲的是人的失落,老顺一家以种地为生,但是土地即将被沙漠覆盖,几个儿子面临着娶媳妇的困境,只能靠打猎为生。一家人在生活的重压下苟延残喘,作为病的隐喻,憨头癌症似乎预示着乡土的命运。到了《白虎关》中这种境况更加艰难,

第四章 拯救与再造：20世纪90年代以来乡土小说民俗书写蕴含的精神诉求

男性消亡、逃遁之后，女性坚强地活着，宗教在后乡村时代凸显了价值。"女儿的死，哥哥的死，总在提醒她一个事实：她也会死的。一想到死，巨大的空虚扑面而来。一茬茬的人死了，一茬茬的人消融于虚空之中，留不下半点痕迹。……金刚亥母便在命运中笑了。她告诉兰兰：那黑洞，不是无底洞，而是一个循环往复的管子，一头叫生，一头叫死。生命的水流呀流呀，忽而叫生，忽而叫死。生也是死，死也是生。"❶ 这里的金刚亥母是佛教的金刚亥母，女性通过佛教修炼的方式获得了抵御空虚的力量。"大漠三部曲"中的乡土文化，在本质上还是一种父权文化，男性与天斗与地斗，遮蔽着女性，也让女性成为被支配者，她们没有选择婚姻的权力，还成为古老的换亲风俗的牺牲品。但是男性空缺之后，整个乡土只剩下女性的哀叹，她们借助于宗教支撑着坍塌的乡土世界。从这个意义上，白虎关其实是女性的难关，也是乡土的难关。

很多作品在乡土精神信仰重建中，还表现出了强烈的土地意识，彰显出了一种土地崇拜的意识。农业生产要素和生产技术的多少是现代农业的衡量标志，传统农业从根本上看是经验生产。正是在传统经营方式之下导致了人对土地的依恋或者依赖，土地象征着地位和尊严，可以提供养命之源，土地能够提供安全、愉悦的归属之感，土地也是生命的一部分，土地是农民安身立命的根本。20世纪90年

---

❶ 雪漠：《白虎关》，北京：中央编译出版社，2014年版，第65-66页。

代以来的乡土民俗书写中,很多都表现出了对土地意识的肯定,土地意识是土地经营中人对土地的主观感受,也是乡土精神的重要元素,没有土地崇拜就没有所谓的"乡土气"。赵德发的《缱绻与决绝》就是一部土地变革史,其中的很多人物可以用自私来形容,如宁学祥为了保住自己的土地,甚至连被抢的女儿都不要了;集体合作社中,封大脚因为土地无偿归公,一直愤愤不平,甚至不断地去"自家的"田上偷青,最后联产承包责任制的时候他毅然决然选择了以前自己的那块贫地进行耕种;宁学瑞、封铁头在失去土地时也表现出了极端的痛苦无奈。土地革命、土地改革阶段各派势力你争我斗,所有人都为了土地而斗得你死我活,正如作品中说的"馋人家的地多",每个人身上都充满着土地占有欲望。这种极端自私的背后其实是对土地最难割舍的情感,正如作品中所说的那样:"打庄户的第一条,你要好好地敬着地。庄稼百样巧,地是无价宝。田是根,地是本呀。你种地,不管这地是你自己的,还是人家的,你都要好好待它。俗话说:地是父母面,一天见三见。依俺的意思,爹娘你也可以不敬,可你对地不能不敬。"❶这样也拔高了对土地的认识,将其上升到人性生成的维度。在当前发展主义信仰崇拜之下,很多人认为农业对经济和文明发展的贡献小便忽视农业,加上农民对化肥、科技、农药的依赖,已经将土地客体化,显然《缱绻与决绝》对土地的重要

---

❶ 赵德发:《缱绻与决绝》,北京:人民文学出版社,1996年版,第117页。

第四章　拯救与再造：20世纪90年代以来乡土小说民俗书写蕴含的精神诉求

性给予了警示。孙惠芬的《吉宽的马车》中也能听到对土地的热爱。三十岁之前的吉宽一直在乡村过着悠闲的生活，要么是在地垄上，要么是在马车上，"在地垄里，我能听见属于另外一个世界的声音，它在地底下很深的地方，那里也是一个村庄，也有男人，也有女人，也有哗哗流动的河水，叽叽喳喳的鸟叫。"❶这样美好的乡土生活很快被城市化的脚步碾碎，曾经在乡土世界里诗意地生活着的吉宽也被人们视为懒人。后来进入城市，但是他念念不忘的仍然是自己曾经的马车，他在梦里不断思念曾经在乡土生活的自己，他在午夜梦醒之后重新做起了自己马车的模型，"林中的鸟儿 / 叫在梦中 / 吉宽的马车 / 跑在云空 / 早起，在日头的光芒里呦 / 看浩荡河水 / 晚归，在月亮的影子里呦 / 听原野来风"❷。这样的土地意识和触摸感才是乡土独有的，也是不可复制的。

---

❶　孙惠芬：《吉宽的马车》，北京：作家出版社，2007年版，第2页。
❷　孙惠芬：《吉宽的马车》，北京：作家出版社，2007年版，第352页。

第五章

对20世纪90年代以来乡土小说民俗书写的深度反思

德国图宾根学派学者赫尔曼·鲍辛格在《日常生活的启蒙者》中指出，随着现代化的发展，我们对生活的触觉日益变得不敏锐，我们应该学会从日常生活走入社会结构和历史进程，真正地让民众恢复一种日常感觉。从这个意义上，20世纪90年代以来无论是有意还是无意的乡土民俗书写，都具有了重要的价值，既是找回昔日的风景和记忆，同时更是试图唤醒我们对民俗的感觉，去拥抱和珍视民俗。

20世纪90年代以来的乡土小说民俗书写彰显了作家拯救乡土的主体诉求，但是在"衰落—拯救"中我们并没有看到期待的东西，只有零零散散的修补，缺乏一种整体式的反攻。金耀基先生在《从传统到现代》中分析20世纪90年代以来文化状况的时候指出："在文化上，西化派与保守派杂然并存；在社会上，传统的家庭制度与现代的社会制度杂然并存。这种现象使转型社会在现代化工作上无法作'面'的趋进，而只能作'点'的突进，而点的突进常常融消在'面'的阻碍中。"[1] 20世纪90年代以来的乡土小说民俗叙事也因之存在着很多的缺陷。

---

[1] 金耀基：《从传统到现代》，北京：中国人民大学出版社，1999年版，第74页。

[第一节]

难以实现的"空间性杂居"

纵观百年来乡土文学的发展历程，我们能够发现民俗叙事总是处在文化冲撞的最前沿，比如《狂人日记》深层上便是西方、东方历史文化交互的折射，后来的《白毛女》则是民间文化、启蒙主义、意识形态等多元素角逐的结果，使得民俗就像一个文化混合装置，民俗世界和空间中总是有着各种内在的极端对立，不同元素总是难以实现一种空间性的杂居，总是处于相互冲突、相互摩擦的境地。现代文学中的民俗是被排除和圈禁的东西，那些古老的民间信仰、宗法制度、日常伦理都是与现代社会格格不入的；在对待传统上，解放区文学及"十七年"文学中一方面是出于民族主义进行肯定，一方面又对传统的再生产能力持有怀疑态度，所以便不可避免地使民俗成为被改造的对象；即使进入新时期以来，民俗与现代文明的区隔依然是那样的清晰和分明，要么陷入前现代民俗风景的沉迷，呈现为拒绝文明的姿态，要么就是现代文明的被征服者。民俗所携带的种种矛盾和困扰本身就证明了乡土现代化历程之艰辛：它一方面需要被意识形态所排除，另一方面又必须承受超出那个时代意识形态的承受力。

合理的文化是调适的文化，各种有差距的文化都能处于一种"空间性杂居"的状态中，但是对于当代乡土作家而言，他们并没有去有意识地调适这种文化不适应性，以往的乡土文学中利用非民俗文化来排除民俗文化，到了当下则是用乡土民俗文化来排除非乡土民俗文化，对于任何一种文化而言，如果它不对外来文化采取一种灵活的兼容态度，必然要保持一种"压抑"的状态。柄谷行人在分析日本人精神的时候指出，日本的民族文化精神是开放的，并不执着于自身思想的坐标轴，正是因为这种开放性，使日本在明治维新之后快速崛起。20世纪90年代以来的乡土民俗叙事中，我们能发现作家普遍还是以对立的方式看待这个问题，绝大多数的作家都从不同角度表现出对现代文明的某种疏离，他们的目光中看到的更多是现代文明的弊端，比如阿来笔下那些进入藏区的鸦片、梅毒以及马车、报纸、广播、伐木机器等，它们都是以文明的毁灭者形象出现的；贾平凹的《高老庄》《怀念狼》《秦腔》也都从不同层面反思了现代文明冲击下的乡土，在他的挽歌式书写中也隐含着对现代文明的某些不满；张炜的《九月寓言》和迟子建的《额尔古纳河右岸》等也都是从生态角度反思了现代文明对传统民俗颠覆式毁灭……很明显在绝大多数作家的笔下，民俗始终被看作一种现代文明的对应物而存在的。而且20世纪90年代以来乡土民俗叙事中还表现出了对政治的敏感和警惕，要么是政治的退场，要么是民俗的

第五章　对 20 世纪 90 年代以来乡土小说民俗书写的深度反思

退场，民俗与政治处于微妙的角逐状态。比如在刘震云笔下的"故乡系列"叙事中，各种政治斗争中看不到具体的、形象化的乡土生活，究竟是政治抽空了民俗，抑或是民俗躲避了政治，都说明两者本来是不相容的东西；更多作家笔下的民俗甚至被政治所覆盖，阿来的《空山》中对进入西藏的红色民歌、广播喇叭、政治制度等表现出了疏远，并通过一种隔绝处理的方式显现出其与原来民间社会的不对称。此外还有李佩甫、阎连科、莫言等将民俗放在政治、权力等视野下展开，分析政治对民俗传承机制的破坏、对民俗惩罚力量的替换以及新民俗对旧民俗的覆盖，这里国家权力借助一种强力重写了民俗知识，民间和民俗在这里忍受了人为的断裂，成为一个仆从者。从第三个方面来看，乡土民俗与现代文明的不相容还在于其弱势地位，乡土从一开始就是一个现代性话语的被压迫者，20 世纪 90 年代以来很多的进城叙事中都似乎在预示着民俗"将死"的未来，民俗显然是不甘于被蔑视、被侮辱和被损害，也会以不同的方式进行反驳，像《无土时代》等作品除了生态主义的彰显外，乡土民俗以挤占城市空间的方式实现了对城市的召唤，只不过它所书写的民俗更像是一个逼仄空间的持有者，一次底气不足的反弹。

乡土热爱者对现代文明持有怀疑态度其实并不奇怪，多少年来知识分子所依赖的其实都不是自律性的价值系统，在政治型文化多年压迫和经济型文化逼迫的背景下，他们从来没有摆脱焦虑感，反而助长了怀疑感。怀疑本质上是一种驱散性的力量，休谟在《人性论》中指出："怀疑的本性在于引起思想中的变化。"❶ 20 世纪 90 年代以来的作家并未找到自己的归属，正是这种怀疑思维使他们不愿意去向前靠拢，更愿意向后寻找依靠，正如休·塞西尔在《保守主义》中指出的那样："守旧思想的第二个重要因素是比较重视惯常接触的事物，因为习惯确实已经使我们的本性与之同化。人类有很强的适应能力，因此正是这个缘故而不是别的缘故，他们才喜欢自己所习惯的事物，爱好熟悉的事物和怀疑陌生的事物，这两种心情是经常地协同发生作用的。"❷《大漠祭》中的招魂仪式便是这种心理的集中体现，作品中憨头将死，全家人请来神婆助力，"神婆的禳解仪式简单，不写牌位，不念祷文，向来是直趋目标。焚香燃表之后，齐神婆上了炕，拿过一叠五色纸，在憨头身上绕来绕去，念叨：'燎利了，燎散了，活人冲了燎利了——'"❸ 这些在现代文学中曾经被不断拿来批判的东西却突兀地出现，然而这里作者并不是要对这种仪式本身进行批判。作为一种带有迷信色彩的东西，叙事者很清楚它不可能挽救憨头的性命，仍然固执地进行描述，明明知道有些东西终将逝去不可挽回，却仍然在这种仪式中进行了忘情的诉说。作为一种招魂与拯救仪式，与其说是做给憨头的，还不如说是给逝

---

❶ ［英］休谟：《人性论》，北京：商务印书馆，1980 年版，第 492 页。
❷ ［英］休·塞西尔：《保守主义》，杜汝楫译，北京：商务印书馆，1986 年版，第 6 页。
❸ 雪漠：《大漠祭》，北京：中央编译出版社，2013 年版，第 420 页。

第五章 对 20 世纪 90 年代以来乡土小说民俗书写的深度反思

去的乡土的。

刘震云的《一句顶一万句》其实也颇具"拯救"的意味。老詹从国外来到延津传教,想救醒那些没有信仰的庸众,却遭遇了各种各样中国式实用主义的嘲讽:"信了他,你就知道你是谁,从哪儿来,到哪儿去。"而对此老曾的回答是:"我本来就知道呀,我是一杀猪的,从曾家庄来,到各村去杀猪。"杨百顺的回答则是:"我想像他(小赵)一样,信了主,每天骑车,送葱。"老詹辛辛苦苦一辈子在延津就发展了八个信徒,甚至被逼得住起了破庙,两个月的劝说始终没能让杨百顺信教,杨百顺心里想的便是:"一天不张罗生计,一天就没饭吃,饿着肚子,哪里还有闲心信主?"老鲁甚至还嘲笑老詹一辈子让主害了。老詹试图在这片缺乏自我灵魂思辨的土地上传播自己的信仰,让每个人找到自己心灵的归属,但是现实却嘲讽了他,因为每个人都忙忙碌碌,为自己的生计奔波,根本就没有反思自身的机会。老詹一辈子的努力就跟推着巨石的西西弗斯一样,所有的行动都是徒劳的,因为他使宗教总是游离于底层人的心灵之外。而这又反过来导致所有人对宗教的误读并陷入没有信仰支撑的、更深的孤独,一生都在徒劳地运转着。这样的"拯救"与其说从一开始是脱离乡土的,毋宁说是乡土那固执的姿态拒绝了被"拯救"。

在这种矛盾的心理中,作家更愿意回归过去,因为民俗天然地与思维、精神和心理相关,传统民俗的存在有助于确定秩序、安全与延续性。"在社会到处都是恐惧和分裂的情况下,人们倾向于寻找绝对的东西,如果绝对不存在,则人们要将其制造出来。"❶人生活在一个没有边界、难以确立自身定位的世界的时候,就会反身寻找传统,通过民俗的重复书写串联起来乡土日渐消失的地平线,能够改变当下乡土"扁平"化的世界,并恢复日常性和历史性,民俗就这样开始被塑造为一种绝对的东西。对民俗的关怀看似是让其回到了本体和中心,却又落入了另一个误区,民俗与非民俗之间被划定了一条清晰的界限,建立了一种排他性边界,边界可以稳固社会关系,确保一种心理上的对等和公平性,所以作家们对待乡土也不愿意用发展的眼光看待。美国学者约翰·布林克霍夫·杰克逊在其文化地理学著作《发现乡土景观》中指出,乡土景观最大的特征在于它的机动性、变化性❷。这种变化其实在本质上是一种适应性,因为人们总是在不自觉地、无休止地去适应环境,正是与环境的冲突才导致了乡土景观的变化迁移。而20世纪90年代以来的乡土叙事,只要是在"我们的""我的"等称谓之下展开的叙事,乡土就隐含着一种排他性的心理取向,一样的名称却不再具备一样的精神。当整个时代文化都在走向喧嚣和浮躁的时候,这种本身就带有局限性和封闭性的固执(甚至是已经没落的)立场反而如同新生事物一样,成了

---

❶ [美]刘易斯·芒福德:《技术与文明》,陈允明、王克仁、李华山译,北京:中国建筑工业出版社,2009年版,第89页。

❷ [美]约翰·布林克霍夫·杰克逊:《发现乡土景观》,俞孔坚、陈义勇译,北京:商务印书馆,2015年版。

第五章　对 20 世纪 90 年代以来乡土小说民俗书写的深度反思

困境中能够辩护的资源。要知道这种叙事并没有提供新的东西，也不可能支撑太久，所以它越来越成为一种感伤主义者的迷恋物，一个依赖于保护的东西。总结 20 世纪 90 年代以来的乡土叙事我们能够发现，从确定性走向不确定性，从肯定性中又瞥见了否定性，经历忧患的选择进入别无选择之后，在乡土民俗写作中也必然表现出一种多愁的冲动，要么别无选择，要么什么都行，这让作品很难呈现出固定的价值魅力。

为何在乡土民俗书写中，作家对现代文明这样敏感呢？民俗学中有一个"居中冲突区"❶的概念似乎可以解释，也即在现代化历程中，一个群族心理会处于旧的传统冲动和现代理性顾虑之间，变得摇摆不定。在很多当代乡土作家那里，他们在心理上都是处于"居中冲突区"。这样看的话，好像非常契合当代作家对现代的心理，但是并未解释根本原因。格尔兹《文化的解释》在分析爪哇社会各种仪式混乱的时候指出："我们必须将失败的原因归之于社会结构（因果—功能）方面的整合形式与存在于文化（逻辑—意义）方面的整合形式之间的断裂——不导致社会与文化断裂，而是导致社会与文化冲突。或者更具体地说，问题在于卡姆彭人在社会上已经是城市的，但是在文化上仍然是乡村的。"❷其实 20 世纪 90 年代以来民俗

---

❶ [美]阿兰·邓蒂斯著：《世界民俗学》，上海：上海文艺出版社，陈建宪、彭海斌译，1990 年版，第 455 页。
❷ [美]克劳福德·格尔兹：《文化的解释》，南京：译林出版社，2014 年版，第 199 页。

叙事的问题很大程度也是社会结构与乡土文化冲突造成的，现代社会是开放的社会，乡土文化却是主张封闭和保守。这些也在乡土小说的民俗叙事中得到了体现，乡土小说民俗书写的衰落与复兴见证了他们作为文化焦虑者在联结乡土与现代边界时的困惑，从非乡土的角度来审视乡土，就可能产生这样的两难：从所谓现代性和"科学"角度理解乡土，乡土显然是不合时宜的，这样的民俗书写显得多余；从乡土自身的角度，封闭于自身的特殊感觉中去强迫证明乡土自身的有效性，又像是一种撇开现实世界的孤独书写，也会充满令人不安的疑虑与神情。这是心理结构与社会结构的不对称造成的，乡村在心理上属于过去，在社会结构上却是指向未来，这样也使得作品总有一种吊诡的、自我否定的"颠覆"。

[第二节]

形式的凝固与感觉结构：民俗想象的缺陷

民俗是人们交互的规则和规范，是世代传承的结果，进入文学写作中的民俗是文化多边力量整合的结果，经历虚构、想象而呈现出的民俗世界脱离了原来的日常生活现实，并超越于人们的生存经验，呈现出多姿多彩的美学特征。也即是说，民俗终究是一种想象的产物。但无论是在20世纪90年代以来的乡土宏大叙事，还是新世纪的一些新锐作家那里，我们都能或多或少地发现民俗想象中存在的某些缺陷。

20世纪90年代以来小叙事、日常生活叙事开始兴起，琐碎、臃肿、繁杂的日常生活开始浮出，考察乡土叙事我们会发现，很多重要的乡土作品还是按照以往的宏大叙事模式展开想象的，20世纪90年代以来的乡土文学也是宏大叙事最后的疆场。"涵盖全社会的宏大叙事权威，在1990年代中国已趋于解体。然而，正如现代性发育，对后发现代中国仍具合法性，1990年代小说'中国宏大叙事'，也并没有终结，而是在'前现代、现代与后现代'并置，'解构与建构'

并存,'个体神话'与'集体影像'杂糅的空间化情况下'艰难再生'。"❶宏大叙事追求一种认识的整体性,试图去抓住事物的本质和中心点,就是告诉大家历史发展的规律是什么,它总是去尽可能地框定更多的领域和所属,并在此基础上去树立一种我们认识的基本框架。以乡土为载体的宏大叙事既是一个发现人和历史的认识装置,也被承担起了改造民族、抗击侵略、重铸国家的使命,很多乡土作家也在以不同的方式去重建这种乡土宏大叙事,比如莫言、陈忠实、路遥、贾平凹、刘震云、何申等人的代表作处处彰显着对宏大主题和历史规律的探究回应。从民俗角度来看,这种宏大叙事又隐含着某种内在的悖论,因为民俗讲究的是情景鲜活性,日常细致性,景象丰富性等。宏大叙事很容易因为追求经度性的意义而忽略了纬度性的世俗生活描写,比如《白鹿原》延续了一贯的乡土宏大叙事主题,民俗叙事一方面是全面的,另一方面我们又确确实实地能够感受到这种规整化的民俗书写带来的凝重感,从开始的农耕、修祠堂、立乡约、祭祖等,这种内容丰富、形式整齐的民俗叙事显得非常规则,但是相比于沈从文、孙犁等人作品中那些慢节奏的叙事,总觉缺少相应的韵味性,人的主动性似乎被紧紧压制在民俗链之中,人的内在性和丰富性不够凸显。如果再来看郭文斌的《农历》,对民间观念、

---

❶ 房伟:《艰难的生成与暧昧的整合》,博士论文:山东师范大学,2009年版,第1页。

第五章　对 20 世纪 90 年代以来乡土小说民俗书写的深度反思

节日、礼仪的介绍更丰富，显然这部作品的民俗还要规整，比《白鹿原》有过之而无不及。这种民俗书写形式非常类似于赫尔曼·鲍辛格说的"形式的凝固"，他在《技术世界中的民间文化》中指出，进入 19 世纪以来民间传统不断地被复活，但是真正能够被完整保存的还是少数，很多民俗形式都变得凝固起来，民俗形式的凝固表现为活动余地的紧缩、活动程式的删减等，而这些本质上都是一种历史进程选择的结果。凝固也是一种出于保护和拯救心态而实施的，在这种书写中为了不违背历史形式、更好地去贴向历史，便用一种严格的态度来衡量民俗，这样的民俗很容易显得忠实于过去，却失去了某些动人的魅力，民俗只是作为某种历史化论调的证据而被表演，《农历》等作品中就能够看到这种拯救叙事的影子。或者正如赫尔曼·鲍辛格说的："这样的一种凝固是衰弱的表现——规则的精神越是变得脆弱，规则的条文就越是必须小心谨慎地得到遵守。当传统真的是规定生活的力量时，它就能够允许用最新颖的成分来增加自己的活动余地。"[1]也就是说，真正的民俗叙事有自己的充盈性，它是被"表现"而非刻意书写出来的。因为民俗不仅仅是遗留的某些东西，更应该是能够指导我们生活的规范，民俗的凝固很大程度是由民俗想象整体性的缺失，也即民俗的陌生化所造成的。

---

[1] [德]赫尔曼·鲍辛格等著：《日常生活的启蒙者》，吴秀杰译，桂林：广西师范大学出版社，2015 年版，第 171 页。

民俗想象的缺陷与作家民俗感知的陌生化密切相关，在20世纪90年代之前的乡土民俗变迁始终相对缓慢，20世纪90年代以来社会节奏和转型的速度空前加快。当代文明的脱域机制导致了社会交互关系从原先的私人性、情感性、地域性的关系变成了一种抽象的、理性的交互关系。我们经验民俗的方式更多是依靠一种平行关系获得的，通过获得一种经验转而认识获取其他经验，相对于乡土经验丰富的作家来说，在表达民俗、书写民俗的时候能够天然地赋予文本一种超稳定结构。20世纪90年代之后作家对于民俗连贯性的体验开始逐渐消失，取而代之的是对民俗认识的缺失，越来越限于一种模糊的状态，以往主导我们生活的民俗正在失去有效性，乡土民俗也随之被边缘化，被各种的新民俗遮蔽，成为一种异质性的文化存在。从原因上看，民俗的陌生化一方面在于急速变化时代的侵袭，民俗的表层是最为易变的层面，一旦得不到累积就成为一种浮光掠影；另一方面传统民俗所以依赖的濡化机制已经近乎时效，这导致民俗只有变化却没有累积，无法形成一种有效的规范。大多数乡土叙事者都不会承认自己已经被驱逐了，他们的状态和观念，或许如纳博科夫总结的那样是"时间的爱好者，延续状态的享用者"。他们努力地去追寻建构时代的民俗景观，却发现时代的难以沉淀，这些会严重阻碍他们对于乡土的想象机制，所以文本就成了一种朦胧状态之下感受的记录。

随着民俗书写代际的变化，新世纪以来的乡土民俗叙事变得越来越轻盈而又模糊，年轻一代作家逐渐成为乡土叙事的主力军，他

第五章　对 20 世纪 90 年代以来乡土小说民俗书写的深度反思

们对于乡土民俗的经验是匮乏的,对于乡土民俗他们只剩下一种感性想象,民俗无法支配我们的生活,靠直观、感觉、回忆来获得对民俗的认知,体验到的民俗不是传统,它只是某一时刻的感觉。当下很多作家似乎都隐约地表现了这样的一种愿望:"对于过去事物的感受力,更深入地说,对于过去性这一范畴的感受力,是由一部有或没有记载的历史在人们的心灵中培养起来的,这部历史传递给了每个在社会中成长的人。"❶ 很多作家对于民俗的想象方式已经从经验变为回忆,他们相信过去是伟大的,过去性才会产生伟大性。这样往往抬高了过去事物的决定性功能,对于那些感到世风日下的人来说,寻找过去的形象和摹本,能带来一种精神上的欢快,民俗正是这样一种可以依附其上的"过去"。

这样乡土民俗书写的景观和文本结构中更有一种雷蒙·威廉斯在《漫长的革命》中提到的"感觉结构"的意味:"我们发现这些元素(感觉结构)是一些沉淀物(precipitate),但在当下的活生生的经验中,每一个元素都处于溶解状态。"❷ 也即是说,日常生活中存在着这样一些东西,它们明确地与过去相关,它们都是有着过去的经验和性质、气味,也呈现着过去的结构形象,但是却并不是那

---

❶ [美]爱德华·希尔斯:《论传统》,上海:上海世纪出版集团,2009 年版,第 54 页。
❷ Raymond Williams: The Long Revolution, New York: Harper & Row Publishers, 1961:47.

么的紧凑、完整，甚至还处于不断消散之中。从这个意义上看，书写乡土民俗更像是一种沉淀物的提炼，在这种乡土形象和结构中，再热闹的民俗我们也能够感受到一种普遍的缺乏。这种感觉结构是一种依靠感性经验所把握的东西，试图回到一个与母体极其相似的故乡，是并不具备普遍性的，它将特殊的、个别的现象放大为整体——越是想让乡土及民俗成为情感和理智上无可挑剔的东西，越容易将其非乡土化——这种努力下的写作也就多少让我们有不真实的感觉。依照雷蒙·威廉斯的理解，"感觉结构"隐藏于集体的潜意识之中，而它的稳定性又是暂时的，所以这些都是我们对20世纪90年代以来特别是新世纪乡土民俗叙事应该存疑的地方。

[第三节]

"去博物馆化"的悖论

"博物馆化"是美国学者列文森在论述儒学发展中使用的一个名词,他认为现代社会对于儒学的态度是将其尘封起来,不是剥夺它的存在,而是要取代它的文化作用,使其无法为现实提供解释。探查20世纪90年代以来乡土小说中的民俗叙事,我们也能够发现它在不同程度走向这种情景,民俗在文本中除了走向碎片化、空心化、灰色化以及与人分离之外,还处于更为尴尬的"博物馆化"的境地。这与以往的民俗书写显然是不一样的,比如在20世纪二三十年代乡土小说的民俗书写中,我们明显地感觉到作家抑制了一种感性情感的渗透,它对日常民俗是持怀疑态度的,总是试图寻找不和谐性,将其转为一堆可能已经落后的东西,这样的民俗处理其实也是一种"被博物馆化"的处理方式,其隐含了试图取消乡土民俗文化和现实功能的价值取向,但是这仅仅是作家的一种理想,与乡土民俗的现实是无关的。"博物馆化"了的民俗显然是无法与之对比的,只是一种弱势的存在。如在刘庆邦的《遍地白花》中,那个到访的女画家未闯入之前，乡土的那些磨盘、架子车、油菜花等民俗物象都是被尘封的，整个乡土就是它的容身之处，它就像陈列在博物馆里一样，村民如同博物馆人员一样对其视而不见；在赵德发的《缱绻与决绝》中，村民们世世代代供奉着象征农业文明的天牛（铁牛）并为其立庙，"天牛经济开发区"成立之后，当地已经变得无人问津了，所谓的天牛庙真的如进入了博物馆一样；《额尔古纳河右岸》中达吉亚娜把妮浩留下的神衣、神帽和神裙主动地捐给了激流乡的民俗博物馆，在这个尴尬的年代里或许这是它最好的归宿了。还有很多作家在作品中都不同程度地表达了民俗即将"博物馆化"的危机，比如《空山》中的机村，他们在自己的村庄下面发现了原始文明的废墟，这既是对他们不了解历史的嘲讽，更是对他们再次落入消亡命运的深沉悲叹；《凿空》中的阿不旦村似乎也遇到了这样的情况，稍微不同的是阿不旦村人手中的那柄坎土曼，这是他们文明被延续的象征，但是当他们试图用坎土曼去迎接现代文明的时候，却遭遇了无情的拒绝。正如麦克坎内尔指出的那样，显示现代性胜利的并不是让非现代元素和世界消失，而是其在现代社会里被人为地保留和重建，"非现代文化特征与其起源背景的分离及其作为现代玩物的散步，在各种自然主义的社会运动中是显而易见的。以下全是现代社会的一种特征：对民间音乐和传统医术、装饰和行为、农民穿着的崇拜。前现代的博物馆化是（后）现代性的一个主要特征。"❶

---

❶ ［美］罗兰·罗伯森：《全球化：社会理论和全球文化》，梁光严译，上海：上海人民出版社，2000年版，第323页。

第五章　对20世纪90年代以来乡土小说民俗书写的深度反思

除此之外，在很多作家的笔下，体现出了非常多的废墟景观，废墟意识表现为一种现实的破败和精神的迷失，支配人们思想信仰的文化传统都失去了有效性，使得一种普遍性的悲观主义情绪在乡土世界四处弥漫。乡土作家描写的诸多废墟意象不光是日常存在，它还具有一个陌生化的层面，代表着怀旧与遗忘。比如魏微的《流年》中有大量对微湖闸的当下描述，她总是声情并茂地描述着记忆中的微湖闸，在这里她看到的是圆满和幸福，不断地品味"那时候"这个早已经失去时间所指的遥想，一旦回到现在便总是充满着颓败之感，再也没有了充沛的情感。废墟本来是过去的创造物，但是废墟却又是存在于当下的，废墟就这样覆盖了当下的乡土，并突兀地立于当下世界之中。李云雷的《父亲与果园》《舅舅的花园》中也有很多描写，"走下来，我凭借着记忆中的方位，艰难地寻找着我大舅的家。在一片断壁残垣中，我终于确认出了我大舅家的大门、厨房、堂屋，还有花园。花园里，已是一片荒芜，什么都没有了，葡萄藤、竹子、花椒树，那些花，那些草，那些鱼都不见了。我在那里徘徊着，想要找到一点儿熟悉的东西，但只有一次次的失望。"[1]年少时候的"果园"和"花园"是五彩多姿的，通过对比凸显了当下乡土世界的萧条。"父亲"和"舅舅"等称谓则是提醒我们，只有在他们那

---

[1] 李云雷：《"70后"作家大系·父亲与果园》，济南：山东文艺出版社，2014年版，第75页。

里才能够获得生存的意义，在这里废墟是先于语境的，废墟是沉默的，是失语的，从侧面证明了当下的乡土已死。

但是正如笔者在上文分析的解除乡土的隐蔽化那样，20世纪90年代以来的乡土虽然弥漫着一片挽歌之声，但是更多的作家却在试图返归乡土的本来面目，实现一种"返魅""复魅"式的拯救，实现一种"去博物馆化"的努力。但是乡土作家的这种努力同国外宗教神学的复苏、新浪漫主义对世道人心的批判拯救还不一样，"去博物馆化"的背后存在着诸多的认识缺陷。首先是通过乌托邦式的还魂，比如《人面桃花》《农历》等作品中纯粹的乡土乌托邦叙事，齐格蒙特·鲍曼认为乌托邦本质上起源于对世界非正常运行的纠偏，这种被积累的焦虑通过转移到一个陌生的空间里得到了释放，但是这仅仅只是一种转移，看似直面乡土，却又躲藏于叙事中怀旧，它虽然复活了乡土社会的诗性，但只是一个梦，这个梦属于过去，与当下无关。第二种是恢复一种日常生活感觉，"去博物馆化"就是要把民俗变成时鲜的东西，变成有意义的当下，在《陌上》《流年》《马兰花开》《致无尽关系》等作品中，那种事无巨细的日常生活向我们涌来，乡土社会的柴米油盐、岁时节庆目不暇接，但是我们似乎隐约感觉到了这样的内在纠葛：这样的日常生活是没有中心的。而20世纪90年代以来，作家对乡土民俗叙事的热情根本上起源于一种对中心的渴求，渴望寻找一个中心。民俗吸引了他们是因为民俗是一种深度的存在，不是一个转瞬即逝的东西，拥有一种时间的深度，它容纳了历史又具有了超越历史的价值，能够输送作家普遍渴求的

第五章　对20世纪90年代以来乡土小说民俗书写的深度反思

秩序性、稳定性和连续性。当他们建构起这样的叙事时又反而造成了对中心的消解——这样也就意味着他们建构的手段是失效的，他们的目的是建构，却又无形中背离了这个初衷。第三，"去博物馆化"甚至还求助于它的规训者，"博物馆化"根本上来源于现代文明，现代文明湮没传统所持有的一切。《凿空》中的阿不旦村人被遗忘在边陲，他们是现代文明下的受伤者，现代文明逼迫他们遗忘了自己的历史，掏空了自己的村庄，甚至迫使动物都长鸣哀叹。他们却又不得不匍匐下身子，委身等待被"临幸"和召唤，他们希望用自己的坎土曼拯救自己，却获得了一种被否定的命运，它仍然要继续被尘封，走不出时代的限定。

此外，"去博物馆化"的悖论还在于主客体的分离，比如《大漠祭》中的祈禳，虽然作者已经意识到了它的结局，却被固执地执行了毫无希望的"还魂"仪式。这显然是一种"去博物馆化"诉求下的一厢情愿，对于一个即将逝去的东西，无论它是开始或者结局，都必须被拯救。《一句顶一万句》中上半部分是一部离土史，所有的乡村伦理关系逐渐被肢解，人与人走向冷漠，一次社火是群体的聚集，却是更大的疏远。在《回延津记》中无论是曹青娥回延津，还是牛爱国的"回"，都发现乡土已经不是那个世界，他们期待的东西没有找到，反而再次重复了祖辈出走时候的命运，或许他们的"回乡"永远都是未完成的仪式，这样明明是回土，却再次走入了离土的尴尬与悖论。

这样的书写中呈现了诸多的拯救悖论，一方面不承认乡土民俗已经没落的现实,不承认传统道德的无用,另一方面又在暗中滋补已经病入膏肓的乡土,试图为一个失去生命的肌体还魂再造;一方面认为乡土是完美无缺的,另一方面在潜意识中又承认了乡土民俗本身已经被"博物馆化"的事实;一方面特别向往延续性,向往凝聚性,向往亲密感,另一方面又对其充满了怀疑,希望寻找一个更具可控性的流动性的未来……从中我们能够窥探当代乡土作家民俗叙事中立场和价值的混乱,更能够探查作家心态的焦虑。20世纪90年代以来的乡土民俗叙事中,能够真正地与人们生命、生存、生活发生内在与紧密联系的民俗书写还是太少。"现代环境和现代体验切断了所有地理的和种族特性的界线、阶级和国籍的界线、宗教和意识形态的界线;现代性在这个意义上可以说是统一了全人类;但是这是个矛盾的统一,是个解体的统一;它将我们全抛入无休止的解体和更新、斗争和对立、含混不清和悲痛的大漩涡之中。"[1]这种冲突、破碎和断裂的体验可能是痛苦的,但是伟大的文学本身就是孕育于痛苦之中的。民俗日益从功能走向它的不及与反功能,这不仅仅是一种历史和价值的匮乏,更是一种情感和思想的错位,很大程度上源于作家并不能够秉持一种中和的心态来看待乡土现实,反而在现实与焦虑感的催化下无法去实现视点的切换和新资源的寻找。

---

[1] [英]戴维·莫利,凯文·罗宾斯:《认同的空间》,南京:南京大学出版社,2001年版,第117页。

第五章　对 20 世纪 90 年代以来乡土小说民俗书写的深度反思

列文森对此有过精辟的总结："在民族主义高涨的时代，中国的传统思想和艺术是很贫乏的。所谓贫乏，意思是说新的传统主义者没有为他们所维护的传统提供任何思想的或者艺术的支持，而只提供社会的支持，这就是他们所维护的传统缺乏价值的原因，同时也是他们要继续颂扬和维护传统的原因，尽管传统在思想和艺术上都非常贫乏。"❶这也即是说，对传统的赞扬和拯救更多只是一种形式上的炽热，却缺乏相应的价值指引。20 世纪 90 年代以来的乡土民俗书写并没有体现出发展传统的愿望，并没有抽取出相应的当代价值和力量之美，而是成为一种无效的重复。在看似对乡土衰落的抗拒和拯救中，思想却停滞了下来，只剩下了绵绵的喟叹、痴人的呓语和清醒的孤独，而炽热的批判和一味的忧伤都只是一种感性的情感在作祟，并不能有效真实地去认识乡土，也就难以进行自我反思和批判。

---

❶ [美]约瑟夫·列文森：《儒教中国及其现代命运》，郑大华，任菁译，桂林：广西师范大学出版社，2009 年版，第 106 页。

[第四节]

乡土民俗书写的未来展望

纵观20世纪90年代以来的乡土小说民俗叙事，它与以往的叙事发生了很大的变化，一方面我们能够看到作家笔下的民俗在内容呈现上得到了极大的拓展，以往乡土小说中经常出现的生产、巫术、信仰、仪礼，同时其他类别的服饰、饮食、居住、节令、贸易等也都得到了很好的呈现；但是另一方面在书写形式上也发生了很大的变化，大多数作品的民俗书写都面临着残片化、省略化、颠倒化的处境，作家不愿意费尽心力地去处理民俗场景、民俗书写的深度不足，能够有意识地去进行"深描"的作家太少。当然，变化最大的是民俗与人关系的颠倒上。当下民俗书写中"民"与"俗"分裂的背后，代表了一种旧的民俗书写方式的终结，以往的乡土小说民俗叙事始终是以立人、拯救人、塑造人为目的，当民俗开始与人脱离关系的时候，也就意味着"大写的人"的终结，并表征着一种书写模式的被遗弃，去政治化、去意识形态化的乡土小说民俗书写已经到来。以前进入文学中的民俗与它的本来面目之间总是

第五章　对20世纪90年代以来乡土小说民俗书写的深度反思

存在着各种隔阂，现在民俗不再拥有一种委屈感，作家不怎么在表述中将其扭曲，做一种过度解读，但这也意味着民俗的逐渐消退。人们压抑民俗，是因为它是一个问题，现在人们忽视民俗，是因为它确实不再是一个问题。在20世纪90年代以前，人们对于乡土的热情很大程度上在于它还能够提供一种未来指向，乡土中潜藏着一个有待于确定的生成系统，这构成了作家眷恋乡土、书写乡土的根源。随着乡土民俗景观的持续萎靡，社会民俗体系的失效，使乡土在实体维度上变得残缺；同时乡土社会中遭遇了严重的世俗化，淳朴、人情化的乡土不再，使其在价值维度上也丧失了吸引力。在这种背景下，作家不知道到底该喜欢乡土什么，能够喜欢什么，唯一与乡土的牵系便是它能够确定自己与过去的关系，这也是20世纪90年代以来很多乡土作家还在坚持民俗书写，但是民俗却难以成体系的原因。

在未来，乡土社会及民俗传统会继续遭遇到市场经济的冲击。雅克·阿达有一句话："社会变成了经济体制的附庸"，资本主义经济的发展最终使社会开始日益变得屈从于经济法则，市场化时代的到来，意味着乡土民俗的终结，因为乡土民俗本身是与市场化相对立的东西，也会对市场经济形成天然的抗御。但是从另一方面来看，乡土民俗书写也正是在这个意义上才能彰显自身的价值，未来的乡土小说民俗书写将要承担更多的文化反思、社会反思的重任，关注人的异化、生态危机、价值混乱、存在命运等问题，在刘亮程、阿来等部分作家的笔下已经非常明显地看到这样的发展趋势。

而且这也需要作家去取消那种整体性和普遍性的观照意识。从新文学开始,作家在乡土知识的发生学上就存在着认识偏颇,一味地试图从乡土小说民俗书写中寻找整体性的意义,很明显这种观察视角已经不适用于当下变异的乡土。我们在评价20世纪90年代以来乡土民俗叙事时还继续沿用以往的标准,只会遭遇缺乏解释力、缺乏深度的感觉。未来的乡土社会生活将不断地从同质性转向异质性,随着不同地区之间、城市与乡土之间生活方式的交融,加上各种网络自媒体的渗透,乡土社会越来越呈现出一定开放性,生活习惯以及思维理念等还会继续发生变化,异质性会使乡土民俗内部滋生各种的分裂因素,乡土民俗的裂变不可避免。从民俗自身的内部来看,它是一种反复的再生产,构成了一种持久稳定的凝聚力。当构成民俗传承的集体性心理积淀消失以后,民俗不再是一种集体性的延续,而是变成了一种个人选择和行为,文化传统、社会记忆被时尚所消弭。这样的乡土民俗书写必然是散漫的、黏稠的、重复的、碎片化的,很难带来整体的意义和绝对的中心感。

需要注意的问题是,当前乡土作家必须走出感伤和怀旧的窠臼。乡土曾经承载了多少知识分子的心灵寄托,然后在短短数十年间,那个曾经安静和谐、其乐融融的乐园就要离他们远去,那种被土地所收纳,从属、共存于自然的感觉也不复存在。在这种背景下作家们书写乡土、召唤以往的民俗仿佛重返家园的奥德赛一样迫切,乡土被一片哀婉之声包围。作家也必须看到,在乡土社会体系结构性破损的处境下,随着民间社会及其传统的持续改造,乡土社会所具

第五章　对20世纪90年代以来乡土小说民俗书写的深度反思

备的濡化机制、组织模式、行动联结都已经被破坏，自然格式的民俗被取代已经是历史的必然，对此我们不应该只是抱残守缺，故步自封，否则很难看到乡土社会的整全性。

作家对于乡土民俗的悲观还在于空间意识上不够自觉，只是将乡土看作都市的对立面，便会陷入一种表述和命名的困境。在其他地区的文学发展转型中我们也能够获得启发，如20世纪90年代以来，我国台湾地区的新乡土文学的崛起中，作家们拓展了以往乡土小说的启蒙、国族、历史等主题，将视野延伸到民间文化、台湾少数民族文化和海洋文化等诸多领域。很多乡土表现领域其实一直都存在，却往往被我们忽视。从我国的西部文学发展来看，也是如此。自20世纪80年代以来，在刘亮程、红柯、李娟等人的努力下，这块高地上的"迷人的风景线"不断浮出，这也启发我们，乡土及民俗景观一直都在那里，只不过我们却被自己的认识装置限制了，拓宽乡土作家的空间意识和视野迫在眉睫。

在后乡土时代，作家面对乡土的姿态也应该更积极一些。民俗并不仅仅意味着它是传统，是一种充满变化性和革新性的东西，也是一种生活状态，一些民俗行为需要在日常生活中得以表现，日常生活中的特定认同、特定集体意识也是民俗的组成部分。"俗"往往在生活中，是一种持续的存在，但它是自在性、非反思性的，更具微妙性和漫溢性，不易为我们觉察。当下的作家要有意识地与自在性、非反思性的生活状态形成紧张关系，抓住那些常被我们忽略的变形和内隐化特征。比如付秀莹《陌上》中对家长里短的黏稠书写，徐则臣《耶路撒冷》的回乡叙事对形而上精神的追溯，黄建国"梅庄"短篇系列、杨争光作品中对当下农民文化性格的批判，孙惠芬《致无尽关系》中家庭伦理的纠葛书写……这些作品都是从日常生活中反思民与俗的关系，只有从日常生活中寻找民俗无限的可能性，发掘人的社会心理、集体无意识，才能对时代节律作出新的回应。

从乡土小说的审美表达上看，笔者认为20世纪90年代以来的乡土小说民俗叙事正在经历一场显著的美学变革，它正在逐渐地背叛以往的乡土小说民俗叙事的书写范式，尤其是表现出对传统乡土书写立场的消解、嘲弄和反思。从《凿空》《一句顶一万句》《活着》等作品中我们能够感受到某些现代主义的笔法，在《受活》《炸裂志》《故乡天下黄花》中我们又能够看到后现代主义的某些手法，在《村庄疾病史》《马桥词典》中还有对疾病目录体、词典体的创造。此外还有各种拼贴戏谑、鬼魅荒诞、抽象寓言式表达出现，一种美学上的告别姿态是非常明显的。当然也不是所有的作品都是那样的"先锋"，还有一些作品更善于回归传统。如《生死疲劳》对"六道轮回"的借用、《人面桃花》对古典意境的建构等，笔者认为这些并不是一种无意识的尝试以及艰难之下的被迫之举，而是代表了一种新的美学探索的愿望。美国学者伊恩·P.瓦特在《小说的兴起》中指出："小说家的根本任务就是要传达对人类经验的准确印象，而耽于任何先定的形式常规只能危害其成功。通常认为的小说的不定型性——比如说与悲剧或颂诗相比——大概就源出于此：小说的形式常规的缺

第五章　对20世纪90年代以来乡土小说民俗书写的深度反思

乏是为其现实主义必付的代价。"❶乡土小说民俗叙事的美学转换根本上起源于现代文明的发展程度，当一种文学形式不足以表现现实生活的完整性和内蕴性的时候，新的表述形式便会出现。所以，针对目前乡土小说民俗叙事中出现的各种不足、困境，乃至变异、怪诞，我们都应该开放地去看待，在乡土社会和民俗书写的过程中不同主体的生存、生活状态是不一样的，对客观环境的感知、适应程度，决定了表现内容和表达方向的多样性。笔者更愿意相信，当前的乡土民俗叙事正处于一个美学转换期，新的美学形式还会不断地涌现，这是乡土社会发展的要求，也是艺术自身发展规律的必然结果。

在乡土书写整体衰微的背景下，那些坚守在乡土领域的作家更值得赞叹。痛苦和悲哀从来都是文学的底色，从个体心理学的角度讲，每个人都倾向于令自身愉悦的东西，而排斥痛苦。但是乡土作家迎难而上，彰显了一种文学浮躁时代的责任，他们在痛苦中寻找意义，留下了磨难的质询、孤独的忧思，哪怕存在着这样或者那样的不足，也都应该获得更多的理解，他们无愧于农业文明的"文化守夜人"之称。而反过来看，唯有在文学中，作家才是自由的，才能够摆脱当下乡土时空的解体、摆脱道德污浊的处境，文学也最为成功地使作家忘却烦恼、重回精神乐园。当然，笔者认为对乡土小说中民俗

---

❶ ［美］伊恩·P.瓦特：《小说的兴起》，高原，董红钧译，北京：生活·读书·新知三联书店，1992年版，第6页。

文化的萎缩现象不应该过于悲观，属于乡土本身的骨血并不会改变，创作主体乡土经验的缺失、心灵的阵痛并不必然导致乡土小说消亡的命运，乡村固有的乡土文化符号所具有的稳定性也使得其有能力向城市腹地延伸并获得生存，这也是在文学中城市始终无法构成乡土的对立面的重要原因。

参考文献

一、著作类

[1] 曲彦斌.民俗语言学[M].沈阳:辽宁教育出版社,1989.

[2] 张永.民俗学与中国现代乡土小说[M].上海:上海三联书店,2010.

[3] 周星.民俗学的历史、理论与方法[M].北京:商务印书馆,2006.

[4] 阿兰·邓迪斯.民俗解析[M].户晓辉,译.桂林:广西师范大学出版社,2005.

[5] 陈继会.中国乡土小说史[M].合肥:安徽教育出版社,1999.

[6] 赵世瑜.眼光向下的革命——中国现代民俗学思想史论(1918-1937)[M].北京:北京师范大学出版社,1999.

[7] 李杨.文学史写作中的现代性问题[M].太原:山西教育出版社,2006.

[8] 丁帆.中国乡土小说史[M].北京：北京大学出版社，2007.

[9] 王一川.中国现代学引论——现代文学的文化维度[M].北京：北京大学出版社，2009.

[10] 罗宗宇.中华民族文化的重建——二十世纪中国小说中的民俗叙事研究[M].长沙：湖南大学出版社，2013.

[11] 费孝通.乡土中国[M].北京：生活·读书·新知三联书店，1985.

[12] 张紫晨.中国民间文学原理[M].石家庄：花山文艺出版社，1991.

[13] 乌丙安.民俗学原理[M].沈阳：辽宁教育出版社，2001.

[14] 阿兰·邓迪斯.世界民俗学[M].陈建宪，等译.上海：上海文艺出版社，1998.

[15] 班恩.民俗学手册[M].程德琪，等译.上海：上海文艺出版社，1995.

[16] 贺仲明.一种文学与一个阶层——中国新文学与农民关系研究[M].北京：人民出版社，2008.

[17] 刘铁梁，等.二十世纪中国民俗学经典学术史卷[M].北京：中国科技出版社，2001.

[18] 李亦园，董晓萍，等.二十世纪中国民俗学经典理论卷[M].北京：中国科技出版社，2001.

[19] 杨彬，等.中国当代少数民族小说的审美特色研究[M].北京：中国社会科学出版社，2012.

[20] 魏建,贾振勇.齐鲁文化与山东新文学[M].长沙:湖南教育出版社,1995.

[21] 游乾桂,钟思嘉.民俗文学心理学[M].重庆:重庆出版社,2006.

[22] 沈从文.沈从文散文精编[M].桂林:漓江出版社,2006.

[23] 威廉·A.哈维兰.文化人类学[M].瞿铁鹏,张钰,译.上海:上海社会科学院出版社,2006.

[24] 周宪.审美现代性批判[M].北京:商务印书馆,2005.

[25] 彭兆荣.文学与仪式:文学人类学的一个文化视野[M].北京:北京大学出版社,2004.

[26] 李建军.时代及其文学的敌人[M].北京:中国工人出版社,2004.

[27] 江帆.生态民俗学[M].哈尔滨:黑龙江人民出版社,2003.

二、论文类

[1] 周梦博.莫言小说中的区域民俗文化研究[D].西宁:青海师范大学,2014.

[2] 李丹宇.论周大新小说的民俗意蕴[D].上海:华东师范大学,2006.

［3］黄自娟.论贾平凹小说创作与民俗文化［D］.兰州：兰州大学，2007.

［4］赵小欢.蒲宁小说中的民俗叙事［D］.上海：上海外国语大学，2012.

［5］张玮.论竹林小说中的民俗书写［D］.上海：上海师范大学，2012.

［6］刘军超.迟子建地域民俗文化小说的特性研究［D］.哈尔滨：哈尔滨师范大学，2012.

［7］崔秀娟.民俗与端木蕻良小说创作［D］.保定：河北大学，2007.

［8］胡朋君.民俗视野中的迟子建小说创作［D］.青岛：中国海洋大学，2010.

［9］张琦.老舍小说中的北京民俗描写研究［D］.芜湖：安徽师范大学，2013.

［10］宋欢.民俗与小说的邂逅［D］.武汉：华中师范大学，2013.

［11］王燕.作为修辞的民俗［D］.济南：山东师范大学，2014.

［12］张德军.中国新时期小说中的民俗记忆［D］.兰州：兰州大学，2012.

［13］梅东伟.话本小说中的婚俗叙事研究［D］.上海：华东师范大学，2013.

［14］霍九仓.汪曾祺小说文艺民俗审美研究［D］.上海：华东师范大学，2014.

［15］崔乃新.论宋代白话小说中的市井民俗［D］.呼和浩特：内

蒙古师范大学，2007.

[16] 宋珂慧. 论贾平凹 90 年代都市小说中的民俗意象 [D]. 成都：四川大学，2007.

[17] 伍梅. 传统民俗与现代意识的碰撞 [D]. 重庆：西南师范大学，2002.

[18] 杨百灵. 民俗意蕴与汪曾祺小说创作 [D]. 长春：东北师范大学，2003.

[19] 张焕柱. 废名小说的民俗文化意蕴探究 [D]. 长沙：湖南师范大学，2010.

[20] 薛文礼. 论民俗文化与鲁迅小说创作 [D]. 天津：天津师范大学，2004.

[21] 刘怡. 论赵树理"文摊"小说的民俗美 [D]. 上海：华东师范大学，2006.

[22] 严红. 20 世纪 20 年代乡土小说的民俗描写 [D]. 兰州：兰州大学，2006.

[23] 吴为娜. 论哈代小说的乡土色彩和民俗因素 [D]. 南京：南京师范大学，2006.

[24] 周东华. 民俗视界中的中国现代通俗小说 [D]. 苏州：苏州大学，2008.

[25] 段友文，乐晶. 张爱玲小说都市民俗叙事的女性视角 [J]. 青海社会科学，2014（3）：143-149.

[26] 张金晶. 莫言小说《红高粱》中的民俗文化因素 [J]. 黄冈职

业技术学院学报，2014（4）：62-64.

［27］周梦博.论从民俗文化视角研究莫言小说的意义［J］.山东青年政治学院学报，2014（3）：139-146.

［28］严红.近十年来对20年代乡土小说的民俗研究综述［J］.甘肃联合大学学报（社会科学版），2006（2）：7-9.

［29］王淮峰.论黑土地民俗与迟子建小说［J］.井冈山医专学报，2006（1）：78-80.

［30］赵德利.民俗文化小说审美功能论——以20世纪中国小说为例［J］.山西师大学报（社会科学版），2006（5）：66-70.

［31］宁衡山.论冯骥才民俗小说的现代主义与民族保护主义［J］.湖南科技学院学报，2009（3）：49-51.

［32］彭庆刚.关于鲁迅小说民俗性的思考［J］.安徽农业大学学报（社会科学版），2000（1）：69-70.

［33］鲍焕然.现代民俗小说之成因［J］.武汉交通科技大学学报（社会科学版），2000（1）：52-56.

［34］朱育颖.民俗文化：贾平凹小说的"田野图像"［J］.阜阳师范学院学报（社会科学版），2000（5）：27-30.

［35］李丹宇.浅论周大新小说的民俗叙事特征［J］.解放军艺术学院学报，2007（2）：37-41.

［36］张卫兵.论鲁迅小说中的民俗文化因素［J］.黄石理工学院学报（人文社会科学版），2007（3）：40-43.

［37］罗宗宇，刘鹏娟.论沈从文小说对民俗的叙事建构［J］.西南

民族大学学报（人文社科版），2007（11）：109-113.

［38］谢锡文.民间社会的集体抒情——论废名小说民俗观［J］.民俗研究，2007（4）：242-251.

［39］姜峰.沈从文小说中的民俗意象化叙事［J］.中南大学学报（社会科学版），2008（1）：101-105.

［40］王庆.论当代乡村小说民俗书写的沉浮［J］.华中科技大学学报（社会科学版），2008（3）：70-74.

［41］曾利君.试论新时期小说的民俗描写——以贾平凹、陈忠实、韩少功的小说为例［J］.现代中国文化与文学，2008（1）：167-174.

［42］周春英.王鲁彦乡土小说的民俗事象研究［J］.宁波教育学院学报，2008（5）：52-57.

［43］张德军.寻根小说中的民俗记忆与守望［J］.贵州民族研究，2012（3）：41-45.

［44］毛峰.80年代民俗风情小说的类型［J］.海南师范大学学报（社会科学版），2013（4）：27-32.

［45］喻晓薇.民俗叙事的四种视角与姿态——论民俗学视域下的寻根小说及其民间化历程［J］.湖北理工学院学报（人文社会科学版），2013（4）：52-56.

［46］周东华.民俗视角与中国现代通俗小说的类型及模式［J］.社会科学辑刊，2010（3）：256-258.

［47］袁红涛.发现故乡：论现代乡土小说的"民俗"视野［J］.海南大学学报（人文社会科学版），2010（3）：80-83.

[48] 袁靖华.论鲁迅小说中的民俗表现[J].邯郸师专学报,2002(1):21-22.

[49] 李濛濛.阿来小说中的民俗及其当代意义研究[J].小说评论,2015(6):97-101.

[50] 麦成林,耿菊萍,王伶俐.贾平凹小说的商州民俗[J].绵阳师范学院学报,2011(3):63-67.

[51] 张永."酒神":沈从文小说的民俗审美情绪[J].中国文学研究,2003(3):85-89.

[52] 韩云波.民俗范式与20世纪中国武侠小说[J].武汉大学学报(人文科学版),2003(1):86-91.

[53] 鲍焕然.现代民俗小说的叙事类型[J].湖北社会科学,2004(1):48-50.

[54] 黄永林.论新时期小说创作中的民俗化倾向[J].江汉论坛,2004(2):104-107.

[55] 修宏梅.迟子建小说与黑土民俗[J].襄樊学院学报,2004(3):54-59.

[56] 贺仲明.论20世纪乡土小说的类型与新变[J].南京师大学报,2004(3):23-29.

[57] 贺仲明.论1990年代以来乡土小说的新趋向[J].南京师大学报,2005(6):55-59.

[58] 鲍焕然.略论现代民俗小说作家的创作心态及表现方法[J].理论月刊,2004(5):129-131.

［59］张玲玲，段友文.论沈从文乡土小说的民俗意蕴［J］.山西师大学报（社会科学版），2004（4）：84-90.

［60］王自合，郑磊.浅析民俗文化在莫言小说中的作用［J］.湖南工业职业技术学院学报，2009（1）：83-85.

［61］杨剑龙.论鲁迅乡土小说的民俗色彩［J］.安徽大学学报，1996（3）：52-57.

［62］鲍焕然.民俗与小说的遇合［J］.理论月刊，2005（4）：127-129.

［63］谢弥丽，姚周辉.张爱玲小说中的上海都市民俗描写［J］.温州大学学报（社会科学版），2009（2）：70-74.

［64］赵文兰.叙事修辞与潜文本——凌叔华小说创作的一种解读［J］.山东社会科学，2017（11）：47-53.